WISE SAYING

스티브 잡스

(4) 성공

Success

김동구 엮음

明文堂

머리말—세상 살아가는 지혜

「명언(名言)」(Wise Saying)은 오랜 세월을 두고 음미할 가치가 있는 말, 우리의 삶에 있어서 빛이나 등대의 역할을 해주는 말이다. 이 책은 각 항목마다 동서양을 망라한 학자·정치가·작가·기업가·성직자·시인……들의 주옥같은 말들을 예시하고 있다.

이러한 말과 글, 시와 문장들이 우리의 삶에 용기와 지침이 됨과 아울러 한 걸음 나아가 다양한 지적 활동, 이를테면 에세이, 칼럼, 논문 등 글을 쓴다든지, 일상적 대화나, 대중연설, 설교, 강연 등에서 자유로이 적절하게 인용할 수 있는 여건을 충족시켜 줄 것이다.

독자들은 동서양의 수많은 석학들 그리고 그들의 주옥같은 명언과 가르침, 사상과 철학을 접할 수 있는 좋은 기회를 얻음으로써 한층 다양하고 품격 높은 삶을 영위할 수 있을 것이다.

이 책은 각 항목 별로 다음과 같이 구성되어 있다.

【어록】

어록이라 하면 위인들이 한 말을 간추려 모은 기록이다. 또한 유학자가 설명한 유교 경서나 스님이 설명한 불교 교리를 뒤에 제자들이 기록한 책을 어록이라고 한다. 각 항목마다 촌철살인의 명언, 명구들을 예시하고 있다.

【속담·격언】

오랜 세월에 걸쳐서, 민족과 지역의 수많은 사람들의 생생한 경험을 통해서 여과된 삶의 지혜를 가장 극명하게 표현하는 것이기 때문에 문자 그대로 명언 가운데서도 바로 가슴에 와 닿는 일자천금(一字千金)의 주옥같은 말이라고 할 수 있다.

【시·문장】

항목을 그리는 가장 감동 감화적인 표현이라고 할 수 있다. 가장 마음속에 와 닿는 시와 문장을 최대한 발췌해 수록했다.

【중국의 고사】

동양의 석학 제자백가, 사서오경(四書五經)을 비롯한 《노자》 《장자》《한비자》《사기》……등의 고사를 바탕으로 한 현장감 있는 명언명구를 인용함으로써 이해도를 한층 높여준다.

【에피소드】

서양의 석학, 사상가, 철학자들의 삶과 사건 등의 고사를 통한 에피소드를 접함으로써 품위 있고 흥미로운 대화를 영위할 수 있는 소양을 갖추는 계기가 된다. 그 밖에도 【우리나라 고사】 【신화】 【명연설】 【명작】 【전설】 【成句】 …… 등이 독자들로 하여금 박학한 지식을 쌓는 데 한층 기여해줄 것이다.

많은 서적들을 참고하여 가능한 한 최근의 명사들의 명언까지도 광범위하게 발췌해 수록했다.

그러나 너무도 많은 자료들을 수집하다 보니 미비한 점도 있을 것으로, 독자 여러분의 너그러운 이해를 바란다.

— 운계(雲溪) 金東求

차례

성공

Success

성공 success 成功

(실패)

【어록】

■ 계획을 세움에 목표가 없으면 어려움만 있을 것이고, 일에 준비가 없으면 실패하고 만다(謀無主則困 事無備則廢). ―《관자(管子)》

■ 공을 이루어 이름을 세우고, 몸이 물러남은 하늘의 도(道)이다(功遂身退 天之道也).　　　　　　　　　　　―《노자》 제18장

■ 큰 그릇은 만드는 데는 시간이 걸린다(大器晩成 : 큰 그릇, 즉 대기(大器)는 아무 가공도 하지 않은 소박한 것이다. 만성(晩成)은 끝에 이루어진다는 말이지만, 실은 아직 이루지 못했다는 뜻이다. 큰 사람이 되기 위해서는 많은 노력과 시간이 필요하다는 뜻이다. 이 「대기만성」은 후일에 와서 그 뜻이 바뀌어 큰 인물은 만년에 이르러서 비로소 대성(大成)한다는 뜻으로 쓰이게 되었다}.

　　　　　　　　　　　　　　　　　―《노자》 제41장

■ 끝을 조절하기를 처음과 같이 하면 실패하는 일이 전혀 없다.

　　　　　　　　　　　　　　　　　　　　　　―《노자》

▣ 어디를 가든지 마음을 다해 가라.   ─ 공자

▣ 어느 것이 나쁘고 어느 것이 좋은가? 성공한 자는 우두머리가 되고, 실패한 자는 꼬리가 되게 마련이다(孰惡孰美 成者爲首 不成者爲尾).   ─《장자》

▣ 천 길 높은 둑도 땅강아지와 개미구멍에 의해 무너지고, 백 척이나 되는 높은 집도 굴뚝 사이로 새는 연기로 인해 불타게 된다(千丈之堤 以螻蟻之穴潰 百尺之室 以突隙之烟焚).   ─《한비자》

▣ 사람은 산(山)에 걸려 넘어지는 일은 없지만 개구멍에는 넘어진다(人莫躓于山而躓于垤 : 커다란 문제는 주의를 하지만 작은 일을 등한히 하기 때문에 큰 일에 실패하는 경우가 많다). ─《한비자》

▣ 물맛이 좋은 샘물이 먼저 마르고, 쭉 뻗은 나무가 먼저 잘린다.   ─《묵자》

▣ 백 발 쏴서 한번이라도 실패하면 명궁이라고 할 수 없다(百發一失不足謂善射 : 과거에 아무리 올바른 행실을 했다 해도 한번 실수하면 지금까지의 공은 허사가 되고 마는 것이다).   ─《순자》

▣ 사람이 스스로 실패하게 되는 것은, 그가 지닌 장기(長技)가 원인이 된다.   ─《순자》

▣ 성공했으면 오래 머물지 말라(成功之下 不可久處 : 공업(功業)을 이루어 오래도록 명예스럽고 귀한 지위에 있으면 남의 시기와 질투를 받아서 화를 입기 쉽다는 말).   ─《사기》 범수채택열전(範雎蔡澤列傳)

▣ 앞의 수레가 엎어지면 뒤의 수레가 경계한다(前車覆後車戒 : 남의

실패를 거울삼아 똑같은 실수를 범하지 않는 것이 현명한 길이니 과거의 역사와 남이 실패한 일들을 주의해서 같은 과오를 범하지 말라는 뜻이다). ──《한서》

■ 배울 때에는 소털같이 많지만, 성공하고 나면 기린의 뿔과 같이 적다(學若牛毛 成如麟角). ──《안씨가훈》

■ 범상한 자들의 담론은 늘 성공한 자를 찬양하고, 실패한 자를 헐뜯으며, 높은 자를 부축하고 낮은 자를 억누른다(凡人之談 常譽成毁敗 扶高抑下). ──《삼국지》

■ 즐거움이 다하면 슬픔이 닥치거니, 성공과 실패는 다 운명에 달렸다는 것을 알아야 한다(興盡悲來 識盈虛之有數). ── 왕발(王勃)

■ 부하고 귀한 신분으로 되어 고향으로 돌아가지 않는 것은 비단옷을 입고 밤길을 걷는 것과 같다(富貴不歸故鄕 如衣繡夜行).
──《십팔사략》

■ 성공한 자는 옳다고 하고, 실패한 자는 그르다고 하는 것이 인지상정이다(人情成是而敗非). ── 구양수(歐陽修)

■ 성공은 그 성공한 날에 돌연히 이루어진 것이 아니다. 반드시 그에 앞서 그 성공을 가져오게 한 연유가 있기 때문이다(功之成 非成於成之日 蓋必有所由起). ──《문장궤범》

■ 성공하면 제후요, 실패하면 도적이다(成則公侯敗則賊).
──《홍루몽(紅樓夢)》

■ 자그만 울화를 참아야 큰일을 할 수 있다. 뜻이 있는 자는 마침내 그 일을 이룰 수 가 있다(忍小忿而就大謀 有志者事意成).

― 소식(蘇軾)

■ 어려운 환경에서 성공 얻나니, 젊은이여 쉬운 일 고르지 마오(好事
盡從難處得 少年無向易中輕).   ― 이함용(李鹹用)

■ 일에서 준비가 있으면 성공하고, 준비가 없으면 실패한다(凡事豫
則立 不豫則廢).   ―《중용》

■ 그 공(功)이 이루어지는 것은 이루어지는 날에 생긴 것이 아니고,
반드시 원인이 있어 일어나는 것이다. 화(禍)가 생기는 것은 화가
일어난 날에 생긴 것이 아니고, 반드시 원인이 있어 나타나는 것이
다.   ― 소순(蘇洵)

■ 옛 군자들은 그 사람을 사랑하면 그 사람이 성공 못할까봐 우려했
다(古之君子愛其人也 則憂其無成).   ― 소순

■ 올되는 사람이 기필코 성공한다는 법 없고, 늦되는 사람이 기어코
달성 못한다는 법 없다. 나 젊다고 내노라 뽐낼 수 없고, 늙었다고
자포자기할 수 없다(早成者未必有成 晚達者未必不達 不可以年少
而處恃 不可以年老而自棄).   ―《경세통언(警世通言)》

■ 한 가지 행위의 실패가 있으면 백 가지 행위가 함께 기울어진다.
                          ―《명심보감》

■ 성공은 하늘에 오르기만큼 어렵지만, 실패의 쉬움은 털을 불태우
는 것처럼 쉽다(成立之難 如升天 覆墜之易 如燎毛 : 유비 현덕이
자식을 훈계하여 한 말).   ―《소학》

■ 뜻은 날카롭기보다 견고하게 세워야 하고, 성공은 급하게 이루려
말고 천천히 도모하는 데 있다(立志欲堅不欲銳 成功在久不在速).

― 장효상(張孝祥)

▣ 세상을 살아가면서 꼭 성공만을 바라지 말라. 그르침이 없으면 그것이 바로 성공이다. 남에게 베풀더라도 그 은덕에 감격해 하기를 바라지 말라. 원망만 없다면 그것이 바로 은덕이다(處世不必邀功 無過便是功 與人不求感德 無怨便是德). ― 《채근담》

▣ 성공도 반드시 한 번은 실패로 돌아감을 안다면 성공을 하려고 그토록 애쓰지는 않으리라. ― 《채근담》

▣ 득의(得意)한 때에 문득 실의(失意)의 비애가 생긴다(得意時 便生 失意之悲 : 일이 뜻대로 이루어져 만족해하거나 뽐낼 때에 이미 실패라는 슬픔의 근원이 싹트는 것이다. 조심해야 할 일은 순경에 처했을 때이지 역경일 때가 아니다). ― 《채근담》

▣ 오랜 동안 엎드린 새는 마침내 높이 날고, 먼저 핀 꽃은 일찍 시든다(伏久者飛必高 開先者謝獨早 : 성공에 조바심하지 마라).

― 《채근담》

▣ 성공은 수고의 대가라는 것을 기억하라. ― 소포클레스

▣ 속여서 성공하느니 당당하게 실패하는 편이 낫다. ― 소포클레스

▣ 성공은 사람 눈에 신처럼 비친다. ― 아이스킬로스

▣ 성공은 사람들이 이겨 얻는 최상의 포상(褒賞)이다. 명성은 제2의 재산이다. 그리고 이 두 가지의 은혜를 다 이겨 얻어서 향수(享受)하고 있는 사람은 지고한 왕관을 얻은 사람이라고 말할 수 있다.

― 핀다로스

▣ 성공하기를 바라거든 곤고(困苦)를 견뎌야 한다. ― 메난드로스

▣ 성공의 덕택으로 약간의 죄는 보이지도 않는다. ─ L. A. 세네카

▣ 성공은 약간의 범죄를 명예롭게 만든다.　　　─ L. A. 세네카

▣ 가장 높은 곳에 올라가려면, 가장 낮은 곳부터 시작해라.

　　　　　　　　　　　　　　　─ 푸블릴리우스 시루스

▣ 구하라, 얻을 것이요. 찾아라, 볼 것이며. 두드려라, 문은 열릴 것이
　다.　　　　　　　　　　　　　　　　　　　─ 마태복음

▣ 전력을 다하여 자신에게 충실하고 올바른 길로 나아가라. 참으로
　내 생각을 채울 수 있는 것은 나 자신뿐이다. 나를 변화시킬 수 있
　는 건 오로지 나뿐이다.　　　　　─ 마르쿠스 아우렐리우스

▣ 세상에서 성공하려면, 바보처럼 보이면서도 실제로는 영리하게 활
　동하지 않으면 안 된다.　　　　　　　　　　─ 몽테스키외

▣ 실패 가운데 가장 큰 것은 무엇 하나 그것을 자각하지 못하는 것이
　다.　　　　　　　　　　　　　　　　　　─ 토머스 칼라일

▣ 자기의 마음을 감추지 못하는 사람은 무슨 일이든 대성할 수 없으
　며 성공할 수 없다.　　　　　　　　　　　─ 토머스 칼라일

▣ 사람들이 그들의 가장 바람직한 모습이 될 수 있도록 도와주어라.
　그리고 그들이 가장 바람직한 모습이 된 것처럼 대하라. ─ 괴테

▣ 양털을 깎으러 갔다가 자기 털을 깎이고 돌아온다.

　　　　　　　　　　　　　　　　　　　　　─ 세르반테스

▣ 성공해서 만족하는 것이 아니다. 만족하고 있었기 때문에 성공한
　것이다.　　　　　　　　　　　　　　　　　　　─ 알랭

▣ 우리의 임무는 성공이 아니다. 실패에도 굴하지 않고 나아가는 일

이다.   — 로버트 스티븐슨

▣ 모반의 유일한 정당성은 성공이다.   — 찰스 리드

▣ 성공의 비결은 목적의 일정불변에 있다.   — 새뮤얼 스마일스

▣ 성공은 결과이지 목적이 아니다.   — 플로베르

▣ 신을 믿기 위해서는 신이 있어야 한다. 성공을 바라면 우선 목적을
정해야 한다.   — 도스토예프스키

▣ 세상에서 가장 많은 뜻을 지니는 것은 성공이다.

      — 도스토예프스키

▣ 성공이란 소인들의 명예를 뜻하는 것이다.   — W. 에센바흐

▣ 세상에서 성공을 거두는 데는, 남으로부터 사랑을 받는 덕(德)과
남을 겁내게 하는 결점이 필요할 것이다.   — 조제프 주베르

▣ 돈이 또 돈을 버는 것처럼 성공은 성공을 가져온다.

      — S. 샹포르

▣ 이 세상에서 최고의 웅변가는 성공이다.   — 나폴레옹 1세

▣ 인생에 있어서의 성공의 비결은, 성공하지 않은 사람들밖에는 모
른다.   — 윌리엄 콜린스

▣ 시도(試圖) 없는 곳에 성공 없다.   — 호레이쇼 넬슨

▣ 항상 굳은 주옥과 같은 불꽃으로 타면서 그 황홀을 지속하는 것,
그것이 성공한 인생이다.   — 월터 페이터

▣ 소심한 자는 성공할 확률이 적다.   — 프리드리히 실러

▣ 실패에는 달인(達人)이란 것이 없다. 사람은 누구나 실패 앞에는
범인이다.   — 알렉산드르 푸슈킨

■ 성공에 허다한 공포와 불쾌함이 없는 바도 아니요, 실패라 해서 만족이나 희망이 없는 것도 아니다.　　　　　— 프랜시스 베이컨

■ 친구의 고통에는 누구나 동정할 수 있으나, 친구의 성공을 진심으로 기뻐하는 데는 훌륭한 천성이 필요하다.　— 오스카 와일드

■ 대부분의 사람들이 커다란 야망으로 시달리지만 않는다면 작은 일에 성공하련만.　　　　　— 헨리 롱펠로

■ 때때로 우리들은 한 사람의 인간의 덕(德)에서보다도 실패에서 많은 것을 배울 것이다.　　　　　— 헨리 롱펠로

■ 성공하기를 바라는 자는 마음의 안정, 자기 자신 및 타인에 대한 정신의 평화, 그리고 또 대개는 자존심까지도 포기하여야 할 것이다.　　　　　— 카를 힐티

■ 이 세상에서 성공하는 것은 비열하고 더럽혀진 인간뿐이다.
　　　　　— 레프 톨스토이

■ 한 번도 성공한 일이 없는 사람에게 있어 가장 감미롭게 생각되는 것이 성공이다.　　　　　— 찰스 디킨스

■ 실패하는 것은 인간이고, 그것을 관용하는 것은 신(神)이다.
　　　　　— 알렉산더 포프

■ 지혜라는 것의 유일 확실한(속인의 판단에 의한) 표준이 성공이다.
　　　　　— 에드먼드 버크

■ 청춘의 실수는 장년의 승리나 노년의 성공보다 더 가치가 있다.
　　　　　— 벤저민 디즈레일리

■ 성공은 대담무쌍(大膽無雙)의 아이다.　— 벤저민 디즈레일리

▣ 성공의 비결은 그 지망(志望)하는 것이 일정하고 변하지 않는 데에 있다. 사람들이 성공 못하는 것은 처음부터 끝까지 외곬으로 나아가지 않았기 때문이지 성공의 길이 험악해서가 아니다. 한마음 한뜻은 쇠를 뚫고 만물을 굴복시킬 수 있다. ― 벤저민 디즈레일리

▣ 성공하는 데는 두 갈래 길이 있다. 하나는 자기 자신의 노력, 다른 하나는 타인의 어리석음이다. ― 라브뤼예르

▣ 뻔뻔스러워져라. 그러면 성공한다. ― 라브뤼예르

▣ 자기가 하는 일에서 최대한의 기쁨을 얻을 수 있는 사람만이 그 사업에서 성공했다고 할 수 있다. ― 헨리 소로

▣ 한 친구를 만족시키지 못한 자는 인생에서 성공했다고 할 수 없다. ― 헨리 소로

▣ 자신은 성공의 제1비결이다. ― 랠프 에머슨

▣ 남이 경멸하는 일에 성공하는 것은 훌륭한 일이다. 왜냐하면 남에게는 물론 자기에게도 이기지 않으면 안 되기 때문이다. ― 몽테를랑

▣ 이 세상에서 성공하려면, 힘이 나도록 격려하고 죽을 때까지 손에서 칼을 놓지 않아야 한다. ― 볼테르

▣ 가장 무모한 희망이 때로는 이상하리만치 성공의 요인이 된다. ― 보브나르그

▣ 가장 조소할 만한, 가장 저돌적인 희망이 때로는 이상스럽게도 성공의 원인이 된다. ― 보브나르그

▣ 세상에서 성공하고자 하는 사람은 그의 대명사의 용법에 현명해야

한다. 「나」를 한 번만 말할 곳에 「당신」을 스무 번 말하라. 참된 행운은 노름판에서 가장 좋은 카드를 가지는 것이 아니다. 언제 일어나 집으로 갈까를 정확히 아는 사람이야말로 가장 행운아라 할 수 있다. ― 존 헤이

▣ 실패할지도 모른다는 가능성 때문에 올바른 목표에 대한 지지가 저지되어서는 안 된다. ― 에이브러햄 링컨

▣ 풍랑은 전진하는 자의 벗이다. ― 니체

▣ 고통 없이는 영예가 없고, 고뇌 없이는 왕좌가 있을 수 없고, 쓰디쓴 좌절이 없이는 영광이 없거니와, 고난 없이는 영관(榮冠)이 없다. ― 윌리엄 펜

▣ 성공은 세 가지에 달려 있다. 누가 그것을 말하는가, 그가 무엇을 말하는가, 그가 그것을 어떻게 말하는가. 그리고 이 세 가지 중에서 그가 무엇을 말하는가 하는 것이 제일 대수롭지 않은 일이다. ― J. 몰리

▣ 성공이란 그 결과로 측정하는 것이 아니라, 그것에 소비한 노력의 총계로 따져야 할 것이다. ― 토머스 에디슨

▣ 인생에 있어서 성공하려거든 견인불발(堅忍不拔)을 벗으로 삼고, 경험을 현명한 조언자로 하며, 주의력을 형(兄)으로 삼고, 희망을 수호신으로 하라. ― 토머스 에디슨

▣ 성공은 일종의 자살이며, 또 다른 성공에 의해 허물어진다. ― 에드워드 영

▣ 사랑의 생애에서 필요한 모든 것은 무지(無知)와 신뢰이며, 그것만

있으면 성공은 보장된다.   — 마크 트웨인

■ 틀리는 것과 실패하는 것은 우리들이 전진하기 위한 훈련이다.
— 윌리엄 채닝

■ 실패란 사람의 마음 나름이야. 그건 마치 개미귀신이 판 모래 함정
과도 같은 거지. 한번 빠지면 그냥 미끄러져 들어가기만 하니까.
— 존 스타인벡

■ 경험은 값진 학교를 경영하나 어리석은 자는 그 이외의 학교에서
는 배우지 못한다.   — 벤저민 프랭클린

■ 성공의 비결은 남의 험담을 결코 하지 않고 장점을 들추어 주는
데 있다.   — 벤저민 프랭클린

■ 성공을 하려거든 남을 밀어젖히지 말고, 또 자기 힘을 측량하여 무
리하지 말며, 자기가 뜻한 일에는 한눈을 팔지 말고 묵묵히 해 나
가야 한다. 평범하나마 이것이 곧 성공이 튀어나오는 요술주머니
다.   — 벤저민 프랭클린

■ 사람은 누구나 성공하고 싶어 한다. 어떤 사람에게는 그것이 하나
의 병과 같이 되어 자나 깨나 염두에서 떠나지를 않는다. 성공하기
란 그렇게 어려운 것이 아니다. 다만 그 방법을 그르치기 때문에
성공을 못하는 것이다. 성공병 환자들은 대개 남의 성공을 시기하
는 마음이 강하다. 시기하는 끝에 욕하고 중상을 하게 된다. 이런
방법으로는 절대로 성공하지 못한다. 또 자기 능력이나 실력을 생
각하지 않고 단숨에 2단 3단 뛰어오르려는 사람도 성공하지 못한
다. 일시적인 성공은 있을지 모르나 머지않아 떨어지고 말 것이다.

── 벤저민 프랭클린

■ 성공하려는 본인의 의지가 다른 어떤 것보다 중요하다.

── 에이브러햄 링컨

■ 성공에는 어떤 트릭도 없다. 나는 나에게 주어진 일에 전력을 다해 왔을 뿐이다. 그렇다. 보통사람보다 약간 더 양심적으로 노력해 왔을 뿐이다. ── 앤드류 카네기

■ 실패는 자본의 결핍보다는 에너지의 결핍에서 때때로 일어난다.

── 다니엘 웹스터

■ 성공──자기와 동배자(同輩者)에 대해서는 단 하나의 용서할 수 없는 죄이다. ── 앰브로즈 비어스

■ 그간 우리에게 가장 큰 피해를 끼친 말은 「지금껏 항상 그렇게 했어」라는 말이다. ── 그레이스 호퍼

■ 바람과 파도는 항상 가장 유능한 항해자의 편에 선다.

── 에드워드 기번

■ 목표를 달성하는 방법에 대해 비결이라고 할 만한 것 하나를 소개하면 그것은 집중하는 것이다. 목표를 달성하는 사람들은 중요한 것부터 먼저 하고 한 번에 한 가지 일만 수행한다.

── 피터 드러커

■ 한 번 실패와 영원한 실패를 혼동하지 말라.

── F. 스콧 피츠제럴드

■ 당신이 자신은 2위로 만족한다고 일단 말하면, 당신의 인생은 그렇게 되기 마련이라는 것을 나는 깨달았다. ── 존 F. 케네디

- 재미가 없다면, 왜 그것을 하고 있는 건가? — 제리 그린필드
- 연은 순풍이 아닌 역풍에 높게 날 수 있다. — 윈스턴 처칠
- 절대로 포기하지 말라. 절대로! — 윈스턴 처칠
- 다른 사람들이 성공한 것은 누구나 언제든지 성공할 수 있는 것이다. — 생텍쥐페리
- 재앙의 근원은 남과의 경쟁에서 얻는 성공을 행복의 주요한 원천으로 지나치게 강조하는 데 있다. — 버트런드 러셀
- 자기의 어제 실패에 대해서 스스로를 괴롭히지 말라! 한 가지 실패로 자꾸 괴로워하는 것은 다음 일도 실패로 이끄는 원인이 된다. 한 가지의 실패는 그것으로 막을 내릴 것이 중요하다. 모든 자기학대의 감정은 체념이 부족한 까닭이다. 자기 학대의 감정은 자기만을 다칠 뿐 아니라 나아가서는 남을 다치게도 한다.
  — 버트런드 러셀
- 성공은 행복의 한 요소가 될 수 있다. 그러나 만약 다른 온갖 요소가 그 성공을 획득하기 위하여 희생된다면 성공의 가치는 지나치게 귀중한 것이 되고 만다는 것이다. 일단 성공하는 날, 그 성공으로써 어떻게 하려 한다면, 성공의 달성도 필경은 그 인간의 권태의 제물로 만드는 데 지나지 않게 된다. — 버트런드 러셀
- 과거를 지배하는 자가 미래를 지배하며, 현재를 지배하는 자가 과거를 지배한다. — 조지 오웰
- 꿈꿀 수 있다면 실현도 가능하다. — 월트 디즈니
- 실패에 대한 뒷공론은 앞으로의 대책이 강구되지 않는 한 의미가

없다.   — 제임스 레스턴

▣ 성공한 사람이 되려 하기보다 가치 있는 사람이 되려고 노력하라.

      — 알베르트 아인슈타인

▣ 인생에 있어서 성공을 s라 한다면, 그 법칙을 s=x+y+z로 나타낼
수 있다. x는 말을 많이 하지 말 것, y는 생활을 즐길 것, 그리고
z는 한가한 시간을 갖는 것이다.   — 알베르트 아인슈타인

▣ 인간은 무한한 열정을 품고 있는 일에는 거의 성공한다.

      — 찰스 슈와브

▣ 아무것도 이루어 보지 못한 사람은 다른 사람의 성취를 평가하기
가 어렵고 따라서 자기도취의 영광 속에서 자신을 더욱 고립시키
지 않을 수 없다.   — 에리히 프롬

▣ 성공에 비결이 있다면 그것은 남의 입장을 이해하고 자기 입장과
동시에 남의 입장에 서서 사물을 볼 수 있는 능력이다.

      — 헨리 포드

▣ 미래를 겁내고 실패를 무섭게 여기는 사람은 그 활동을 제한당하
여 손발을 내밀지 못하게 되는 것이다. 실패라는 것은 별로 겁낼
것이 아니다. 그것보다 오히려 이전에 했을 때보다도 더욱 풍부한
지식으로 다시 일을 시작할 좋은 기회인 것이다.   — 헨리 포드

▣ 일의 성공을 위하여 필요하다면 어떠한 조직도 개혁하고, 어떠한
방법도 폐기하고, 어떠한 이론도 포기할 각오가 있어야 한다.

      — 헨리 포드

▣ 성공의 비결을 묻지 말라. 해야 할 일 하나하나에 전력을 다하라.

— 존 워너메이커

■ 거듭되는 실패는 모든 예술에 불가피하게 따르는 필수조건입니다. 연극에서도 그렇습니다. 오로지 부끄러운 것은 여기에 그렇게 많이 돈이 들었다는 사실입니다.   — 윌리엄 깁슨

■ 성공했다고 욕을 먹는 예는 없다.   — T. 풀러

■ 우리는 인간이 밟는 모든 길을 걸어갈 수는 없다. 성공은 한 가지 길에서만 거두어야 한다.   — 어니스트 헤밍웨이

■ 성공이란 도달할 때까지는 희망으로 가득 차 있다. 그러나 도달하면 새가 날아가 버린 작년의 빈 둥지가 되어버린다.

— 헨리 비처

■ 실패란 하나의 교훈에 다름 아니고, 호전하는 제일보(第一步)다.

— 윌리엄 필립스

■ 실패했다고 마음 상해하지 마세요. 최선을 다했다면 말입니다.

— 마더 테레사

■ 대개 희망은 있으면서 실제로는 사업이나 일에 손을 대지 못하고 있는 사람이 있다. 왜 실패를 두려워하는가 하면, 그 일을 달성하기까지의 고난이나 난관을 미리 생각하기 때문이다. 나는 이런 실패병에 걸린 사람에게 말하고 싶다. 「당신은 왜 가능한 적극적인 면은 조금도 생각지 않고 어려운 점만 생각하는 것이오?」

— 노먼 빈센트 필

■ 자신을 가지라는 것은 인생을 적극적인 면에서 포착하는 것을 의미한다. 실패 없이 걸어가기만을 원하기 때문에 패배감이나 열등감

의 노예가 되는 것이다. 「이번에는 실패해도 이다음에는 성공할
수 있다. 두 번째 실패했기로 세 번째는 일어설 수 있다.」 이와 같
은 굳은 자신이 인생항로에 주는 힘은 한없이 큰 것이다.

— 노먼 빈센트 필

■ 두드려 봤자 소용없다. 열고 들어오라.　　　　 — 나츠메 소세키

■ 경영이란 성공의 사다리를 오르는 데 효율적이다. 리더십은 그 사
다리가 기대고 있는 벽이 튼튼한지를 가려낸다. — 스티븐 코비

■ 기회란 포착하면 많은 열매를 맺고, 소홀히 하면 사라져 버린다.

— 지그 지글러

■ 나는 유별나게 머리가 똑똑하지 않다. 특별한 지혜가 많은 것도 아
니다. 다만 나는 변화하고자 하는 마음을 생각으로 옮겼을 뿐이다.

— 빌 게이츠

■ 성공이란 익숙한 관성을 단칼에 베어버리는 것이다.　　 — 미상

■ 성공이 보이면 지치기 쉽다.　　　　　　　　　 — 팔만대장경

■ 실패도 그 이유가 있으려니와 성공도 그 이유가 있다. — 이병기

■ 한 성공에는 반드시 모방이 따라오며, 한 무리(無理)에는 그 반작
용이 강하게 일어난다.　　　　　　　　　　　　 — 손우성

■ 성공이란, 명예란, 어쩌면 울타리에 달린 과일의 빛깔처럼 쳐다보
는 것인지 모를 일이었던가?　　　　　　　　　　 — 이영도

■ 성공은 목적인 경우보다도 허영의 옷을 입힌 그림자인 때가 많다.

— 김형석

■ 무슨 일을 시작하여 실패를 했을 때, 이것은 내가 마음을 닦지 못

했고, 덕이 부족한 탓으로 돌려야 한다. 만약 일이 잘되었으면, 그
것은 운수가 좋았거나, 아니면 남의 도움의 덕택이라고 생각하라!
이렇게 생각할 수 있는 사람은 그 마음이 진실하며, 또한 그릇이
크다. 그릇이 작은 사람일수록 성공하면 제 자랑으로 삼고, 실패하
면 그것을 남의 탓으로 돌리는 경향이 많다.　　　　　— 미상

▣ 하나의 장애물은 하나의 경험이고 하나의 경험은 하나의 지혜다.
　 모든 성공은 언제나 장애물 뒤에서 그대가 오기를 기다리고 있다.
　　　　　　　　　　　　　　　　　　　　　　　　　— 이외수

▣ 머리가 좋지만 개인적인 성공만 추구하는 사람이 정녕 우리 사회
　 에 도움이 되는지를 심각하게 생각해 봐야 한다.　　　— 안철수

【속담 · 격언】

▣ 호랑이굴에 들어가야 호랑이를 잡는다.　　　　　　　　— 한국

▣ 다된 죽에 코풀기.　　　　　　　　　　　　　　　　　— 한국

▣ 떼어 둔 당상(堂上) 좀먹으랴. (일이 확실하여 조금도 틀림이 없다
　 고 하는 말. 당상은 삼품관을 이름이요, 망건에다 옥관자를 달고
　 있으므로, 옥관자는 결코 좀먹지 않는다)　　　　　　　— 한국

▣ 단 솥에 물 붓기. (형편이 이미 기울어 아무리 도와주어도 보람이
　 없다)　　　　　　　　　　　　　　　　　　　　　　　— 한국

▣ 마당 삼을 캐었다. (삼을 캐려면 깊은 산중에 들어가 애써야 하나
　 마당에서 캐었으니 힘들이지 않고 일을 쉽게 성공하였음을 이름)
　　　　　　　　　　　　　　　　　　　　　　　　　　— 한국

■ 너무 뻗은 팔은 어깨로 찢긴다. (미리 손을 써서 남을 해치려다가는 도리어 실패하게 된다) ― 한국

■ 갓 마흔에 첫 버선. (오래 기다리던 일을 마침내 이루었다는 비유로 나이 들어 늦게야 성공했다는 뜻) ― 한국

■ 송충이가 갈잎을 먹으면 떨어진다. (자기 분수에 맞지 않는 딴 생각을 먹다가는 낭패를 본다) ― 한국

■ 갓 마흔에 첫 보살. (오랫동안 기다리던 일을 하게 되었을 때) ― 한국

■ 북두칠성이 앵돌아졌다. (일이 낭패가 나버렸다) ― 한국

■ 솔 심어 정자(亭子)라. (앞날의 성공이 까마득하다) ― 한국

■ 벼르던 애기 눈이 먼다. (잘하려고 벼르던 일이 도리어 실수하기 쉽고 낭패하기 쉽다) ― 한국

■ 부처님 살찌고 파리하기는 석수(石手)에게 달렸다. (일의 진행과 성공 여부는 그것을 맡아 하는 사람에게 달렸다) ― 한국

■ 급히 먹는 밥이 목이 멘다. (너무 서두르면 실패한다) ― 한국

■ 닭 쫓던 개 지붕만 쳐다본다. (한창 하려고 애쓰던 일이 실패로 돌아갔다) ― 한국

■ 미친 개 다리 틀리듯. (일이 뒤틀어져 낭패를 보다) ― 한국

■ 사람이 번영을 누리면 남이 친척임을 주장하나, 역경에 처하면 친척이 남이 된다. ― 중국

■ 성공하기 원한다면 세 노인에게 가서 상의하라. ― 중국

■ 승리자는 언제나 정당화된다. ― 일본

■ 로마는 하루에 이루어지지 않았다. (Rome wasn't built in a day.)

― 서양격언

■ 부지런한 물레방아는 얼지 않는다. ― 서양격언

■ 신은 스스로 돕는 자를 돕는다. (God helps those who help themselves.)

― 서양격언

■ 실패는 성공에로의 신작로이다. (Failure is the only highroad to success.)

― 서양격언

■ 최후의 실패가 진정한 실패다. ― 서양격언

■ 양보도 때로는 성공의 최선책이다. (Yielding is sometimes the best way of succeeding.)

― 영국

■ 넘어짐으로써 안전하게 걷는 법을 배운다. ― 영국

■ 사물을 불가능하리라고 믿는 자는 그것을 불가능하게 만든다.

― 프랑스

■ 땅 위에 움집 하나 세울 능력이 없는 자들이 공중에 많은 누각을 짓는다. ― 독일

■ 여름에 땀 흘리려 일하지 않는 자는 겨울에 추운 것을 배워야 한다. ― 덴마크

■ 밑바닥에서부터 시작해서 정상에서 끝나는 것이 최상이다.

― 헝가리

■ 인간은 그가 쓰러진 바로 그곳에서 일어난다. ― 터키

■ 빨리 가려면 혼자서 가라. 멀리 가려면 함께 가라. ― 인디언 격언

【시 · 문장】

슬픈 사연으로 내게 말하지 마라,
인생은 한낱 허황된 꿈에 지나지 않는다고!
잠자는 영혼은 죽음이고
만물의 본체는 외양대로만은 아니다.
인생은 진실! 인생은 진지한 것
무덤이 그 목표는 아니다.
너는 본래 흙이니, 흙으로 돌아가리라.
이것은 영혼을 두고 한 말은 아니었다.
우리가 가야 할 곳, 혹은 가는 길은
향락이 아니고 슬픔도 아니며,
내일의 하루하루가 오늘보다 낫도록
행동하는 그것이 목적이요, 길이다.
예술은 길고 세월은 날아간다.
우리 심장은 튼튼하고 용감하면서도,
마치 감싸진 북과 같이
무덤을 향해 장송곡을 계속 울린다.
이 세상 넓은 싸움터에서,
인생의 노영 안에서,
말 못하는 쫓기는 짐승이 되지 말고,
싸움터에 나선 영웅이 되어라.

― 헨리 롱펠로 / 인생찬가

자주 그리고 많이 웃는 것
현명한 이에게서 존경받고
어린아이에게서 사랑받는 것.
정직한 비평가에게서 찬사를 받고
친구의 배반을 참아내는 것.
아름다운 것을 식별할 줄 알고
다른 사람에게서 장점을 발견해내는 것.
건강한 아이를 하나 낳든
한 뙈기의 밭을 가꾸든
사회 환경을 개선하듯
자기가 태어나기 전보다 조금이라도
살기 좋은 곳으로 만들어 놓고 떠나는 것.
이 땅에 잠시 머물다 감으로써
단 한 사람의 인생이라도 행복해지는 것.
이것이 진정한 행복이다
　　　― 랠프 에머슨 / 무엇이 성공인가(In Search of Success)

인생에 있어서 성공은 환경에 의존하는 것이 아니고 우리들 자신에 의존한다. 다른 사람 때문에 망친 사람보다도 자신 때문에 망친 사람이 더 많고, 폭풍우나 지진이 파괴한 가옥이나 도시보다도 사람의 손으로 파멸된 도시가 많다. 「사망으로 인도하는 길은 넓고 그 문은 크며 그리로 들어가는 사람이 많으나, 생명으로 인도하는 길은 좁고 문은 작아 그 때문에 이를 발견하는 사람은 적다.」라는 성서의 비유는 왕왕 잘못 쓰이고 있다. 그것은 정도(正道)가 더 거칠고 고생스럽다는 말이 아니다. 다만 좁아서 발견하기 힘들다는 말이다. 바다 위에 떠 있는 배는 진정한 항로를 하나밖에 갖고 있지 않다. 나침반 위의 다른 점들은 배가 가야 할 항구로부터 딴 곳으로 인도할 것이다. 그러나 그렇다고 정도가 다른 길보다 결코 더 거칠고 험악하다는 말이 되는 것은 아니다. ── 에이브리

【중국의 고사】

■ **대기만성**(大器晩成) : 크게 될 사람은 늦게 이루어진다. 큰 그릇은 오랜 시간과 많은 노력을 들인 뒤에라야 완성될 수 있다. 《노자》제41장에 나오는 말이다.「……크게 모난 것은 귀가 없고, 큰 그릇은 늦게 이루어지며, 큰 소리는 울림이 잘 들리지 않고, 큰 모양은 형체가 없다……(……大方無隅 大器晩成 大音希聲 大象無形……)」

이것이 「대기만성」이란 말이 나오는 대목만을 딴 것인데, 이보다 앞에 나오는 말을 전부 소개하면 이렇다. 위대한 사람은 도를 들으면 이를 실천하고, 보통 사람은 도를 들으면 반신반의하게 된다. 그리고 가장 못난 사람은 도를 들으면 아예 믿으려 하지 않고 코웃음만 친다. 코웃음을 치지 않으면 참다운 도가 될 수 없다. 그러기에 옛사람의 말에도,「밝은 길은 어두운 것처럼 보이고, 앞으로 나아가는 길은 뒤로 물러나는 길로 보이며, 평탄한 길은 험하게

보인다. 높은 덕은 낮게 보이고, 참으로 흰 것은 더러운 것으로 보이며, 넓은 덕은 좁은 것처럼 보이고, 견실한 덕은 약한 것처럼 보이며, 변하지 않는 덕은 변하는 것처럼 보인다……」라고 했다.

이 말 다음에 먼저 말한 부분이 계속되는데, 여기에 나와 있는 「대기만성」의 본래의 뜻은 「큰 그릇은 덜 된 것처럼 보인다」는 뜻이다. 말하자면 원래 위대하고 훌륭한 것은, 보통 사람의 눈이나 생각으로는 어딘가 덜 된 것 같고, 그 반대인 것처럼 느껴진다는 것이다. 그러나 보통 「대기만성」은 글자 그대로 더디 이뤄진다는 뜻으로도 풀이되고 있어, 사업에 실패하거나 불운에 빠져 있는 사람을 위로해서 말할 때 흔히 이 「대기만성」이란 문자를 쓴다. 더 큰 성공을 위한 실패란 뜻일 것이다.　　　—《노자》제41장

■ **금의환향**(錦衣還鄕) : 출세하여 고향에 돌아간다. 「금의(錦衣)」는 화려하게 수를 놓은 「비단옷」이라는 뜻이다. 옛날 왕이나 고관들이 입던 옷으로 출세의 상징이었다. 반면 평민들은 흰색의 베옷을 입었는데, 이것은 「포의(布衣)」라 하였다. 즉, 비단옷을 입고 고향에 돌아간다는 뜻으로, 출세(성공)하여 고향을 찾는 것을 뜻한다.

한(漢)나라와 초(楚)나라의 싸움이 한창일 때이다. 유방(劉邦)이 먼저 진(秦)나라의 도읍 함양을 차지하자, 화가 난 항우가 대군을 몰고 홍문(鴻門)까지 진격하였다. 이때 유방은 장량(張良)과 범증(范增)의 건의로 순순히 항우에게 함양을 양보하였다. 함양에 입성

한 항우는 유방과는 대조적으로 아방궁을 불태우는가 하면 궁중의 금은보화를 마구 약탈하고 궁녀들을 겁탈했으며, 시황제(始皇帝)의 묘까지 파헤쳤다.

항우는 스스로 망쳐놓은 함양이 마음에 들지 않아 고향인 팽성(彭城)에 도읍을 정하려 하였다. 신하들은 항우가 예로부터 패왕(霸王)의 땅이었던 함양을 버리고 보잘것없는 팽성으로 도읍을 옮기겠다고 하자 모두 할 말을 잃었다. 이때 간의대부(諫議大夫) 한생(韓生)이 간언했지만 항우는 오히려 화를 내면서 이렇게 말하였다. 「지금 길거리에서 『부귀하여 고향에 돌아가지 못하면 비단옷을 입고 밤길을 가는(錦衣夜行) 것과 무엇이 다르리!』라는 노래가 떠돌고 있다고 하더군. 이건 바로 나를 두고 하는 말이야. 그러니 어서 길일(吉日)을 택하여 천도하도록 하라.」

그래도 한생이 간언을 그치지 않자, 항우는 그를 끓는 기름가마 넣어 죽이고 말았다. 하지만 이 노래는 항우가 천하의 요새인 함양에 있는 한 유방이 승리할 수 없으므로 항우를 함양에서 내쫓기 위해 장량이 퍼뜨린 것이었다. 그렇지 않아도 함양을 싫어했던 항우는 그 노래가 하늘의 뜻이라고 판단하여 마침내 팽성으로 천도하게 되었다. 결국 항우는 함양을 차지한 유방에게 해하(垓下)에서 크게 패함으로써 천하를 넘겨주고 만다. 「금의환향」으로 자신의 공덕을 고향사람들에게 널리 알리기는 하였지만 천하를 잃고 만 셈이다.
　　　　　　　　　　　　　　　　　　　 —《사기》 항우본기

■ **전거복철**(前車覆轍) : 실패의 전례(前例). 앞의 수레가 엎어진 바퀴자국이 「전거복철」이다. 「앞 수레가 엎어진 바퀴자국은 곧 뒤 수레의 경계가 된다(前車覆轍 後車之戒)」는 말에서 나온 것이다. 이 말은 먼저 사람들의 실패를 보게 되면 뒤의 사람들은 똑같은 실패를 거듭하지 않게 된다는 뜻이다. 이 말은 《한서》 가의전(賈誼傳)에 있는 가의의 상소문 중에 나오는 말이다.

이 말이 나오는 부분을 소개하면 다음과 같다. 「속담에 말하기를 「관리 노릇하기가 익숙지 못하거든 이미 이뤄진 일을 보라」했고, 또 말하기를, 「앞 수레가 넘어진 것은 뒷 수레의 경계가 된다」고 했습니다. ……진나라 세상이 갑자기 끊어진 것은 그 바퀴자국을 볼 수 있습니다. 그런데도 이를 피하지 않으면 뒷 수레가 또 넘어지게 될 것입니다.……(鄙諺曰 不習爲吏 視已成事 又曰 前車覆 後車戒. ……秦世之所以亟絶者 其轍迹可見也 然而不避是 後車又將覆也……)」

처음 하는 일이 익숙지 못하면 앞 사람의 한 일을 보고 실수가 없도록 할 것이며, 앞차가 넘어진 것을 보았으면 그 차가 지나간 바퀴자국을 피해 가야만 넘어지지 않는다는 뜻이다. 문후는 곧 수긍하고 깨끗이 그 잔을 받아 마셨다. 그 후 공손불인을 중히 여겨 오래 중용하였다고 한다. 결국 남의 실패를 거울삼아 똑같은 실수를 범하지 않는 것이 현명한 길이니 과거의 역사와 남이 실패한 일들을 주의해서 같은 과오를 범하지 말라는 뜻이다.

― 《한서》 가의전(賈誼傳)

■ **공성신퇴**(功成身退) : 공을 이룬 사람은 때를 알고 물러나야 걱정이 없다. 공을 이룬 사람은 물러나야 한다는 것이 「성공자퇴(成功者退)」이다. 보다 구체적인 표현이 「공성신퇴(功成身退)」이다. 그러나 이 말의 원 말은 「성공자거(成功者去)」이다. 사람만이 아니고 모든 사물은 일단 목적을 달성한 뒤에는 다음 오는 것에게 그 자리를 물려주고 가버린다는 뜻이다.

수가의 모함을 받아 거의 죽을 뻔한 범수(范睢)는 나중에 이름도 장록(張祿)으로 고쳐 진(秦)나라에 가서 신임을 얻어 재상이 되었다. 그는 정치를 훌륭하게 하여 마침내 진나라를 강국으로 만들었다. 그러나 진나라 승상이 된 범수도 차츰 실수를 저지르기 시작했다. 게다가 진소왕(秦昭王)의 신임마저 날로 엷어져 가고 있었다. 이 소문을 들은 채택(蔡澤)이 그의 뒤를 물려받을 생각으로 진나라로 향하게 된다. 그는 진나라에 도달하기 전 도중에 도둑을 만나 가지고 있던 여행 도구까지 다 도난당하고 말았다.

함양에 도착한 채택은 소문을 퍼뜨려 범수의 귀에 들어가게 한다. 「연나라 사람 채택은 천하의 호걸이요 변사다. 그가 한번 진왕을 뵙게 되면 왕은 재상의 자리를 앗아 채택에게 주게 될 것이다.」 범수는 채택을 불러들여 불쾌한 태도로 물었다. 「당신이 날 대신해 진나라 승상이 된다고 했다는데, 그게 사실이오?」 「그렇습니다.」 「어디 그 이야기를 한번 들어 봅시다.」

이리하여 채택은 이론을 전개하기 시작했다.

「공은 어찌 그것을 아직도 모르신단 말입니까. 네 계절이 바뀌는 것처럼 공로를 이룬 사람은 차례로 교체되는 법입니다(凡夫四時之序成功者去). 무릇 사람이 태어나서 오체(五體)가 건강하고 수족이 말을 잘 들으며, 눈귀가 밝고, 마음이 성스럽고 지혜로운 것이 선비 된 사람의 소원이 아니겠습니까?」채택은 마침내 범수를 설득시켜 그로 하여금 자리를 물러나야 되겠다는 것을 느끼게 했다. 범수의 추천으로 진나라의 재상이 된 채택은 몇 달이 다 가지 않아 자기를 모략하는 사람이 있자, 자기가 범수에게 권했듯이 곧 병을 핑계로 자리를 내놓는다. 그리하여 진나라에서 편안히 여생을 보내며, 가끔 사신으로 외국에 다녀오곤 했다.

— 《사기》 범수채택열전

■ **패군지장불언용**(敗軍之將不言勇) : 싸움에 패한 장수는 용기에 관한 이야기를 해서는 안된다는 뜻이다. 아무리 용기가 있어도 싸움에 진 이상 자랑할 조건이 되지 못한다.「종로에서 뺨 맞고 한강에 가서 눈 흘긴다」는 식이 되고 말기 때문이다.

이 말은 《사기》 회음후열전에 있는 광무군(廣武君) 이좌거(李左車)가 인용한 말이다.

한신(韓信)이 조나라를 쳐서 이긴 뒤 조나라의 뛰어난 모사였던 이좌거를 스승으로 모시고 그에게 앞으로 취해야 할 방법을 가르쳐 달라고 청하자, 이좌거는 이를 사양하여 이렇게 말했다.「나는 싸움에 패한 장수는 용맹을 말해서는 안되며, 나라를 망친 대신은 나라를 보존하는 일을 꾀해서는 안된다고 들었습니다(臣聞 敗軍之

將 不可以言勇). 지금 나는 싸움에 패하고 나라를 망하게 한 포로
가 아닙니까. 어떻게 나 같은 사람이 큰일을 꾀할 수 있겠습니
까?」

「패군지장은 불언용(敗軍之將 不言勇)」이란 말은 이좌거의 이
말에서 나온 것인데, 이 말은 이좌거가 만들어 낸 것이 아니고 옛
날부터 내려오는 교훈을 인용해서 자기의 처지를 밝힌 것이다. 그
러나 결국 그는 한신을 도와 좋은 꾀를 일러주게 된다.

― 《사기》 회음후열전

■ **공휴일궤(功虧一簣)** : 거의 성취하여 가는 일을 그만 중단했기 때
문에 모두 허사가 되고 말다. 이제 조금만 더 계속하면 목적을 달
성할 수 있는 데까지 와서 그만 중단했기 때문에 지금까지 애쓴
것이 모두 허사가 되고 만 것을 「공휴일궤」라고 한다. 「공이 한
삼태기로 허물어졌다」는 뜻이다. 《서경》 여오편(旅獒篇)에, 「……
아홉 길 산을 만드는 데 일(功)이 한 삼태기(簣)로 무너진다(爲山九
仞 功虧一簣).」라고 한 데서 비롯된다.

그 앞부분서부터 한 말을 소개하면, 「슬프다, 임금 된 사람은 아
침부터 저녁까지 잠시라도 게으름을 피워서는 안된다. 아무리 사소
한 일이라도 이를 조심하지 않으면 마침내 큰 덕(德)을 해치기에
이르게 된다. 예를 들어 흙을 가져다가 산을 만드는데, 이제 조금만
일을 계속하면 아홉 길 높이에 이르게 되었을 때, 이제는 다 되었
다 하고 한 삼태기의 흙 운반하기를 게을리 하게 되면 지금까지의

해 온 일이 모두 허사가 되고 만다.」라고 했다는 것이었다.

이와 같은 말은 공자도 했다.《논어》자한편(子罕篇)에 보면, 「비유하자면 그것은 마치 산을 만드는 것과 같다. 비록 한 삼태기로 이루지 못했더라도 그만둔 것은 내가 그만둔 것이 아니겠는가.」라고 나와 있다. 그런데 아홉 길 산이 한 삼태기 흙으로 못 쓰게 된다는 비유는 적절하지 못하다는 평도 있다. 그것에 비해 맹자가 말한 아홉 길 우물의 비유는 훨씬 실감을 준다 하겠다.

《맹자》진심편에서 맹자는 이렇게 말하고 있다. 「어떤 일을 하는 것은, 비유하면 우물을 파는 것과 같다. 우물을 아홉 길을 파 들어가다가 샘에까지 이르지 못하고 그만두면 그것은 우물을 버린 것과 같다.」 한 삼태기의 흙만 더 파내면 샘이 솟아나게 되어 있더라도, 거기까지 계속하지 못하고 그만두면 아홉 길을 파 내려간 지금까지의 노력을 포기한 거나 다름이 없으니, 그야말로 「공휴일궤」가 아닐 수 없다. 무슨 일이든 끝을 내지 못하면 아무 소용이 없는 것이다.   ―《서경》여오편

▣ **마부작침**(磨斧作針) : 도끼를 갈아 바늘을 만든다는 말로, 아무리 어려운 일이라도 꾸준히 노력하면 이룰 수 있다는 뜻.

당(唐)나라 때 시선(詩仙)으로 불린 이백(李白)은 서역의 무역상이었던 아버지를 따라 어린 시절을 촉(蜀)에서 보냈다. 젊은 시절 도교(道敎)에 심취했던 이백은 유협(遊俠)의 무리들과 어울려 사천성(泗川省) 각지의 산을 주유하였다.

　이때 학문을 위해 상의산(象宜山)에 들어갔던 이백이 공부에 싫증이 나 산에서 내려와 돌아오는 길에 한 노파가 냇가에서 바위에 도끼를 갈고 있는 모습을 보게 되었다. 이상하게 생각한 이백이 물었다. 「할머니, 지금 무엇을 하고 계신 것입니까?」, 「바늘을 만들려고 해요.」 노파의 대답을 들은 이백이 기가 막혀서 「도끼로 바늘을 만든단 말씀입니까?」 하고 큰 소리로 웃자, 노파는 가만히 이백을 쳐다보며 꾸짖듯 말했다.

　「어째서 비웃는 거요? 중도에 그만두지만 않는다면 언젠가는 이 도끼로 바늘을 만들 수가 있지.」 이 말을 들은 이백은 크게 깨달은 바 있어 그 후로는 한눈팔지 않고 글공부를 열심히 하였다고 한다. 그가 고금을 통하여 대시인으로 불리게 된 것은 이러한 경험이 계기가 되었기 때문일 것이다. 「우공이산(愚公移山)」이나 「수적석천(水滴石穿)」과 같은 의미로, 아무리 어려운 일이라도 끈기를 가지고 계속 노력하면 마침내 이룰 수 있다는 뜻이다.

　　　　　　　　　　　　　— 《방여승람(方與勝覽)》,《당서(唐書)》

■ **유하면목견지호(有何面目見之乎)** :「무슨 면목으로 이들을 보겠는가?」라는 말로 볼 낯이 없다는 뜻. 흔히 상대편에게 낯이 서지 않을 때 표현하는 면목이 없다는 뜻이다.

　《사기》 항우본기에 있는 이야기다.

　천하를 양분했던 초(楚)나라와 한(漢)나라의 싸움은 항우의 패배로 끝났다. 해하의 결전에서 패한 항우는 사랑하는 우미인(虞美人)

을 잃고 800여 기(騎)의 부하와 함께 달아났다. 그러나 따르는 부하가 겨우 28기만이 남았을 때, 항우 일행은 오강(烏江)에 이르게 되었다. 부하들은 항우에게 강을 건너 처음 거병했던 강동(江東)으로 가 재기하도록 권하였다. 「강동은 천하에서 보면 작지만, 지방은 천리나 되고 백성은 수십만이니 왕이 되기에 족합니다. 어서 건너십시오. 여기에 배는 이것뿐입니다. 한군(漢軍)이 오더라도 건널 수 없습니다.」라고 하였다.

그러나 항우는 「하늘이 이미 나를 버렸다. 나는 건너지 않겠다. 8년 전 강동의 자제 8천으로 이 강을 건넜지만, 지금 나와 같이 돌아갈 자는 하나도 없구나. 비록 강동의 부형들이 불쌍히 여겨 왕을 시켜준다 한들 내 무슨 면목이 있어 이들을 보겠는가(有何面目見之乎)?」 하고는 말머리를 돌려 뒤쫓아 오는 한군 속으로 들어갔다.

― 《사기》 항우본기

【에피소드】

■ 제자들이 아인슈타인에게 물었다. 「선생님의 그 많은 학문은 어디에서 나왔나요?」 그러자 아인슈타인은 손끝에 한 방울의 물을 떨어뜨리며 말했다. 「나의 학문은 바다에 비하면 이 한 방울의 물에 지나지 않는다.」 제자들이 다시 물었다. 「그러면 선생님은 어떻게 학문에 성공했나요?」 아인슈타인은 이렇게 썼다. 「s= x+y+z」 s는 성공, x는 말을 많이 하지 말 것, y는 생활을 즐길 것, z는 한가한 시간을 가지라는 뜻. 아인슈타인은 이것이 성공의 비결이라고

했다. 말을 많이 하면 실수가 있고, 한가한 시간이 없으면 조용히 생각할 시간이 없으며, 감정적인 데서 이성적인 데로 돌아갈 시간적 여유를 갖지 못하게 된다.

【成句】

■ 낙방거자(落榜擧子) : 과거에 떨어진 선비. 또는 무슨 일에 성공하지 못한 사람. /《사기》

■ 동패서상(東敗西喪) : 가는 곳마다 실패함.

■ 망양보뢰(亡羊補牢) : 양 잃고 우리 고친다는 뜻이니, 이미 실패한 뒤에 뉘우쳐도 쓸데없음을 비유하여 이르는 말. 「소 잃고 외양간 고치기」와 같음. /《전국책》

■ 가여낙성(可與樂成) : 함께 일의 성공을 즐길 수 있음. /《사기》 상군열전.

■ 동첩견패(動輒見敗) : 무슨 일을 해보려고 움직이기만 하면 꼭 실패를 본다는 말.

■ 어변성룡(魚變成龍) : 물고기가 변(變)하여 용이 되었다는 뜻으로, 어릴 적에는 신통(神通)하지 못하던 사람이 자란 뒤에 훌륭하게 되거나 아주 곤궁(困窮)하던 사람이 부귀(富貴)하게 됨을 이름. /《송남잡식(松南雜識)》

■ 백무일실(百無一失) : 무슨 일에든지 하나도 실패가 없음을 이름. /《논형》 수송편.

■ 성공지하불가구처(成功之下不可久處) : 성공한 땅에서 오래 머물

러 있으면 남한테 원한을 받아 화를 당한다는 뜻. /《사기》 범수 채택열전.

■ 석계이등천(釋階而登天) : 사다리를 버리고 하늘에 오르고자 한다, 곧 결코 이루어질 수 없음을 비유한 말. /《초사》

■ 지일가기(指日可期) : 다른 날 성공할 것을 꼭 믿음.

■ 빈마지정(牝馬之貞) : 암말의 절개란 뜻으로, 힘든 일을 잘 참아내 어 성공함의 비유. /《역경》

■ 일패도지(一敗塗地) : 대패(大敗)하여 다시 일어날 수 없게 되었다 는 말. /《사기》

■ 미불유초 선극유종(靡不有初 鮮克有終) : 처음 시작할 때는 누구나 가 성공을 결심하고 열심히 하게 되지만, 끝까지 그 결심이 누그러 지는 일이 없게 계속하는 사람은 적다는 뜻.

■ 승거목단 수적석천(繩鋸木斷 水滴石穿) : 먹줄로 나무를 켜서 자르 고, 물방울이 돌을 뚫는다는 뜻으로, 꾸준히 노력해서 성공을 거둠. 또 바늘도둑이 소도둑 된다는 뜻으로도 쓰인다. /《학림옥로》

■ 척확굴구신(尺蠖屈求伸) : 자벌레가 몸을 구부리는 것은 장차 다시 펴기 위해서라는 뜻으로, 후일의 성공을 위해서는 한때의 굴욕은 참아야 함을 비유하는 말. /《역경》

■ 초부득삼(初不得三) : 첫 번에 실패한 일이라도 세 번째는 성공한 다는 뜻으로, 꾸준히 하면 성공할 수 있다는 말.

■ 전패위공(轉敗爲功) : 실패한 것을 거울삼아 공(功)을 이루는 계기 로 삼음. /《사기》

사업 business 事業

【어록】

▣ 사업을 이룩하기는 쉬워도 지키기는 어렵다(創業易守成難 : 창업의 본뜻은 왕조(王朝)를 세우는 것, 곧 개국(開國)을 의미한다. 그리고 창업자의 뜻을 잘 계승하여 지속적으로 발전시키는 것을 수성(守成)이라 한다. 이 말을 처음 사용한 사람은 맹자(孟子)였으며, 그는 두 가지 모두 덕을 쌓아야 가능하다고 하였다. 역사상 창업과 수성을 가장 성공적으로 수행한 인물로는 당태종 이세민(李世民)을 꼽는다).　　　　　　　　　　　　― 《정관정요(貞觀政要)》

▣ 사업이 큰 자는 교만하기 쉽고, 시작을 잘하는 자는 마치기 어렵다(業大者易驕 善始者難終).　　　　　　　　　　― 《정관정요》

▣ 스승이란 도를 전수하고 지식을 강술하며, 의혹을 풀어주는 사람이다(師者 所以傳道受業解惑也).　　　　　　　　― 한유(韓愈)

▣ 큰 부자는 하늘에 달려 있고, 작은 부자는 부지런함에 달려 있다.　　　　　　　　　　　　　　　　　　　　　― 《명심보감》

■ 천장(千丈) 높이의 둑도 개미구멍이 무너뜨린다(千丈之堤潰自蟻穴).　　　　　　　　　　　　　　—《한비자》유로편(喩老篇)

■ 사업을 할 때에는 어떠한 결과를 얻게 될는지를 생각하라.
　　　　　　　　　　　　　　　— 푸블릴리우스 시루스

■ 돈이 있거든 눈감고 사업에 투자해 두어라. 참고 기다리면 언젠가는 이윤이 되어 돌아올 것이다.　　　　　　　— 전도서

■ 천재는 위업(偉業)을 시작하나 노력만이 그 일을 끝낸다.
　　　　　　　　　　　　　　　— 조제프 주베르

■ 훔치지 말라. 훔친다고 사업에 성공하는 것이 아니다. 차라리 속여라.　　　　　　　　　　　　　— 앰브로즈 비어스

■ 최악을 말할 수 있는 한 최악은 아니다.　　　— 셰익스피어

■ 나의 사업 목적은 언제나 부끄럽지 않게 돈을 버는 일이라고 알고 있었습니다. 또한 인생의 목표는 선을 행하는 일임을 기억하도록 노력해 왔습니다.　　　　　　　　　　　— 폴 쿠퍼

■ 모든 올바른 교육은 전 생애의 주요 사업인 자기 교육에 사람을 끌어들이는 것이어야 한다.　　　　　　　— 카를 힐티

■ 실업가는 회계실 열쇠구멍으로 인생을 내다본다. 그에게 있어 세계는 하나의 상품시장이고, 그는 이웃사람을 그의 가게 문 유리의 사이즈로써 판단한다.　　　　　　　— 앨프레드 가드너

■ 새 옷을 요구하는 모든 사업을 주의하라.　　　— 헨리 소로

■ 근면은 사업의 정수이며, 번영의 열쇠다.　　　— 찰스 디킨스

■ 위대한 도덕적 사업의 성공 여하는 숫자에 의해 좌우되지 않는다.

— 웬들 개리슨

▣ 확실히 아주 훌륭한, 가장 공공(公共)에 이익이 되는 사업은 결혼하지 않은, 또는 자녀 없는 사람에 의해서 이루어졌다. 그들은 애정에 있어서나 재산에 있어서나 공공과 결혼하고 그것을 부양하는 것이다.　　　　　　　　　　　　　　　　— 프랜시스 베이컨

▣ 무릇 사업에는 세 개의 부분이 있다. 준비·실행·완성이 그것이다.　　　　　　　　　　　　　　　　　　　　— 프랜시스 베이컨

▣ 우리는 수입의 일부를 자선사업에 희사할 의무가 있다고 나는 생각한다. 뿐만 아니라 가장 적절하고 유효하게 쓰이도록 보살펴 줄 의무가 있다.　　　　　　　　　　　　　　　　— 토마스 제퍼슨

▣ 계획은 일의 근본적 요소이다. 그것은 많은 사업을 원만하게 성취시킨다.　　　　　　　　　　　　　　　　　— 새뮤얼 스마일스

▣ 성공적인 사업 교섭에는 별다른 비결이 없다. ……당신에게 이야기하고 있는 사람에게 전적으로 귀를 기울이는 것이 가장 좋은 방법이다. 이것보다 더 효과적인 아첨(阿諂) 방법은 없다.

— T. S. 엘리엇

▣ 근면은 사업의 정수이며, 번영의 열쇠다.　　　— 찰스 디킨즈

▣ 사업 목적에 대한 올바른 정의는 단 하나밖에 없다. 그것은 고객의 창조이다.　　　　　　　　　　　　　　　　　— 피터 드러커

▣ 자선사업의 가장 좋은 형태는 낭비에 있다. ……부자들의 도락이 가난한 자들에게는 하느님의 섭리이다.　　　　　— 잉거솔

▣ 대개 희망은 있으면서 실제로는 사업이나 일에 손을 대지 못하고

있는 사람이 있다. 왜 실패를 두려워하는가 하면, 그 일을 달성하기까지의 고난이나 난관을 미리 생각하기 때문이다. 나는 이런 실패 병에 걸린 사람에게 말하고 싶다. 「당신은 왜 가능한 적극적인 면은 조금도 생각지 않고 어려운 점만 생각하는 것이오?」

— 노먼 빈센트 필

■ 미소와 악수에는 돈도 시간도 들지 않는다. 그리고 사업을 번창시킨다.

— 존 워너메이커

■ 사업은 처음 시작할 무렵과 목적이 거의 달성되어 갈 때가 실패의 위험이 가장 크다. 배는 해변에서 곧잘 난파한다.

— 카를 베르네르

■ 비즈니스의 세계에서는 정지된 상태는 존재하지 않는다. 그것은 항상 변하는 세계이다.

— 폴 게티

■ 주식시장에서 돈을 벌 수 있고, 더군다나 큰돈을 벌 수 있지만 결코 하룻밤 사이에는 불가능하다.

— 폴 게티

■ 보이지 않는 과녁은 맞힐 수 없으며, 이미 존재하지 않는 목표는 볼 수 없다.

— 지그 지글러

■ 신(臣)이 엎드려 생각하옵건대, 정치는 시(時)를 아는 것을 귀중히 여기고, 사업은 실(實)을 힘쓰는 것을 요체로 하는데, 정치하는데 시의(時宜)를 모르고, 사업을 당해서 실효를 힘쓰지 않으면, 비록 성군(聖君)과 현신(賢臣)이 서로 만났어도 치적은 이루지 못하옵니다.

— 이이(李珥)

■ 위대한 사업은 흔히 역경을 만난다고 하지마는 위대한 사업일수록

역경에서 출발하기가 쉽게 되느니, 그 출발점이 역경인지라 그 진로가 순경(順境)일 수가 없는 것이다. 만일 그들에게 순경이 있다면 그것은 이른바 성공하는 최후의 5분간으로부터일 것이다.

— 한용운

▣ 세월의 감은 빠르고 사업의 이룸은 더디도다. — 이윤재(李允宰)

▣ 사업에 대해서도 의식적으로 하는 이가 있고 무의식적으로 하는 이가 있는데, 문명한 나라의 사람이 하는 사업은 의식적으로 하는 것이요, 미개한 나라 사람이 하는 사업은 무의식적으로 하는 것이외다. 문명한 나라 사람은 사업에 대한 방법을 연구하고 통계적 관념 아래에서 하기 때문에 그들의 사업은 흥왕하고, 미개한 나라 사람은 이것이 없기 때문에 그 사업이 쇠퇴하여지는 법이외다.

— 안창호

▣ 사업에는 공적 사업과 사적 사업이 있습니다. 자기의 몸이나 집을 위하여 하는 사업은 이것이 사적 사업이요, 국가나 민족이나 인류를 위하여 하는 사업은 이것이 공적 사업이다.　　— 안창호

▣ 전문가의 실력은 단순히 전문지식에 의해 결정되는 것이 아니라 「전문지식×커뮤니케이션 능력」에 의해 결정된다. 내가 아는 것을 다른 사람과 공유할 수 있을 때 비로소 그 힘이 발휘되는 것이다.

— 안철수

【속담 · 격언】

▣ 재주는 곰이 넘고 돈은 되놈이 번다.　　　　　 — 한국

- ▣ 마방(馬房) 집이 망하려면 당나귀만 들어온다. (사업과는 관계없는 잡것만 끼어들어 일이 잘 되지 않는다) ─ 한국
- ▣ 밀가루장사 하면 바람이 불고, 소금장사 하면 비가 온다. (운수가 사나우면 당하는 일마다 공교롭게 안 된다) ─ 한국
- ▣ 못 먹는 씨아가 소리만 난다. (사업에 성취하지는 못하고 소문만 굉장하다) ─ 한국
- ▣ 떡도 떡같이 못 해먹고 생떡국으로 망한다. (사업이 도중에 실패함) ─ 한국
- ▣ 장사를 시작하는 것은 쉬우나, 유지하기는 어렵다. ─ 중국
- ▣ 남의 이익을 생각하는 자에게 이익이 돌아온다. ─ 중국
- ▣ 사업을 해 보지 않으면 돈벌이가 힘든 줄을 모른다. ─ 중국
- ▣ 근면은 모든 사업의 보배이고, 신중함은 자신을 지킬 수 있는 근본이다. ─ 중국
- ▣ 등불을 끄고 무리들은 흩어지다. (공동사업을 그만두다) ─ 중국
- ▣ 한 가지 장사를 하면 그 장사를 사랑하라! ─ 중국
- ▣ 장사는 계산을 잘 해야 하고, 농사는 일찍 일어나야 한다. ─ 중국
- ▣ 황금글자 간판─유명무실하다. (장사는 실적이 좋아야 한다) ─ 중국
- ▣ 장사를 하면서 그 길에 정통하지 못하면 마치 장님이 남쪽 담에 머리를 부딪치는 것과 같다. ─ 중국
- ▣ 다른 장사는 산 너머 일과 같다. ─ 중국

■ 장사 마당에서는 아버지와 아들도 없다. ― 중국

■ 사고파는 마음은 같지 않으니, 서로 양보해야 장사가 된다.
― 중국

■ 장사는 착한 사람의 돈을 따먹는 것이다. ― 중국

■ 문과 문에 다 길이 있고, 모든 길에 문이 있다. (무슨 일을 하든, 어떤 장사를 하든 다 성공할 길이나, 열고 들어갈 성공의 문이 있다) ― 중국

■ 박리로 대량판매에 장사가 잘 되고, 폭리로 손님을 쫓으니 춥고도 썰렁하다. ― 중국

■ 옷소매가 길어야 춤이 좋고, 돈이 많으면 장사가 잘 된다.
― 중국

■ 동전 한 닢이라도 버는 것이 장사다. ― 중국

■ 팔 것은 꽃으로 장식하라. ― 일본

■ 해가 비칠 동안 건초를 만들어라. ― 서양격언

■ 쇠는 달았을 때 두들겨라. (Strike the iron while it is hot.)
― 서양격언

■ 로마는 하루아침에 이루어지지 않았다. (Rome was not built in a day.) ― 서양격언

■ 끝이 좋으면 모두가 좋다. (All's well that ends well.)
― 서양격언

■ 시작이 잘 되면 일의 반은 성취된 것이나 다름없다. (Well begun is half done.) ― 서양격언

■ 모두의 일은 누구의 일도 아니다. (Everybody's business is nobody's business.)   — 서양격언

■ 장사는 장사다. (Business is business.)   — 서양속담

■ 행운은 누구의 문이라도 한 번은 두드린다. (Fortune knocks once at everyone's door.)   — 서양속담

■ 계획은 사람이, 성패는 하늘이. (Man proposes ; God disposes.)   — 서양속담

■ 실수를 범하지 않는 자는 아무 일도 못한다. (He who makes no mistakes makes nothing.)   — 서양격언

■ 「물 간 생선이요!」라고 외치는 사람은 없다. (No man cries "Stinking fish.")   — 서양속담

■ 일어날 일은 먼저 그림자를 드리운다. (Coming events cast their shadows before.)   — 서양격언

■ 쥐는 가라앉을 배를 떠난다. (Rats leave a sinking ship.)   — 서양속담

■ 구두장이는 구두 틀을 지켜라. (The cobbler should stick to his last. : 자기의 천직을 지켜라)   — 서양격언

■ 끝마무리가 일에 영광을 안겨준다. (The end crowns the work.)   — 서양격언

■ 파종 한 놈 따로 있고, 거둬가는 놈 따로 있다. (One sows and another reaps.)   — 영국

■ 해가 있을 때 일하라. (Work while it is day. : 일할 수 있는 적기)

― 영국

■ 사업에는 첫째도 대담, 둘째도 대담.　　　　　　― 영국

■ 위대한 사업은 위대한 정신을 요한다.　　　　　　― 영국

■ 사업의 뿌리는 쓰지만 그 열매는 달다.　　　　　　― 독일

■ 의심스러운 자는 고용하지 말고, 고용했으면 의심하지 마라.

― 프랑스

■ 사업을 완수하는 것은 용기이지 시간이 아니다.　　― 프랑스

■ 빚을 지기보다는 저녁식사를 굶고 잠자리에 드는 것이 낫다.

― 스페인

■ 공공연히 팔고 남몰래 사들여라.　　　　　　　　― 스페인

■ 남자는 사업 때문에 집을 나서고, 여자는 남에게 보이기 위해 외출
한다.　　　　　　　　　　　　　　　　　　　― 핀란드

■ 추켜세우는 자는 팔기를 원하며, 깎아내리는 자는 사기를 원하는
자다.　　　　　　　　　　　　　　　　　　　　― 체코

■ 연민과 동정은 사업을 망친다.　　　　　　　　　― 이스라엘

■ 돈이 떨어졌을 때는 인생의 반을 잃고 있는 것이다. 용기가 떨어졌
을 때는 인생의 전부를 잃고 있는 것이다.　　　　　― 유태인

■ 자기의 재산을 셋으로 나누라. 그 하나는 토지에, 그 하나는 사업
에, 그 하나는 저축에.　　　　　　　　　　　　　― 헤브루族

【중국의 고사】

■ **우공이산**(愚公移山) : 어리석은 영감이 산을 옮겨 놓는다는 말로,

남 보기에 미련한 것같이 보이지만, 한 가지 일을 계속 물고 늘어지면 언젠가는 목적을 달성하게 된다는 비유다.

태행산(太行山)은 사방 둘레가 7백 리나 되고, 높이가 만 길이나 되는데, 원래는 기주(冀州 : 하북성) 남쪽, 하양(河陽 : 하남성) 북쪽에 있었다. 그런데 북산(北山)의 우공(愚公)이란 사람이 나이는 벌써 아흔이 가까운데, 이 두 산을 앞에 놓고 살고 있었기 때문에 산 북쪽이 길을 막고 있어 드나들 때마다 멀리 돌아서 다녀야만 했다. 영감은 그것이 몹시 불편하게 생각되어 하루는 가족들을 모아 놓고 상의를 했다.

「나는 너희들과 함께 힘을 다해 높은 산을 평평하게 만들고 예주(豫州 : 하남성) 남쪽으로 길을 내 한수(漢水) 남쪽까지 갈 수 있게 할까 하는데, 너희들 생각은 어떠냐?」모두가 찬성을 했다. 그러나 우공의 아내만은 이렇게 반대했다. 「당신 힘으로는 작은 언덕도 허물 수가 없을 텐데, 그런 큰 산을 어떻게 한단 말입니까. 그리고 그 흙과 돌은 어디로 다 치운단 말입니까?」, 「발해(勃海) 구석이나 은토(隱土) 북쪽에라도 버리면 되겠지요 뭐.」모두 이렇게 우공을 두둔하고 나섰다.

그래서 우공은 아들 손자들을 거느리고 산을 허물기 시작했다. 짐을 지는 사람은 세 사람, 돌을 깨고 흙을 파서 그것을 삼태기와 거적에 담아 발해로 운반했다. 우공의 이웃에 사는 경성씨(京城氏) 집 과부에게 이제 겨우 7, 8세밖에 안되는 아들이 하나 있었는데, 이 아이가 또 열심히 우공의 산 파는 일을 도왔다. 그러나 1년에 두 차례 겨우 흙과 돌을 버리고 돌아오는 정도였다. 그러자 하곡(河曲)에 있는 지수(智叟)란 영감이 이 광경을 보고 웃으며 이렇게 말렸다.

「이 사람아, 어쩌면 그렇게도 어리석은가. 다 죽어 가는 자네 힘으로는 풀 한 포기도 제대로 뜯지 못할 터인데, 그 흙과 돌을 어떻게 할 작정인가?」 그러자 우공은 한숨을 내쉬며 이렇게 말했다. 「자네의 그 좁은 소견에는 정말 놀라지 않을 수 없네. 자넨 저 과부의 어린아이 지혜만도 못하네. 내가 죽더라도 자식이 있지 않은가. 그 자식에 손자가 또 생기고, 그 손자에 또 자식이 생기지 않겠는가. 이렇게 사람은 자자손손 대를 이어 한이 없지만, 산은 불어나는 일이 없지. 그러니 언젠가는 평평해질 날이 있지 않겠나?」

지수는 말문이 막혀 잠자코 있었다. 두 손에 뱀을 들고 있다는 산신령이 이 말을 듣자, 산을 허무는 인간의 노력이 끝없이 계속될까 겁이 났다. 그래서 옥황상제에게 이를 말려 주도록 호소했다. 그러나 옥황상제는 우공의 정성에 감동하여 힘이 세기로 유명한 과아씨(夸娥氏)의 아들을 시켜 두 산을 들어 옮겨, 하나는 삭동(朔東 : 朔北 동쪽)에 두고 하나는 옹남(雍南 : 옹주 남쪽)에 두게 했다. 이리하여 기주 남쪽에서 한수 남쪽에 이르기까지는 산이 없게 되었다. 여기에서, 쉬지 않고 꾸준히 노력해서 성공하는 비유로 「우공이산」이란 문자를 쓰게 되었다.   ─《열자》탕문편(湯問篇)

■ **도남**(圖南) : 어느 다른 지역으로 가서 큰 사업을 시작하려고 한다

는 말이다. 이「도남」이란 말은 붕새(鵬)가 북쪽 바다에서 남쪽 바다로 옮겨 갈 때의 어마어마한 광경을 이야기한 《장자》에서 나온 말이다.「북해(北海)에 곤(鯤)이라는 고기가 있다. 그 크기는 몇 천 리가 되는지 알 수 없다. 이 고기가 화해서 붕(鵬)이라는 새가 된다. 붕새의 등은 그 길이가 몇 천 리가 되는지 알 수 없다. 이 새가 한번 날아오르면 그 날개는 하늘을 덮은 구름처럼 보인다. 이 새는 바다에 물결이 일기 시작하면 남쪽 바다로 옮겨간다. 남쪽 바다는 천연의 못이다.」

《제해(齊諧)》는 이상한 것들을 기록한 책이다. 그 책에 이렇게 씌어 있다.「붕새가 남해로 옮겨가려 할 때는 날개가 물 위를 치는 것이 3천 리에 미치고, 회오리바람을 일으키며 날아오르는 것이 9만 리에 이른다. 이렇게 여섯 달을 계속 난 다음에야 쉰다.」고 했다. 여기에서「도남」이니「붕정만리(鵬程萬里)」니「붕익(鵬翼)」이니 하는 말이 나오게 되었다.   — 《장자》

■ **선시어외**(先始於隗) : 너부터 시작하라.「선시어외」는 먼저 외(隗)부터 시작하라는 말이다. 여기서 외는 곽외(郭隗)를 말한다. 전국시대 연(燕)나라의 소왕은 제(齊)나라에 빼앗긴 영토를 되찾고 치욕을 앙갚음하기 위해 세상의 뛰어난 인재를 초빙하고자 하였다. 그래서 이 문제를 재상 곽외와 상의하였다. 곽외가 말했다.

「이런 옛이야기가 있습니다. 어떤 임금이 천리마를 구하려고 천 냥의 돈을 걸고 기다렸습니다. 그러나 3년이 지나도 천리마는 오지 않았습니다. 그러자 궁중의 하인 한 사람이 자신이 구해 오겠다며 나섰습니다. 그는 백방으로 수소문해 천리마가 있는 곳을 알았지만, 아쉽게도 그가 도착하기 전에 천리마는 죽어버리고 말았습니다. 그러나 그는 그 죽은 말의 뼈를 5백 냥을 주고 사가지고 왔습니다(買死馬骨).」 그러자 임금은, 「죽은 말의 뼈를 5백 냥이나 주고 사오다니?」 하며 화를 냈습니다. 그러자 하인은, 「생각해 보십시오. 죽은 천리마의 뼈를 5백 냥에 샀다면 산 말이야 이르겠느냐고 생각하지 않겠습니까? 조금만 기다리면 서로 팔겠다며 천리마를 가진 사람이 몰려들 것입니다.」 과연 얼마 되지 않아 천리마를 팔겠다는 사람이 셋이나 나타났다고 합니다. 마찬가지로 폐하께서 천하의 영재를 얻고자 하신다면 먼저 가까이 있는 저부터 우대하십시오. 그러면 저절로 천하의 영재들이 몰려들 것입니다.」

이 말을 수긍한 소왕은 즉각 황금대를 지어 곽외를 머물게 하고 사부로서 받들었다. 그러자 과연 얼마 안 가서 명장(名將) 악의(樂毅), 음양가의 비조(鼻祖) 추연(鄒衍), 대정치가 극신(劇辛) 등의 걸출한 인재들이 사방에서 연나라로 몰려들었다. 이들의 힘을 빌려 소왕은 제나라에 대한 원수도 갚고 나라를 부강하게 만들 수 있었다. 곽외의 이야기 중에서 「죽은 말을 사왔다」는 「매사마골(買死馬骨)」은 「별 볼일 없는 것을 사서 요긴한 것이 오기를 기다린다」 또는 「하잘 것 없는 것이라도 소중히 대접하면 긴요한 것은 그에 끌려 자연히 모여든다」는 뜻으로 쓰이게 된 말이다. 「선종외시(先從隗始)」라고도 한다.　　　　　　　　　　　—《전국책》 연책(燕策)

■ **창업이수성난**(創業易守成難) : 「창업」은 사업을 처음 시작한다는 말인데, 나라를 처음 세우는 뜻으로 많이 쓰이고 있다. 「수성(守成)」은 이뤄 놓은 것을 그대로 지켜 나간다는 말이다. 즉 나라나 사업이나 처음 세우기는 쉬워도 그것을 지켜 나가기는 어렵다는 말이다. 그런데 창업이 어려운지 수성이 어려운지 하는 것은 당태종이 신하들과의 대화에서 나온 것이다.

　당태종과 그의 신하들과의 정치문답을 모아 만든 《정관정요》라는 책에 보면 다음과 같은 이야기가 나온다.

　태종이 신하들을 보고 물었다. 「제왕(帝王)의 사업은 초창(草創)이 어려운가, 수성(守成)이 어려운가?」 상서좌복야(尙書左僕射 : 부총리)인 방현령(房玄齡)이 대답했다. 「어지러운 세상에 많은 영웅들이 다투어 일어나, 이를 쳐서 깨뜨린 뒤라야 항복을 받고, 싸워 이겨야만 승리를 얻게 되므로 초창이 어려운 줄로 아옵니다.」

　그러자 위징(魏徵)이 말했다. 「제왕이 처음 일어날 때는 반드시 먼저 있던 조정이 부패해 있고 천하가 혼란에 빠져 있기 때문에 백성들은 무도한 임금을 넘어뜨리고 새로운 천자를 기뻐 받들게 됩니다. 이것은 하늘이 주시고 백성들이 따르는 것이므로 어려울 것이 없습니다. 그러나 이미 천하를 얻고 나면 마음이 교만해지고 편해져서 정사에 게으른 나머지 백성은 조용하기를 원하는데, 부역이 쉴 사이 없고, 백성은 피폐할 대로 피폐되어 있는데, 나라에서는 사치를 위한 필요 없는 공사를 일으켜 세금을 거두고 부역을 시키고 합니다. 나라가 기울게 되는 것은 언제나 여기서부터 시작됩니다. 이로 미루어 볼 때 수성이 더 어려운 줄 압니다.」

　결국 창업이 쉽고 수성이 어렵다는 말은 위징의 입에서 나온 말이다. 당태종은 두 사람의 말을 다 옳다고 한 다음,「그러나 남은 것은 수성뿐이니 우리 다 같이 조심하자.」고 말했다. 수성이 어려운 것이 어찌 나라뿐이겠는가. 크고 작은 단체들이 다 같은 원리에서 망하고 흥하고 하는 것이다.　　　　—《정관정요(貞觀政要)》

■ **남선북마**(南船北馬) : 화남(華南)지방은 양자강(揚子江)·주강(珠江)을 비롯하여 수량이 풍부한 하천이 매우 많기 때문에, 선박에 의한 사람의 왕래와 물품의 운송이 활발하였다. 이에 비해 화북(華北)지방은 산과 사막이 많은데다가 강수량도 적어서 건계(乾季)에는 하천의 수량이 부족하여 선박의 항행이 불가능하였기 때문에, 육로를 이용한 거마(車馬)의 교통이 성황을 이루었다. 오늘은 남쪽을 배로 여행하고, 내일은 북쪽을 말로 달린다. 늘 여기저기 쉴 새 없이 사업을 위해 여행하거나 돌아다님을 이르는 말.

　　　　　　　　　　　　　　—《회남자》제속훈(齊俗訓)

■ **천재일우**(千載一遇) : 좀처럼 만나기 어려운 기회. 천재(千載)는 천 년(千年)과 같은 말이다. 천 년 만에 한 번 만나게 되는 것이「천재일우」다. 천 년은 물론 과장된 말이다. 평생을 두고 한 번 있을까 말까 한 그런 좋은 기회를 가리켜 흔히 쓰는 문자다. 이 말은 동진(東晉)의 원굉(袁宏)이 쓴《삼국명신서찬》에 나오는 말이다.

　　원광이 삼국 시절의 건국 공신 스무 명을 골라 그들 한 사람 한 사람의 행장을 칭찬하는 찬(贊)을 짓고, 거기에 서문을 붙인 것이 《삼국명신서찬》이다. 그는 이 서문에서, 「백낙(伯樂)을 만나지 못하면 천 년을 가도 천리마 하나 생겨나지 않는다」고, 훌륭한 임금과 신하가 서로 만나기 어렵다는 것을 비유한 다음, 「대저 만 년에 한 번 기회가 온다는 것은 사람이 살고 있는 세상의 공통된 원칙이요, 천 년에 한 번 만나게 된다는 것은 어진 사람과 지혜로운 사람이 용케 만나는 것이다. 이런 기회를 만나면 그 누가 기뻐하지 않으며, 이를 놓치면 그 누가 한탄하지 않겠는가.」라고 했다.

　　여기서 백낙은 유명한 명마 감별사의 이름이다. 특히 「천재일우」는 사업을 하는 사람들에게 있어서 아주 중요한 말이다.

— 원광 / 《삼국명신서찬(三國名臣序贊)》

■ **장수선무다전선고**(長袖善舞多錢善賈) : 소매가 길면 춤을 잘 추고, 돈이 많으면 장사를 잘한다는 뜻으로, 무슨 일이든지 조건이 나은 사람이 큰 성과를 거둔다는 것을 비유한 말. 이 말은 원래 《한비자》 오두편에 나오는 말이다.

　　한비는, 당시의 정세를 논하는 사람들이 나라를 보존하기 위해 합종(合從) 또는 연횡(連衡)을 택하거나 다른 나라의 힘을 비는 것, 이 모두가 틀린 방법임을 지적하며 다음과 같이 말하였다. 「지금 안에서는 법령을 시행하고 밖으로는 지혜로운 사람을 섬기지 않는다면 다스림이 강화되지 않을 것이다. 속담에 이르기를, 『소매가 길면 춤을 잘 추고, 돈이 많으면 장사를 잘한다.』고 했다. 이는 자본이 풍부하면 일을 처리하기가 용이하다는 뜻이다. 때문에 강국을 다스릴 때는 도모하기가 쉽고 약하고 어지러운 나라에서는 계획을 세우기가 어려운 것이다. 그러므로 진나라와 같은 나라에서 쓰이는 사람은 열 번 계획을 바꾸어도 실패하는 일이 드물다. 그러나 연나라와 같은 작은 나라에서 쓰이는 사람은 한 번만 바꾸어도 성공하기가 힘들다. 이런 차이가 나는 것은 진나라에서 쓰이는 사람은 지혜롭고 연나라에서 쓰이는 사람은 어리석기 때문이 아니다. 대개 나라가 잘 다스려지고 있는지 아니면 어지러운지의 차이일 뿐이다. 그래서 주(周)나라는 진나라를 떠나 합종한 지 1년 만에 멸망하였고, 위(衛)나라는 위(魏)나라를 떠나 연횡한 지 반년 만에 망했다.」

즉, 얼마만큼 준비되고 풍부한가에 따라 그 미래가 결정된다는 말이다. 《사기》 범수채택열전에서 사마천은 이렇게 말한다. 「《한비자》에, 『소매가 길면 춤을 잘 추고 돈이 많으면 장사를 잘한다(長袖善舞 多錢善賈)』는 말이 있는데, 이 말은 참된 말이다. 범수와 채택은 세상에서 말하는 이른바 변사(辯士)이면서 백발이 성성하기까지 제후에게 유세했으나, 임금을 만나지 못했던 것은 그들의 계책이 서툴러서가 아니라 그들의 주장을 받아들이기에는 나라의 힘이 약했기 때문이다. 따라서 두 사람이 나그네의 몸으로 진나라에 입국하자마자 서로 뒤를 이어 대신(大臣) 재상의 자리를 차지하고 공적을 천하에 이루어 놓은 것은 진나라와 열국(列國)의 강약세(強弱勢)가 달랐기 때문이었다. 그런데 이 두 사람도 만약 곤궁하지 않았더라면, 어찌 이렇게 발분할 수 있었겠는가?」

—《한비자》오두편

■ **기구지업**(箕裘之業) : 조상 대대로 전승하여 오는 사업.

「대장장이 아들은 그 아버지가 쇠를 녹여 솥 때우는 것을 보고 짐승의 가죽을 기워 갖옷 만드는 것을 배우고, 또 활 만드는 사람의 아들은 그 아버지가 굳은 뿔을 바로잡아 활 만드는 것을 보고 버들가지를 구부려 키를 만드는 것을 배운다(良冶之子必學爲裘 良弓之子必學爲箕).」라고 하였다.

즉 가죽옷이나 키 만드는 일은 아버지가 하던 가업은 아니지만 그와 비슷한 일이어서 하기가 쉽다. 이처럼 하기 쉬운 일부터 하다 보면 나중에는 명궁명야(名弓名冶)가 되어 가업을 잇게 된다는 뜻이다.

—《예기(禮記)》학기편(學記篇)

【신화】

■ **개천벽지**(開天闢地) : 어려운 위기를 극복하고 창업에 성공한 경우를 비유는 말. 반고씨(盤古氏) 천지개벽 신화에서 나온 성구로서 그 신화의 내용은 대략 다음과 같다. 세상은 처음에 하늘과 땅의 분별이 없이 커다란 알과 같았는데, 만물의 창조자인 반고(즉 반고씨)가 바로 그 속에서 태아처럼 성장하다가 약 1만 8천 년이 지난 뒤에 그 알을 깨고 나왔다. 그때 알 속에서 나온 가볍고 밝은 기체는 하늘이 되고 무겁고 혼탁한 잡물은 땅이 되었다.

그런데 처음에는 하늘과 땅 사이가 너무 낮았기 때문에 반고는 허리도 펴지 못하였다. 그리하여 반고는 땅을 딛고 하늘을 짊어져서 하늘과 땅이 맞붙지 못하게 했는데, 이때부터 날마다 하늘은 한 길씩 높아 가고 땅은 한 길씩 두터워져 반고의 키도 하루에 한 길씩 커갔다. 이렇게 또 1만 8천여 년이 지나자 하늘과 땅 사이는 9만 리가 되고 반고의 키도 마찬가지로 9만 리가 되었다. 이렇게 해서 하늘과 땅이 맞붙을 우려가 없어지자 천지개벽의 사명을 완수란 반고는 죽었다. 그때 그의 숨결은 바람과 구름이 되고, 그가 남긴 소리는 우렛소리가 되었으며, 왼쪽 눈은 해가 되고 오른쪽 눈은 달이 되었다. 손발과 체구는 대지의 4극과 5방의 명산이 되고, 피는 강이 되고 근맥은 길이 되고, 살은 밭이 되고 뼈는 금속이 되고, 눈물과 침 따위는 전부 비나 감로수가 되었다는 것이다.

이상이 바로 반고씨의 천지개벽 신화인데 우주와 천지만물의 창조에 대해 옛사람들은 어떤 생각을 가졌는지를 이 신화를 통해 이해할 수 있다. 성구 개천벽지는 바로 이 신화에서 나온 것으로서 반고의 천지개벽과 같은 위대한 사건이나 어려운 위기를 극복하고 창업에 성공한 경우를 비유할 때 쓰이고 있다.

【에피소드】

■ 석유왕 록펠러 1세가 자기 일생을 석유사업에 바치려고 결심한 것은 25세 때였다. 그의 투철한 머릿속에는 석유 수급지(需給地)의 상황이 명확하게 그려져 있어 석유사업으로 세계의 패자(覇者)가

될 관록이 충분하였다 한다. 그러나 그가 아무리 천재적인 사업수완을 가지고 있었어도 단 혼자의 힘으로 그렇게 될 수는 없었을 것이다. 그의 협력자 중 새뮤얼 앤드루스는 영국의 기술자로 유산(硫酸)에 의한 제유법(製油法)을 발명한 사람이다. 또 하나의 협력자는 헨리 푸라그라이다. 그는 조직능력과 관찰력에 있어서는 록펠러를 훨씬 능가하였다고 한다. 록펠러는 집에서나 사무실에서나 항상 푸라그라와 함께 지내며 석유사업을 추진하였다. 푸라그라는, 「비즈니스에 기반을 두고 맺어진 우정이 우정으로 시작된 비즈니스보다 얼마나 좋은가.」라고 록펠러에게 말했다. 하나의 사업을 이루는 데는 경영을 담당한 훌륭한 사람의 협력이 없이는 이루어지지 않는다.

【成句】

▣ 경국대업(經國大業) : 나라를 경륜하는 큰 사업이란 뜻으로 문장을 가리킴.

▣ 극기봉공(克己奉公) : 자신의 욕망을 엄격하게 제어하고 한마음 한 뜻으로 사업에 몰두한다는 뜻으로, 극기와 봉공이 합쳐져 이루어진 성구다. /《논어》

▣ 사방지지(四方之志) : 천하의 여러 나라를 돌며 사업을 성취시키려는 뜻. 사방(四方)은 천하의 여러 나라. /《좌전》

▣ 성대공자불모어중(成大功者不謀於衆) : 큰 사업을 계획하는 사람은 중론에 미혹되지 말고 독단으로 신속히 일을 처리해야 한다는

뜻. /《전국책》

■ 당구지락(堂構之樂) : 아들이 아버지의 사업을 계승하여 이루는 즐거움.

■ 사해위가(四海爲家) : 천하의 도처를 자기 집처럼 여기는 것. 제왕(帝王)의 사업이 활발함의 비유. 사해(四海)는 동서남북 사방의 바다. 곧 천하를 이르는 말. /《사기》

■ 흔흔향영(欣欣向榮) : 초목이 무성하게 자란다는 뜻으로, 사업이나 일이 날로 번성하고 융성하는 것을 비유하는 말. /《귀거래사》

■ 동업상구(同業相仇) : 같은 업(業)을 경영하는 사람은 서로 배척함을 이름. /《소서(素書)》

■ 사이밀성(事以密成) : 모든 일은 치밀히 하여야 이루어짐. /《한비자》세난편(說難篇).

■ 창업수통(創業垂統) : 사업을 시작하거나, 또는 나라를 세워 그 통서(統緖)를 자손에게 전함. /《맹자》양혜왕편.

■ 하이위사고능원(河以委蛇故能遠) : 강은 느긋하게 구불구불 굽어서 흐르기 때문에 멀리까지 달할 수가 있다는 데서, 큰 사업을 이룩하는 데는 서두르지 않고 느긋해야 함을 이르는 말. /《설원》

기회 opportunity 機會

【어록】

▣ 아직 잔잔할 적에 평화의 기반을 견고히 하라. 아직 나타나기 전에 예방하라. 없애야 할 것은 자그마할 적에 미리 없애도록 하라. 버려야 할 물건은 무거워지기 전에 빨리 버리도록 하라. 무슨 일이든지 그 일이 터지기 전에 주의할 것이 필요하다. 터진 뒤에는 이미 때가 늦다.　　　　　　　　　　　　　　　　　— 노자

▣ 이 왕국에는 나를 스승으로 받드는 사람이 하나도 없다. 나의 생애를 마칠 때가 닥쳤다.　　　　　　　　　　　　　　　　— 공자

▣ 때를 얻는 자는 번창하고, 때를 잃는 자는 망한다.
　　　　　　　　　　　　　　　　　　　—《열자(列子)》

▣ 진기한 보물이다. 차지할 만하다(奇貨可居 : 진기한 물건이나 사람은 당장 쓸 곳이 없다 하여도 훗날을 위하여 잘 간직하는 것이 옳다는 말로서, 물실호기(勿失好機)라는 뜻이다).
　　　　　　　　　　　　　　—《사기(史記)》여불위전(呂不韋傳)

■ 그물이 벌어져 망가지고, 기회는 한 번 잃으면 만사가 뒤틀어진다.

　　　　　　　　　　　　　　　　　　　　　　— 왕통(王通)

■ 기회가 미치지 않으면 기세(氣勢)도 스스로 없어진다(시기를 놓치
　면 의기도 오르지 않고 무위해진다).　　　　　　　— 한유

■ 찾아왔을 때 놓치지 말아야 할 것은 시기이고, 밟았을 때 놓치지
　말아야 할 것은 기회이다(來而不可失者時也, 蹈而不可失者機也).

　　　　　　　　　　　　　　　　　　　　　　— 소식(蘇軾)

■ 군자들은 기회만 있으면 어진 일을 이룩하려 하고, 소인들은 기회
　만 있으면 악한 일을 이룩하려 한다(君子有機以成其善 小人有機以
　成其惡).　　　　　　　　　　　　　　　　　　— 소순(蘇洵)

■ 천하를 얻는 것도 천하를 지키는 것도 기회가 없이는 안된다(取天
　下與守天下 無機不能).　　　　　　　　　　　　— 소순

■ 피리 불고 노래하며 흥이 정히 무르익은 곳에 문득 옷자락을 떨치
　고 자리를 떠나는 것은 달인(達人)이 벼랑에서 손을 놓고 거닒과
　같이 부러운 일이다. 시간이 이미 다했는데 오히려 밤에 쏘다니는
　것은 세속 선비가 몸을 고해에 잠그는 것과 같이 우스운 일이다(笙
　歌正濃處 便自拂衣長往 羨達人撤手懸崖 更漏已殘時 猶然夜行不休
　笑俗士沈身苦海).　　　　　　　　　　　　　　—《채근담》

■　자기에게 유리한 기회를 가릴 줄 알라.　　　　— 피타고라스

■　기회는 인간에게 있어서 만사를 관장하는 최고의 장(長)이다.

　　　　　　　　　　　　　　　　　　　　　　— 소포클레스

■ 스스로 돕지 않는 자는 기회도 힘을 빌려 주지 않는다.

─ 소포클레스

■ 성공할 희망이 가장 큰 사람은 재간이 출중한 사람들이 아니라 하나의 기회를 잘 이용하여 열심히 분투하는 사람들이다.

─ 소크라테스

■ 절호의 기회란 무엇을 받아들이거나 무엇을 행해야 할 유일한 일순간을 말한다.　　　　　　　　　　　　　　　　─ 플라톤

■ 인생은 짧고 예술은 길며, 기회는 달아나기 쉽고, 실험은 정확치 못하며 판단은 곤란하다.　　　　　　　　　─ 히포크라테스

■ 주피터라 해도 잃어버린 기회는 두 번 다시 찾지 못한다.

─ 파이드루스

■ 사소한 기회는 흔히 위대한 일의 시작이다.　　─ 데모스테네스

■ 주어진 기회를 주저하면 많은 경우 이를 잃는다.

─ 푸블릴리우스 시루스

■ 무엇이나 다 정한 때가 있다. 하늘 아래서 벌어지는 무슨 일이나 다 때가 있다.　　　　　　　　　　　　　　　─ 전도서

■ 급히 서두르는 것도 나쁘고, 더디 하는 것도 또한 나쁘다. 만사가 꼭 알맞을 때 행하는 사람이 현명하다.　　　　　─ 오비디우스

■ 기회의 영토는 도처(到處)에 있다. 당신의 갈고리는 늘 늘어뜨려 둘 것이다. 당신이 예기하지 않은 소용돌이에 고기가 있다.

─ 오비디우스

■ 오, 우주여! 너에게 조화하는 것은 모두 나에게도 어울린다. 너에게 알맞은 때는 나에게도 너무 이르거나 늦는 법이 없다.

　　　　　　　　　　　　　　　— 마르쿠스 아우렐리우스

◼ 전투가 끝날 무렵에 원군이 도착한다.　　　　— 에라스무스

◼ 때는 슬픔과 싸움을 어루만져 준다. 그것은 우리가 변화하기 때문이다. 우리들은 이미 같은 사람들이 아니기 때문이다. 해한 사람이나, 해를 받는 사람이나 이미 이전의 같은 사람들이 아닌 것이다.

　　　　　　　　　　　　　　　　　　　— 파스칼

◼ 기회가 도적을 만든다.　　　　　　　　— 세르반테스

◼ 기회는 아마도 사인할 것을 바라지 않았던 때의 신의 익명일 것이다.　　　　　　　　　　　　　　— 아나톨 프랑스

◼ 기회는 모든 사람에게 찾아오지만, 그것을 잘 활용하는 자는 소수이다.　　　　　　　　　　　　　　— 불워 리턴

◼ 현명한 자는 그가 발견하는 이상의 많은 기회를 만든다.

　　　　　　　　　　　　　　　　— 프랜시스 베이컨

◼ 적절한 시기의 선택은 시간의 절약이 된다.

　　　　　　　　　　　　　　　　— 프랜시스 베이컨

◼ 바람에 맞춰서 돛대를 올려라.　　　　— 마튀랭 레니에

◼ 기회를 기다려라. 그러나 결코 때를 기다리지는 마라.

　　　　　　　　　　　　　　　　— 프리드리히 뮐러

◼ 기회가 두 번 문을 두드린다고는 생각지 말라.　— S. 샹포르

◼ 만일 기회가 오지 않으면 스스로 기회를 만들어 내라.

　　　　　　　　　　　　　　　— 새뮤얼 스마일스

◼ 때를 잃지 말라, 쓸데없는 행동을 생략하라. — 벤저민 프랭클린

■ 기회란 위대한 뚜쟁이다.　　　　　　　　— 벤저민 프랭클린

■ 인간의 행동에도 조수(潮水)가 있다. 만조(滿潮)를 타서 일을 행하면 일이 수월하다.　　　　　　　　— 셰익스피어

■ 기회는 도처에서 그대를 부른다. 다만 강한 얼굴로서 그에게 접근하고자 아니할 뿐이다.　　　　　　　　— 괴테

■ 새가 날아가 버린 후에 꼬리를 잡으려 해도 무리한 노릇이다.
　　　　　　　　— 도스토예프스키

■ 위인은 결코 기회가 없다는 불평을 하지 않는다.
　　　　　　　　— 랠프 에머슨

■ 기회는 도적을 만들 뿐만 아니라, 위대한 인간도 만든다.
　　　　　　　　— 리히텐베르크

■ 현자는 기회를 행복으로 바꾸어 놓는다.　　　— 조지 산타야나

■ 불 속의 밤을 줍는다.　　　　　　　　　　— 라퐁텐

■ 알맞은 때의 한 바늘은 아홉 바늘을 절약한다.　　— T. 풀러

■ 진로를 개척하려는 모든 사람이 첫째로 요구하는 것은 내게 기회를 달라는 것이다.　　　　　　　　— 존 워너메이커

■ 어떠한 재산도, 행복도 하찮은 기회로 손에 넣은 것이다.
　　　　　　　　— 쇼펜하우어

■ 기회는 앞머리에만 털이 있지 뒤통수는 대머리다. 당신이 만약 기회와 만나거든 그 앞머리를 꼭 잡도록 하라. — 프랑수아 라블레

■ 사람은 기회를 발견함과 동시에 또 스스로 이를 만들지 않으면 안된다.　　　　　　　　— 프랑수아 라블레

■ 인생에 있어서 기회가 적은 것은 아니다. 그것을 볼 줄 아는 눈과 붙잡을 수 있는 의지를 가진 사람이 나타나기까지 기회는 잠자코 있는 것이다. 재난이라 할지라도 그것을 휘어잡는 의지 있는 사람 앞에서는 도리어 건설적인 귀중한 가능성을 품고 있는 것이다. 부모의 유산도 자식의 행복을 약속해 주지는 않는다. 우리는 우리가 상상하는 이상으로 우리 자신의 힘 속에 자기의 운명의 열쇠를 가지고 있는 것이다.   — R. 굴드

■ 큰일을 기도할 때는 기회를 만들어내기보다 목전의 기회를 이용하도록 노력해야 한다.   — 라로슈푸코

■ 한 가지 일에 때늦게 되어버리면 만사가 뒤늦게 된다.

    — 앙리 게도

■ 훌륭한 능력도 기회가 없으면 소용이 없다.   — 나폴레옹 1세

■ 늦지 말진저! 황금의 순간은 날아가 버린다.   — 헨리 롱펠로

■ 때는 우리들의 위를 날아가지만, 그 그림자를 뒤에다 남긴다.

    — 너대니얼 호손

■ 지금이야말로 일할 때이다. 지금이야말로 싸울 때이다. 지금이야말로 나 자신을 더욱 뛰어난 사람으로 만들 때이다. 오늘 능히 하지 못하면 내일 무엇을 할 수 있을 것인가.   — T. 케빈스

■ 죽어야 할 때를 모르는 사람은 또 살아야 할 때도 모른다.

    — 존 러스킨

■ 때는 흐르는 강이다. 흐르는 물에 거슬리지 않고 운반되는 자는 행복하다.   — 모레이

■ 좋은 기회를 만나지 못했던 사람은 하나도 없다. 그것을 포착하지 못했을 뿐이다. ― 데일 카네기

■ 저는 잠시 이 백악관에 거주하게 되었을 뿐입니다. 저의 아버지의 아들이 그랬던 것처럼 여러분들의 자녀들도 언젠가는 여기에서 살게 되기를 희망할 수 있다는 것은 제가 그 산 증거입니다. (오하이오 출신 군인들에게 한 연설) ― 에이브러햄 링컨

■ 때를 얻는 사람은 만사를 얻는다. ― 벤저민 디즈레일리

■ 이 지구상에 안전이라는 것은 없습니다. 오로지 기회가 있을 따름입니다. ― 더글러스 맥아더

■ 인간이 지금처럼 자신의 환경을 스스로 제어할 수 있는 능력을 지녔을 때가 과거엔 없었습니다.―목마름과 굶주림을 종식시키고―가난과 질병을 이기며―문맹과 인간의 다량적(多量的)인 비참함을 소멸시키는 능력들 말입니다. 우리는 우리의 세대를 인간의 역사상 가장 훌륭했던 세대로 만들 수 있는 힘을 가졌습니다. 그렇지 않다면 우리는 지구상의 마지막 세대가 될 수도 있는 것입니다. (유엔총회에서의 연설) ― 존 F. 케네디

■ 우리는 기회의 문을 열어 놓아야 합니다. 그러나 동시에 우리 국민들로 하여금 그 기회의 문을 통과해 나갈 수 있도록 갖출 것을 갖춰 줘야 합니다. ― 린든 B. 존슨

■ 기업의 성과는 「문제」를 해결함으로써가 아니라「기회」를 개발함으로써 얻어진다. ― 피터 드러커

■ 나는 기회를 놓칠까 걱정된다. 기회를 틀어쥐지 않으면 눈앞에 보

이는 기회를 잃게 되며, 시간도 눈 깜짝할 사이에 지나가게 된다.

— 등소평

■ 태양을 놓쳐버린 것으로 하여 눈물을 흘릴 때 당신은 뭇별마저 놓쳐버리고 만다. — R. 타고르

■ 약자는 앉아서 좋은 기회가 오기를 기다리고 강자는 기회를 창조한다. — 큐리 부인

■ 좋은 기회는 언제나 충분한 준비가 있고 머리를 쓰는 사람만 편애한다. — 루이 파스퇴르

■ 예로부터 뜻있는 선비가 임금을 얻어서 도를 행한 자가 심히 적으니 대개 때는 잃기가 쉽고 기회는 얻기가 어렵습니다.

— 조광조

■ 기회란 고비를 넘길 때마다 언덕을 굴러 내리는 눈덩어리 모양 밑으로 갈수록 남의 것을 앗아서 부풀어 오르기만 한다.

— 선우휘

■ 준비가 안 된 상황에서 다가온 기회는 오히려 불행이다.

— 안철수

【속담 · 격언】

■ 꼭지가 물렀다. (무슨 일을 할 수 있는 기회가 완전히 무르익었다는 뜻) — 한국

■ 고기 보고 기뻐만 말고 가서 그물을 떠라. — 한국

■ 망건 쓰자 파장. (하고자 하는 일이 있어 그 준비를 하다가 그만

때를 놓쳐 처음의 뜻을 이루지 못하게 됨을 이름)　　— 한국

■ 매화도 한철 국화도 한철. (모든 것은 한창 때가 따로 있으나 쇠하고 마는 데는 다름이 없다는 말)　　— 한국

■ 떡 본 김에 제사지낸다. (무슨 일을 하려고 생각하던 중 꼭 필요한 것을, 마침 구한 기회를 타서 일을 치른다)　　— 한국

■ 말 머리에 태기가 있다. (말 타고 시집 갈 때 이미 아기를 배었음이니, 일의 첫머리부터 이익 볼 기회를 얻다)　　— 한국

■ 도둑맞고 사립 고친다. (어떤 일을 당하고 나서야 이에 대한 대비를 한다는 뜻이니 대비가 너무 늦었다는 뜻)　　— 한국

■ 동냥하려다가 추수(秋收) 못 본다. (작은 것을 탐내어 다니다가 큰 것을 놓치게 됨을 이름)　　— 한국

■ 메뚜기도 유월이 한철이다. (제때를 만난 듯이 날뛰는 자를 풍자하는 말)　　— 한국

■ 봄 조개, 가을 낙지. (제 때를 만나야 제 구실을 한다는 뜻)

　　— 한국

■ 단풍도 떨어질 때에 떨어진다. (무엇이나 제 때가 있다는 말)

　　— 한국

■ 돌절구도 밑 빠질 날이 있다. (아무리 튼튼한 것이라도 결단이 날 때가 있다는 말)　　— 한국

■ 집 타는 것 보고 우물 판다.　　— 한국

■ 도둑놈 문 열어 준 셈. (나쁜 사람에게 나쁜 일 할 기회를 일부러 주어 해를 입게 됨)　　— 한국

■ 마른 나무를 태우면 생나무도 탄다. (안 되는 일도 대세를 타면 될
　수 있다)　　　　　　　　　　　　　　　　　　　　　— 한국

■ 늦은 밥 먹고 파장(罷場) 간다. (때를 놓치고 늦게야 행동을 시작한
　다)　　　　　　　　　　　　　　　　　　　　　　　　— 한국

■ 사또 떠난 뒤 나팔 분다. (일을 당하여 알맞게 쓰이도록 못하고 다
　지난 다음에야 무엇을 하는 체하나 부질없는 짓이다)　　— 한국

■ 고사리도 꺾을 때 꺾어야 한다.　　　　　　　　　　　　— 한국

■ 술은 괼 때 걸러야 한다. (기회를 놓치지 마라)　　　　　— 한국

■ 쇠뿔은 단 김에 빼라. (무슨 일이든 생각날 때 당장 해치워야 좋다)
　　　　　　　　　　　　　　　　　　　　　　　　　　　— 한국

■ 소라가 똥 누러 가니 거드래기 기어들었다. (잠시 빈틈을 이용해서
　남의 자리를 차지하다)　　　　　　　　　　　　　　　　— 한국

■ 소 잃고 외양간 고친다.　　　　　　　　　　　　　　　— 한국

■ 마주쳤을 때에 탈모(脫帽)하라.　　　　　　　　　　　　— 일본

■ 때를 만나면 쥐도 호랑이가 된다.　　　　　　　　　　　— 일본

■ 건너야 할 강에 나룻배.　　　　　　　　　　　　　　　— 일본

■ 시간의 앞머리를 움켜잡아라, 시간의 뒷머리는 대머리인 때문에.
　(Take time by the forelock, for he is bald behind.)　— 영국

■ 물에 빠진 자는 지푸라기라도 붙잡는다. (A drowning man will
　catch at a straw.)　　　　　　　　　　　　　　　　— 영국

■ 쇠는 달았을 때 두들겨라. (Strike while the iron is hot.)
　　　　　　　　　　　　　　　　　　　　　　　　　　　— 영국

■ 햇볕이 쬐는 동안 건초를 만들라. (Make hay while the sun shines.) ― 영국

■ 기회는 도적을 만든다. ― 영국

■ 개에게도 영광의 날이 있다. ― 영국

■ 불타고 있는 집의 불을 끄기 위하여 이제 샘을 판다. ― 영국

■ 기회가 사라졌을 때는 슬퍼해도 늦다. ― 영국

■ 기회는 얻기 쉽고, 쓰기는 어렵다. ― 영국

■ 호기(好機)라는 것은 달걀과 같이 한 번에 온다. ― 영국

■ 목이 떨어진 뒤에 몸을 수그려도 때는 이미 늦다. ― 영국

■ 기회가 사람을 버리는 것보다, 사람이 기회를 잃는 편이 많다. ― 프랑스

■ 시의에 맞춰서 행동하라. ― 프랑스

■ 가마가 뜨겁지 않거든 빵을 넣지 마라. ― 독일

■ 종달새는 잡았을 때 깃털을 뽑아야 한다. ― 벨기에

■ 딸을 여읜 뒤에 사위 감이 나타난다. ― 스페인

■ 찰흙은 물기가 있는 동안에 빚는다. ― 니그리치아

■ 오이는 파랄 때, 멜론은 노랄 때가 먹기 좋다. ― 터키

■ 큰 항아리는 비 오는 동안에 채워야 한다. ― 터키

【시】

캄캄한 어둠에서

때는 우네

달 없고
소리 없는
한밤중을

— 기욤 아폴리네르 / 子正

【중국의 고사】

■ **호시탐탐**(虎視眈眈) : 기회를 노리고 가만히 정세를 관망함. 「탐탐(眈眈)」은 노려본다는 말이다. 범이 먹이를 탐내어 눈을 부릅뜨고 노려보는 것을 「호시탐탐」이라고 한다. 욕망을 채우기 위해 기회를 노리며 정세를 관망하고 있는 것을 비유해서 쓰는 말이다. 《주역》 이괘(頤卦) 사효(四爻)의 효사(爻辭)에 나오는 말이다.

이(頤)는 아래턱(下顎)이란 뜻인데, 기른다(養)는 뜻도 된다. 괘의 모양을 보면 위는 간(艮 : ☶)이고 아래는 진(震 : ☳) 이다. 「간」은 산(山)이란 뜻이고 「진」은 우레를 말한다. 괘의 전체의 모양 (☶ ☳) 은 위아래는 막혀 있고 복판이 열려 있어 사람의 입 속을 상징하고 있다. 산은 움직이지 않고 우레는 움직이는 성질을 가지고 있다. 위는 가만히 있고 아래만 움직이는 것이 사람이 음식을 먹을 때의 입의 모양이다. 그러므로 「이괘」는 음식을 먹고 생명을 보존하는 뜻이 된다. 그러나 음식을 먹고 몸을 기르는 데도 여러 가지 방법이 있고 처지가 다르다. 그래서 각 효마다 뜻이 다른 말로써 이를 나타내고 있는 것이다.

4효에는,「거꾸로 길려져도 좋다. 범처럼 노려보고 그 욕심이 한

이 없더라도 상관이 없다(顚頤吉 虎視眈眈 其欲逐逐 无咎).」고 했다. 「기욕축축(其欲逐逐)」은 쉴 새 없이 계속된다는 뜻이다. 거꾸로 길러진다는 것은 아랫사람에게 봉양 받는 것을 말한다.

부모가 자식을 기르는 것이 도리이고, 임금이 백성의 생활을 보장하는 것이 정치다. 그러나 자식이 다 큰 뒤에는 범의 위엄을 갖추고 자식들의 봉양을 계속 받아도 좋은 것이다. 나라가 태평하면 임금이 나라의 권위를 유지하여 사치를 하는 것도 나쁠 것이 없다는 뜻이다. ─《주역》효사(爻辭)

■ **삼년불비우불명**(三年不蜚又不鳴) : 활동해야 할 사람이 활동을 하지 않는 것을 이르는 말이다. 전국시대 때 제나라에 순우곤(淳于髡)이라는 사람이 있었다. 키는 7척(우리 치수로는 5척 남짓)도 안 되었지만, 익살스럽고 변설에 뛰어나 일찍이 제후들에게 자주 사신으로 나갔으나 굴욕을 당한 일이 한 차례도 없었다.

제나라 위왕(威王) 때의 일이다. 위왕은 수수께끼 풀기를 좋아했고, 음탕하게 놀며 밤새도록 술 마시기를 즐겼다. 술에 빠져 나랏일을 돌보지 않고 정치는 경과 대부들에게 맡겼다. 문무백관들의 질서는 문란해졌고, 제후들이 한꺼번에 침략하여 나라의 존망이 조석에 놓이게 되었다. 그런데도 주위 신하들 가운데 감히 간언하는 자가 없었다. 이때 순우곤이 왕에게 수수께끼로 빗대어 이렇게 말했다.

「나라 안에 큰 새가 있는데, 대궐 뜰에 앉아서 3년 동안이나 날지도 않고 울지도 않고 있습니다. 대왕께서는 이 새가 무슨 새인지 아십니까?(三年不飛又不鳴 王知此鳥何也)」

왕이 대답했다.

「이 새는 날지 않으면 몰라도 한번 날면 하늘에 치솟아 오르고, 울지 않으면 몰라도 한번 울면 사람들을 놀래게 만든다(不飛則已 一飛沖天 不鳴則已 一鳴驚人).」

그래서 위왕은 각 현의 현령과 현장(縣長) 72명을 조정으로 불러들여, 그 중에서 한 사람을 상주고 한 사람을 사형에 처했다. 그런 뒤에 군사를 일으켜 출정했다. 제후들은 크게 놀라 그 동안 침략해서 차지했던 제나라의 땅을 모두 돌려주었다. 그 뒤로 제나라의 위엄이 36년간이나 떨쳐졌다. 3년 동안 꼼짝도 않으며 날지도 울지도 않는다는 뜻으로, 활동을 해야 할 사람이 아무 활동도 하지 않는 것을 가리켜 말하게 된다. ─《사기》골계열전

■ **망양보뢰**(亡羊補牢) : 양 잃고 우리를 고친다는 뜻으로, 이미 일을 그르친 뒤에는 뉘우쳐도 소용이 없음을 이르는 말이다. 중국 전한(前漢)의 학자 유향(劉向)이 편찬한 《전국책》 초책에 있는 말이다.

전국시대 초(楚)나라에 장신(莊辛)이라는 충신이 있었다. 하루는 초 양왕(襄王)에게 사치하고 음탕하여 국고를 낭비하는 신하들을 멀리하고, 왕 또한 사치한 생활을 그만두고 국사에 전념할 것을 간언하였다. 그러나 왕은 오히려 욕설을 퍼붓고 장신의 말을 듣지 않

았다. 장신은 결국 조(趙)나라로 갔는데, 5개월 뒤 진나라가 초나라를 침공해, 양왕은 성양으로 몽진(蒙塵)을 하는 처지에 놓이게 되었다. 양왕은 이때야 비로소 장신의 말이 옳았음을 깨닫고 조나라에 사람을 보내 그를 불러들였다. 양왕이 장신에게 이제 어찌해야 하는지를 묻자, 장신은 다음과 같이 대답하였다.

「『토끼를 보고 나서 사냥개를 풀어도 늦지 않고, 양이 달아난 뒤에 우리를 고쳐도 늦지 않다(見兎而顧犬 未爲晚也 亡羊而補牢 未爲遲也)』고 하였습니다. 옛날 탕왕과 무왕은 백 리 땅에서 나라를 일으켰고, 걸왕과 주왕은 천하가 너무 넓어 끝내 멸망했습니다. 이제 초나라가 비록 작지만 긴 것을 잘라 짧은 것을 기우면 수천 리나 되니, 탕왕과 무왕의 백 리 땅과 견줄 바가 아닙니다.」

여기서 「망양보뢰」는 이미 양을 잃은 뒤에 우리를 고쳐도 늦지 않다는 뜻으로 쓰였다. 다시 말해 실패 또는 실수를 해도 빨리 뉘우치고 수습하면 늦지 않다는 말이다. 따라서 부정적인 뜻보다는 긍정적인 뜻이 강하다. 하지만 뒤로 가면서 원래의 뜻과 달리, 일을 그르친 뒤에는 뉘우쳐도 이미 소용이 없다는 부정적인 의미로 바뀌었다. 우리나라에서도 전자보다는 후자의 뜻으로 쓰인다.

「망양지탄(亡羊之歎)」이나, 우리 속담 「사후약방문(死後藥方文)」도 비슷한 말이다. 그리고 한자 성구 「만시지탄(晚時之歎)」과도 뜻이 통하는 말이다.　　　　　　　　　　　　　—《전국책》 초책

■ **비육지탄(髀肉之嘆)** : 보람 있는 일을 하지 못하고 헛되이 세월만

보내는 것을 한탄함을 비유한 말. 비육(髀肉)은 넓적다리 살을 말한다. 바쁘게 돌아다닐 일이 없어 가만히 놀고먹기 때문에 넓적다리에 살만 찐다고 한탄하는 말이다. 삼국시대 현덕 유비가 한 말이다.

유비는 한나라 황족으로서 황건적(黃巾賊)을 토벌하기 위한 의용군에 가담한 것을 첫 출발로 하여 차츰 세력을 얻어 마침내는 한나라 정통을 계승한 것으로 자처하는 촉한의 첫 황제가 되었다. 그는 한때 조조와 협력하여 여포(呂布)를 하비에서 깨뜨리고, 임시 수도였던 허창(許昌)으로 올라와 조조의 주선으로 헌제(獻帝)를 배알하고 좌장군(左將軍)에 임명된다.

그러나 조조 밑에 있는 것이 싫어 허창을 탈출하여 같은 황족인 형주(荊州)의 유표에게 몸을 의지하게 된다. 그리하여 신야(新野)라는 작은 성을 얻어 4년 동안을 그곳에서 보내게 되는데, 이 사이 북쪽에서는 조조와 원소가 맞붙어 불 튀기는 싸움을 되풀이하고 있었기 때문에 유비가 있는 남쪽 지방은 소강상태에 놓여 있었다.

어느 날, 유비는 유표의 초대를 받았다. 술자리에서 일어나 잠시 볼일을 보러 가게 된 그는 우연히 전에 느끼지 못했던 넓적다리의 살이 유난히 뒤룩뒤룩한 것을 보게 되었다. 순간 그는 슬픈 생각이 치밀어 눈물이 주르르 쏟아졌다. 자리로 돌아온 그는 눈물 자국을 완전히 감출 수 없어 유표의 캐물음을 당하게 되었다. 유비는 이렇게 대답했다.

「나는 언제나 몸이 말안장을 떠날 겨를이 없어 넓적다리 살이

붙은 일이 없었는데, 요즘은 말을 타는 일이 없어 넓적다리 안쪽에
살이 다시 생기지 않았겠습니까. 세월은 달려가 머지않아 늙음이
닥쳐올 텐데, 공도 일도 이룬 것이 없어 그래서 슬퍼했던 것입니
다.」 　　　　　　　　　　　　　　　　　　　　　　—《삼국지》촉지

■ **기화가거**(奇貨可居) : 진기한 물건이나 사람은 당장 쓸 곳이 없다
하여도 훗날을 위하여 잘 간직하는 것이 옳다는 말로서「기화(奇
貨)」라고도 한다. 못되게 이용하는 기회라는 말로도 쓰인다. 그러
나 지금은 본래의 뜻과는 달리 흔히 죄를 범한 사람이 그 죄를 범
할 수 있은 좋은 기회를 말한다. 검찰관이 피의자의 논고에 흔히
쓰는 말로「이를 기화로 하여」란 말이 자주 나온다.

　《사기》여불위전에 보면, 여불위는 한(韓)나라의 큰 장사꾼으로
각국을 돌아다니며 많은 재산을 모았다. 진소왕(秦昭王)의 태자 안
국군(安國君)에게는 20명의 아들이 있었으나 안국군이 가장 사랑
하는 화양부인(華陽夫人)에게는 아들이 없었다. 한편 안국군의 사
랑을 받지 못하는 하희(夏姬)에게는 자초(子楚)라는 아들이 있었
는데, 그는 조(趙)나라에 인질로 가 있으면서 심한 학대를 받고 있
던 중 어느 날 장사차 그곳에 왔던 여불위가 자초의 정체를 알고
이런 말을 하였다.

　「진기한 보물이다. 차지할 만하다(此奇貨可居).」여불위는 그를
도와주고 위로하여 뒷날을 굳게 약속한 다음, 그를 화양부인의 양
자로 삼게 하였다. 여불위는 자초에게 무희를 주었으며, 훗날 장양

왕(莊襄王)이 된 자초에 의하여 승상이 되었고 많은 권세를 누렸다는 것이다. 그리고 무희의 아들은 진시황이 되었다.

하지만 결국 여불위는 자기 아들의 손에 의해 목숨을 잃게 된다. 그러나 한 장사꾼으로서 불행 속에 있는 자초를 기화로 삼아 일거에 진나라 승상이 되어 문신후란 이름으로 10만 호의 봉록에, 천하에 그의 이름과 세력을 떨쳤으니, 장사꾼의 출세로서는 그가 아마 첫손에 꼽히고도 남을 것이다. 오늘날에는 「물실호기(勿失好機 : 좋은 기회를 놓치지 않음)」라는 뜻으로도 사용된다.

─《사기》 여불위전

■ **서제막급**(噬臍莫及) : 배꼽을 물려고 해도 입이 미치지 못한다는 뜻으로, 일을 그르친 뒤에는 후회해도 이미 늦다는 말이다. 주장왕(周莊王) 때의 일이다.

초(楚)나라 문왕(文王)이 신(申)나라를 치기 위하여 신나라와 가까이 있는 등(鄧)나라를 지나가게 되었다. 등나라 임금 기후(祁侯)는 조카인 문왕을 반갑게 맞이하고 환대했다. 그 때 추생·담생·양생 세 현인이 기후에게 말했다.

「지금 문왕은 약소국 신나라를 치기 위해 가는 길입니다. 우리 역시 약소국인데 저들이 신나라를 친 다음에는 우리나라를 그냥 둘 리가 없지 않습니까? 무슨 대비를 하지 않으면 나중에 아무리 후회해도 때는 늦을 것입니다(噬臍莫及).」

그러나 기후는 펄쩍 뛰면서 귀담아 듣지 않았다. 문왕은 기후의 도움으로 무사히 신나라를 정벌하고 귀국하였다. 그러고 나서 10년이 지난 뒤 초나라는 다시 군사를 일으켜 등나라를 쳐들어왔다. 전혀 대비가 없던 등나라는 순식간에 초나라의 군대에 점령되고 말았다. 일설에는, 사람에게 붙잡힌 궁노루가 자기의 배꼽 향내 때문에 잡힌 줄 알고 제 배꼽을 물어뜯으려고 해도 때는 이미 늦었다는 데서 생긴 말이라고도 한다. 「후회막급(後悔莫及)」과 의미가 비슷하다. ─《좌전》 장공(莊公)

【成句】

■ 교룡득운우(蛟龍得雲雨) : 영웅이 하루아침에 때를 만나면 곧 세력을 얻어 패업을 이룬다는 비유. /《삼국지》 오지.

■ 기이구서직(饑而求黍稷) : 평상시에 준비 없이 기아를 당한 후 곡식을 구한다는 뜻으로, 때가 이미 늦음을 이름. /《설원》

■ 임난주병(臨難鑄兵) : 난리가 일어난 연후에 무기를 제조한다는 말이니, 즉 때는 이미 늦었다는 뜻. /《안자춘추》

■ 가인어월이구익자(假人於越而救溺子) : 하는 일이 옳아도 시기를 놓치면 아무 소용 없다는 뜻의 비유. /《한비자》 설림편.

■ 견토방구(見兎放狗) : 토끼를 발견한 후에 엽견을 놓아 잡게 하여도 늦지 않음. 일이 일어남을 기다린 후에 응하여도 좋다는 말.

■ 사후청심환(死後淸心九) : 시기를 잃고 일이 낭패함.

■ 하로동선(夏爐冬霜) : 여름에 화로, 겨울에 부채라 함은 해가 지나 아무 데도 소용없는 것이라는 뜻. /《논형》

■ 득시즉가(得時則駕) : 때를 얻으면 곧 이 기회를 탐을 이름. /《사기》

■ 수유자기불여대시(雖有鎡基不如待時) : 훌륭한 지혜를 가졌다 하더라도 때가 오지 않으면 공명을 이룰 수 없다는 것. 자기(鎡基)는 농기구, 즉 호미. /《맹자》 공손추.

■ 천균득선즉부(千鈞得船則浮) : 좋은 기회를 타는 것의 중함을 비유한 말. /《한비자》 공명편.

■ 순풍이호(順風而呼) : 바람 부는 방향으로 소리 지른다는 말로, 좋은 기회를 타서 일을 행하면 성사하기가 수월하다는 말.

■ 천세일시(千歲一時) : 다시 만나기 어려운 좋은 기회. /《진서》

■ 숙시주의(熟柿主義) : 감이 익어서 저절로 떨어지듯, 일이 제 풀에 잘 될 기회를 기다림. 가만히 있어도 이권(利權)이 자기에게 돌아올 때를 기다리는 주의.

■ 시불가실(時不可失) : 기회는 한 번밖에 오지 않으니 그것을 잃지 말라는 말. /《서경》

■ 마권찰장(磨拳擦掌) : 주먹을 문지르고 손바닥을 비빈다는 뜻으로, 한바탕 해보려고 단단히 벼름을 이르는 말.

■ 만시지탄(晩時之嘆) : 기회를 놓친 한탄.

■ 가인어월이구익자(假人於越而救溺子) : 월(越)나라에서 사람을 빌려 물에 빠진 사람을 구한다는 말로, 하는 일이 옳아도 시기를 놓치면 아무 소용 없다는 뜻의 비유. /《한비자》 설림편.

모험 adventure 冒險

【어록】

▣ 달리는 수레 위에 공자가 없고, 엎어진 배 밑에 백이가 없다{奔車
之上無仲尼 覆舟之下無伯夷 : 달리는 수레에는 공자는 탄 일이 없
었고, 엎어진 배 아래에 백이(伯夷)가 있었다는 말은 들은 적이 없
다. 곧 군자는 위험한 모험은 하지 않는다는 뜻}.   ―《한비자》

▣ 천명(天命)을 아는 사람은 담장 아래 서지 않는다{知命者 不立乎巖
牆之下 : 천명을 아는 사람은 높고 위험한 장벽 아래는 서지 않는
다. 아무것이나 천명이라 하고 사리 분별없는 모험을 해서는 안 된
다).   ―《맹자》

▣ 호랑이 굴에 들어가지 않고는 호랑이 새끼를 잡을 수 없다(不入虎
穴 不得虎子).   ―《십팔사략》

▣ 군자는 쉬운 것에 처하면서 명을 기다리고, 소인은 위험한 일을 행
하며 요행을 바란다{君子居易以俟命 小人行險以徼行 : 군자는 평
범 중정(中正)한 도(道)를 행하고, 그 다음 천명을 기다린다. 소인

은 상도(常道)가 아닌 모험으로 책략을 행하고 만일의 요행을 찾는
다). ─ 《중용》

▣ 구하라, 얻을 것이요. 찾아라, 볼 것이며. 두드려라, 문은 열릴 것이
다. ─ 마태복음

▣ 위대한 업적은 대개 커다란 위험을 감수한 결과이다.
─ 헤로도토스

▣ 불가능해 보이는 것은 불확실한 가능성보다 항상 더 낫다.
─ 아리스토텔레스

▣ 위험을 무릅쓰지 않고는 아무것도 얻지 못한다. ─ 제프리 초서

▣ 위인은 없다. 평범한 사람들이 일어나 맞서는 위대한 도전이 있을
뿐이다. ─ 윌리엄 프레데릭 홀시

▣ 모험을 찾는 사람은 반드시 때가 되었다고 생각해서 시작하는 것
은 아니다. ─ 세르반테스

▣ 콜럼버스는 항해자만이 아는 순수한 기쁨과 발견자만이 경험할 수
있는 고조된 자랑스러운 환희의 순간을 맛보았다. ─ S. 모리슨

▣ 모험을 두려워하는 마음은 우리가 손에 넣을지도 모르는 무한한
부(富)를 잃게 하는 것이다. ─ 셰익스피어

▣ 실패는 유한(有限)이지만, 모험은 무한(無限)이다.
─ 에밀리 디킨슨

▣ 모험 없이 신앙은 없다. ─ 키르케고르

▣ 나는 곧 내 운명을 향해서 나서련다. 모험! 그 얼마나 아름다운 말
인가! 내게 다가오려는 것들, 나를 기다리고 있는 그 모든 희한한

것들…….   — 앙드레 지드

■ 인생에서 최대의 성과와 기쁨을 수확하는 비결은 위험한 삶을 사
  는 데 있다.   — 프레드리히 니체

■ 20년 후 당신은 했던 일보다 안했던 일로 더 실망할 것이다. 탐험
  하라. 꿈꾸라. 발견하라.   — 마크 트웨인

■ 흥행가, 모험가, 예술에는 이미 아무것도 할 일이 없어졌다는 분명
  한 감정을 그는 갖고 있다. 적어도 서양문화 속에서는 아무런 위대
  한 것도 신기한 것도 일어날 수 없다. 행동만이 남아 있을 뿐이다.
  그러나 위대한 영혼을 소유한 자는 다만 절망을 알고 나서 이런 행
  동에 들어갈 따름이리라.   — 알베르 카뮈

■ 인생은 영혼을 살찌울 고귀한 모험을 하고자 하는 욕구의 투쟁이
  어야 한다.   — 레베카 웨스트

■ 자신 있는 사람에게 도전이란 더 나은 것을 만드는 과정이기에 분
  발의 계기가 된다.   — 킹 휘트니 주니어

■ 정말 중요한 것을 위해 위험을 무릅쓸 각오가 없다면 당신은 죽은
  거나 다름없다.   — 다이앤 프롤로브

■ 마지막에 켜진 빛은 카이유보트 섬의 등대였다. 한 소년이 내 곁에
  서서 멍하니 지껄였다. 「아아, 등대다!」 그 때 나는 나의 마음이
  커다란 모험을 할 기분에 벅찼던 것을 느꼈다.

                                            — 장 폴 사르트르

■ 낭만주의 문학은 특히 주먹질과 모험의 문학이라고 할 수 있는데,
  그것은 그 나름의 가치와 공로, 그리고 화려한 역할을 갖고 있기도

합니다. ― 샤를 생트뵈브

▣ 정신만 바짝 차리고 좋은 충고를 해주는 사람만 있으면 반드시 잃어버리란 법도 없지. 모험은 손실이 아니야. 우리 국민은 언제나 계산이 뒷받침하는 모험을 해 왔기 때문에 손해를 보지 않았던 거네. ― 존 스타인벡

▣ 지구상의 어느 종족보다도 특히 영국인들은 무슨 일이든 모험적 정신을 가지고 하기 때문에 낭만의 미점(美點)을 획득한다.
― 조셉 콘래드

▣ 한 온스의 모험심은 한 파운드의 특권보다 낫다. ― P. R. 마빈

▣ 어느 나라의 주권도 외계에 미치지 않습니다. 그 곳으로 모험해 나가는 사람들은 전 인류의 사자(使者)로서 나가는 것입니다. 따라서 그들의 탐구는 모든 인류를 위한 것이며, 그들이 발견한 것은 모든 인류의 것입니다. ― 린든 B. 존슨

▣ 인간은 다섯 가지의 감각으로 무장하고 자기 주변의 세계를 탐험하면서 그 모험을 과학이라고 부른다. ― 에드윈 허블

▣ 너무 멀리 갈 위험을 감수하는 자만이 얼마나 멀리 갈 수 있는지 알 수 있다. ― T. S. 엘리엇

▣ 도전은 인생을 흥미롭게 만들며, 도전의 극복이 인생을 의미있게 한다. ― 조슈아 J. 마린

▣ 아무런 위험을 감수하지 않는다면 더 큰 위험을 감수하게 될 것이다. ― 에리카 종

▣ 무릅써라! 어떤 위험도 무릅써라! 남들의 말, 그들의 목소리에 더

이상 신경 쓰지 마라. 세상에서 가장 어려운 것에 도전하라. 스스로 행동하라. 진실을 대면하라. ― 캐서린 맨스필드

■ 중요한 것은 배움을 멈추지 않고 도전을 즐기고 애매모호함을 받아들이는 것이다. ― 마티나 호너

■ 지키기 위해 싸울 게 없는 사람, 자신의 안위보다 중요한 게 없는 사람은 비참한 존재다. ― 존 스튜어트 밀

■ 지금 적극적으로 실행되는 괜찮은 계획이 다음주의 완벽한 계획보다 낫다. ― 조지 S. 패튼

■ 도전을 받아들여라. 그러면 승리의 쾌감을 맛볼지도 모른다.
― 조지 S. 패튼

■ 믿음이 부족하기 때문에 도전하길 두려워하는 바, 나는 스스로를 믿는다. ― 무하마드 알리

■ 벽에 부딪힌다면 어떻게 벽에 오를지, 뚫고 갈 수 있을지, 돌아갈 순 없는지 생각해봐요. ― 마이클 조던

■ 어떤 위험을 감수하냐를 보면 당신이 무엇을 가치있게 여기는지 알 수 있다. ― 자넷 윈터슨

■ 여러 가능성을 먼저 타진해보라, 그런 후 모험을 하라.
― 헬무트 폰 몰트케

■ 사람을 판단하는 최고의 척도는 도전하며 논란에 휩싸인 때 보여주는 모습이다. ― 마틴 루터 킹

■ 가장 큰 위험은 위험 없는 삶이다. ― 스티븐 코비

■ 당장 도전해 보지 못한 사람들은 아무것도 하지 못한다.

— 지그 지글러

■ 도전은 우리로 하여금 새로운 무게중심을 찾게 하는 선물이다.

— 오프라 윈프리

■ 하지 못할 일을 하라. 실패하라. 그리고 재도전하라. 이번에는 더 잘해보라. — 오프라 윈프리

■ 행복은 도전에 직면해서 온몸으로 도전에 맞서고 위험을 감수하는 데서 온다. — 다이앤 프롤로브

■ 미국에서 90세 이상의 노인들을 대상으로 물었습니다. 질문은 단 한 가지, 「90년 인생을 돌아보았을 때 가장 후회가 남는 것은 무엇입니까?」 이 질문에 90퍼센트의 사람이 동일한 대답을 했다고 합니다. 「좀 더 모험을 해보았더라면 좋았을 것을……」이라고.

— 히스이 고타로 / 명언테라피

■ 창작은 항상 모험이다. 결국 인력(人力)을 다하고 나서 천명(天命)에 맡기는 수밖에 없다. — 아쿠타카와 류노스케

■ 이 세상 모험 중에 가장 엄청난 모험은 어떤 선택된 한 사람에게 생명을 걸고 땅재주를 넘어 보겠다는 어리석은 시험이다.

— 김태길

■ 갈구에는 허영이 따르고, 허영은 모험이란 불량아를 낳는 것이다.

— 변영로

■ 한 작품을 시작할 때마다 그것은 내게는 새로운 또 하나의 모험이요 투쟁이다. — 오지호

■ 물질의 모험은 있어도 정신의 모험은 있을 수 없다. — 이어령

■ 문명은 모험이 없으면 사멸한다.   ― 김용옥

■ 안정을 추구하는 것은 덧없는 것이다. 인생의 본질은 불안정이다. 불안정은 세포가 살아있다는 증거다. 세포는 죽어서야 안정을 찾을 수 있다. 이 세상에 안정이라는 것은 환상일 뿐이다.

― 안철수

【속담 · 격언】

■ 덜미에 사자 밥을 짊어졌다. (목숨을 걸고 위험한 일을 한다)

― 한국

■ 칼 놓고 뜀뛰기, 칼 물고 뜀뛰기, 칼 짚고 뜀뛰기. (위험한 모험을 행한다)   ― 한국

■ 운명은 대담한 자에게 편 든다. (Fortune favours the bold.)

― 서양격언

■ 모든 것을 한 배에 싣는 모험을 삼가라. (Don't venture all in one ship.)   ― 서양격언

■ 마음 약한 자 미인을 차지한 일 없다. (Faint heart never won fair lady.)   ― 서양격언

■ 어차피 교수형을 당하려면 새끼 양보다는 어미 양을 훔쳐라. (As good be hanged for a sheep as a lamb.)   ― 서양속담

■ 모험 없이는 얻는 것도 없다. (Nothing venture, nothing have.)

― 영국

■ 고기를 잡으려는 자는 물에 젖는 것을 걱정하면 안 된다.

　　　　　　　　　　　　　　　　　　　　　　　— 영국

■ 말을 타지 않으면 낙마(落馬)도 하지 않는다.　　　— 프랑스

■ 모험이 없으면 이득도 없다.　　　　　　　　　— 프랑스

【시 · 문장】

우리는 이제 오늘 저녁 이전에

사라지게 될 한 마을의 낡은 옷자락을 털 시간이 없어

우리는 이제 도망할 시간이 없어

아마 당신은 이 미친 듯한 모험을 깨달았겠지.

　　　　　　　　　　　　— P. T. 팡 / 빨래하는 女人들

【중국의 고사】

■ **불입호혈부득호자**(不入虎穴不得虎子) :「호랑이 굴에 들어가야 호
   랑이 새끼를 잡는다」는 말로서, 큰 결과를 얻기 위해서는 위험을
   무릅써야 한다는 말. 큰 공을 세우려면 모험을 해야만 된다는 뜻이
   다.

　　중국 후한의 무장 반초가 36명의 장사들을 이끌고 선선국(鄯善
   國)에 사신으로 갔을 때의 일이다. 국왕인 광(廣)은 반초를 극진히
   대우했다. 그러나 며칠이 가지 않아 갑자기 대우가 달라졌다. 흉노
   의 사신이 온 때문이었다. 선선은 천산(天山) 남쪽 길과 북쪽 길이
   갈라지는 분기점에 있는 교통의 요지였으므로 흉노도 많은 관심을
   가지고 자기 지배하에 두려 했다. 광왕은 흉노를 한나라 이상으로

무서워하고 있었다. 정세의 변동을 재빨리 알아차린 반초는 광왕의 시종 한 사람을 불러내어, 「흉노의 사신이 온 지 며칠 된 것 같은데, 그들은 지금 어디에 있는가?」 하고 유도 심문을 했다. 시종이 겁을 먹고 사실을 말하자, 반초는 곧 그를 골방에 가둬 두고 부하들을 모아 잔치를 벌였다.

술이 얼근해 올 무렵, 반초는 그들을 격분시키는 어조로 말했다. 「……지금 흉노의 사신이 여기에 와 있다. 이곳 왕은 우리를 냉대하기 시작했다. 우리를 흉노에게 넘겨줄지도 모른다. 그렇게 되면 우리는 만리타국에서 승냥이 밥이 되고 말 것이다. 좋은 방법이 없겠는가?」 부하들은 다 같이 입을 모아, 「무조건 장군의 명령에 따르겠습니다.」 그러자 반초가 말했다. 「호랑이 굴에 들어가지 않으면 호랑이 새끼를 얻지 못한다(不入虎穴 不得虎子)고 했다. 지금 우리로서는 밤에 불로 놈들을 공격하는 길밖에 없다…….」

그리고는 36명의 장사를 거느리고 흉노의 사신이 묵고 있는 숙소에 불을 지르는 한편, 급히 습격해 들어가 정신없이 허둥대는 몇 배나 되는 적을 모조리 죽여 버렸다. 물론 선선왕은 한나라에 항복했다. 반초는 《한서》의 저자인 반고(班固)의 아우다.

　　　　　　　　　　　　　　　—《후한서》 반초전(班超傳)

■ **도궁비현**(圖窮匕見) : 지도를 펼치자 비수가 나타난다는 뜻으로, 일이 탄로 나는 것을 이르는 말.

《사기》 자객열전에 있는 이야기다.

전국시대 연나라는 진(秦)나라의 침범을 자주 받곤 하였는데, 태자 단(丹)까지 인질로 진나라에 잡혀간 일조차 있었다. 단은 훗날 본국으로 돌아온 뒤 늘 복수를 꿈꾸면서 진왕 정(政 : 뒷날의 진시황)을 암살할 계획을 꾸미던 중에 형가(荊軻)라는 자객을 만나게 되었다.

형가는 원래 위(衛)나라 사람이었다. 나중에 연나라에 와서 고점리 등 협객들과 사귀면서 뜻을 키우고 있었다. 그때 태자 단은 원한을 갚을 마음이 간절했기 때문에 자신의 스승 국무를 통해 형가를 만나게 되었고, 세 사람이 함께 복수할 방도를 상의하게 되었다.

이리하여 형가는 그때 진왕에게 미움을 받아 연나라에 피신해 있던 진나라 장수 번오기(樊於期) 머리를 베어 가지고 연나라의 남부 지방인 독항(督亢)의 지도와 함께 칼날에 독을 바른 비수를 지도 안에 넣어 가지고 연나라의 사절로 진나라에 파견되었다.

연나라 사신들의 선물을 받은 진왕은 기뻐서 어쩔 줄을 몰라 했다. 진왕은 번오기의 머리를 한쪽에 밀어 놓고는 천천히 지도를 펼쳐 보았다. 돌돌 말린 지도가 풀리자 그때 시퍼런 비수가 뎅그렁하고 땅에 떨어졌다(秦王發圖 圖窮而匕首見). 이때 형가는 재빨리 비수를 집어 들고 진왕에게 다가갔으나 성공하지 못하고 도리어 자신이 잡혀 살해되고 말았다. 이와 같이 「도궁비현」은 일의 진상이 모두 드러나 탄로 나면서 모략이 폭로되는 것을 말한다.

— 《사기(史記)》 자객열전

■ **칠신탄탄**(漆身呑炭) : 몸에 옻칠을 하고 숯덩이를 삼킨다는 말이다. 은인을 위해서는 아무리 어려운 일이라도 서슴없이 강행하는 충정을 비유하는 말이다. 《사기》 자객열전에 있는 이야기다.

춘추시대 말기 진(晋)의 왕실은 왕년의 패자의 면목을 완전히 잃고 나라의 실권은 지백(知伯)·조(趙)·한(韓)·위(魏) 등의 공경에게로 옮아갔다. 그리하여 공경들은 세력다툼에 정신이 없었다. 그 중에서도 가장 강력한 것은 지백씨, 한·위 양가와 손을 잡고 조가(趙家)를 멸망시키고자 전쟁을 일으켰다. 그때 조가의 주인이었던 양자(襄子)는 진양(晋陽)에 웅거하여 항복하지 않았다. 마침내 지백은 진양성을 수공(水攻)으로 괴롭혔으나, 함락 직전에 한·위 양군이 반기를 들어 오히려 주멸되고 말았다. 이때의 싸움은 수많은 춘추시대의 전쟁 중에서도 이상한 것으로서 유명하다.

그런데 지백의 신하로 예양(豫讓)이란 자가 있어 주가(主家)의 멸망 후 원수를 갚으려고 조양자의 목숨을 노렸다. 처음 예양은 죄수로 몸을 떨어뜨려 궁전의 미장이로 섞여 들어갔으며 양자가 변소로 들어갔을 때 찌르려고 하다가 잡히고 말았다. 그런 폭거를 감행한 이유를 묻자 예양은, 「지백은 나를 국사(國士)로서 대해 주었다. 그래서 나도 국사로서 보답하는 것이다.」라고 대답했다. 양자는 충신 의사라고 용서했으나, 예양은 그 후에도 복수의 화신이 되어 양자를 계속 노렸다.

예양은 상대가 자기를 알아보지 못하도록 하기 위해서 몸에 옻칠을 하여 문둥이가 되고 숯을 삼켜 벙어리가 되었는데(몸에 옻칠을

하면 옻이 올라 문둥병환자처럼 되고 숯을 삼키면 목소리가 나오지
않아 벙어리같이 된다), 거리에서 구걸을 하며 상대의 동정을 살피
고 있었다. 그의 처까지도 그 모습을 알아차리지 못했다고 한다.
오직 한 사람, 옛날 친구가 그것을 알아보고는 예양을 불러서 이르
기를,

「원수를 갚으려면 달리 더 좋은 방법도 있지 않은가. 예를 들어
양자(襄子)의 신하로 들어가 좋은 기회를 노릴 수도 있지 않은가?」
하고 권하자 예양은,「그것은 두 마음을 갖는 것이 된다. 자기가
하려고 하는 일이 아무리 어렵더라도 후세 사람들에게 두 마음을
갖지 않는다는 것이 어떤 것인가를 보이고 싶다.」라고 하며, 계속
그 기회를 노리고 있었다.

어느 날, 다리 밑에 엎드려 그 곳을 지나치게 될 양자를 기다리고
있었다. 양자가 다리에 이르자 타고 있던 말이 걸음을 멈추고 가지
않았다. 수상쩍게 생각하고 수행원에게 주위를 살펴보게 한 즉 거기
에는 거지꼴을 한 예양이 있었다. 양자는,「그대는 이미 구주(舊主)
에 대하여 할 일을 다 했다. 또 나도 그대에게 충분히 예를 다했다.
그런데 아직도 나를 노리는 것은 용서할 수 없다.」라고 하면서 부하
를 시켜 죽이라고 명하자, 예양은 최후의 소원이라고 하면서 양자에
게 그 입고 있던 옷을 빌려 들고 자기 품안에서 비수를 빼들자 그
옷을 향해 덤벼들기 세 번,「지백님이시여, 이제 복수를 했습니
다!」 하고 외치고 나서 비수로 자기 배를 찌르고 엎드려 죽었다.
— 《사기》 자객열전(刺客列傳)

【명작】

▣ **허클베리 핀의 모험**(The Adventures of Huckleberry Finn) : 미
국의 소설가 마크 트웨인(Mark Twain, 1835~1910)의 소설.
1884년 출판. 형식상으로는《톰 소여의 모험(The Adventures of
Tom Sawyer)》(1876)의 속편으로 되어 있지만, 내용면에서는 그
것보다 훨씬 우수하다. 더글러스라는 미망인에게 의탁하여 살고
있는 허크는 숨 막힐 것 같은 평범한 일상생활과 주정뱅이 아버지
에게서 벗어나려고 도망쳐 나와 흑인노예 짐과 함께 미시시피 강
을 따라 뗏목을 타고 내려간다. 두 사람은 때때로 육지에 올라가서
본 젊은이들의 비련의 이야기, 불량배들의 싸움, 악당들의 사기 등
에서 허크의 활약이 펼쳐진다.

이야기는 톰 소여의 큰어머니에게 팔려간 짐을 허크가 톰의 도움
으로 구출하는 데서 끝난다. 미국 서부의 자유인으로서의 의식을
가진 허크라는 인물의 창조, 성인들의 사회적 인습과 위선에 대한
통렬한 풍자, 웅대한 자연을 배경으로 구가하는 자유에의 찬가, 또
한 방언(方言)의 구사와 문체의 예술성 등에 의하여 미국문학의 굴
지의 걸작으로 평가된다. 헤밍웨이, 샐린저 등에게 영향을 주었다.

▣ **오디세이아**(Odysseia) : 고대 그리스의 시인 호메로스(Homeros,
BC 800?~BC 750)의 작품으로 전해지는 대서사시. 「오디세우스
의 노래」라는 뜻으로 1만 2,110행으로 되어 있다. 지리적인 지식,
시 속에서 묘사한 생활상태, 기타 여러 가지 내적인 증거로 미루어

이 작품은 《일리아스》보다 약간 뒤늦게 나온 것으로 추측된다.

주제는 그리스신화에서 유명한 이야기로 그리스군의 트로이 공략 후의 오디세우스의 10년간에 걸친 해상표류의 모험과 귀국에 관한 이야기이며, 이 이야기를 40일간의 사건으로 처리하였다.

서쪽에 위치한 이타케 섬의 국왕인 오디세우스는 그리스군의 트로이 전쟁에 참가했다. 트로이가 함락된 지도 어느덧 10년, 그리스군의 영웅들은 모두 조국으로 돌아갔으나 오직 오디세우스 한 사람에게서만은 아무 소식도 없었다. 그는 바다의 신 포세이돈의 아들인 폴리페모스를 장님으로 만들었기 때문에 신의 노여움을 사게 되어 귀국하지 못하고 있었다.

그가 집을 비운 사이에 고향에서는 귀족들이 그의 아내인 페네로페이아에게 구혼하기 위해 모여들었다. 그들은 오디세우스의 왕궁에서 멋대로 놀면서 난장판을 이루고 있었다. 아들인 텔레마코스는 겨우 성인(成人)이 된 터라, 그 못된 구혼자들을 쫓아내기에는 너무나 약했다. 그래서 그는 아버지 오디세우스를 찾아 여행길을 나섰다.

하늘에서는 이 사건을 놓고 신들의 회의가 열렸다. 결국 오디세우스를 동정하는 여신 아테나의 청원이 채택되어 그를 귀국시키도록 결정을 보기에 이르렀다.

한편, 트로이를 출발하여 고향으로 돌아가게 된 오디세우스는 그 10년 동안에 수많은 위험을 겪게 되었다. 그는 칼립소라는 요정의 섬에 감금되었으나 뗏목을 타고 그 섬을 탈출하여 파이에크스 사람들이 사는 섬에 표류하여 그들로부터 후한 대접을 받고 있는 터였다. 오디세우스는 자신이 말하는 바에 의하면, 트로이로부터 부하들을 데리고 배로 출발하여 키콘 사람들과 한 차례 싸웠고, 다음에는 하스의 열매를 먹는 로토파고스 섬에 표류하게 되었다. 이 하스 열매는 한번 먹기만 하면 모든 것을 잊어버리는 것이었다. 뒤이어 도착한 곳이 애꾸눈 거인족 큐크로푸스가 사는 섬이었다. 거기서 거인 중 한 명인 폴리페모스의 눈을 불로 달군 올리브나무로 태워버리고 겨우 도망쳐 나오기도 했다.

다음에는 바람의 신 아이오로스의 섬에 도착하여 대접을 받는다. 그러나 선물로 받은 바람주머니를 항해하는 도중에 열었기 때문에 그들의 배는 파선하여 식인종인 라이스트류곤 사람들이 사는 섬에 표류했다. 거기서 탈출한 것은 오디세우스가 탄 배 한 척뿐, 뒤이어 마법의 여신 키르케가 살고 있는 섬에 도착하여 부하들이 돼지가 되는 수난을 겪기도 했다.

다음에는 아름다운 노래로 선원들을 유혹하는 사이렌들이 사는 바다 기슭을 통과하여 트리나키에 섬에 이르게 되지만, 거기서 태양의 신인 헤오리스의 소를 죽인 죄로 해서 폭풍우를 만나게 된다. 결국 부하 모두를 잃은 뒤 오디세우스는 혼자 살아남아 이 칼립소 섬에 표류하게 된 터였다. 그들의 도움으로 오디세우스는 고향으로 돌아가게 된다. 거기서 옛 부하 에우마이오스와 아들 케레마코스를 만나 서로 힘을 합쳐 못된 구혼자들을 모조리 죽여 복수를 한다.

　최초의 4권은 주인공이 없는 동안의 오디세우스의 저택의 모습을 그렸다. 그의 아내 페넬로페의 구혼자들이 궁전에 모여들어 밤낮으로 연회를 열어 그의 재산을 축내면서 방약무인하게 행동하지만, 아직 나이 어린 그의 아들 텔레마코스에게는 이를 막을 만한 힘이 없다. 텔레마코스는 오디세우스의 친구 멘토르로 변신한 아테네 여신에게 인도되어 아버지의 소식을 알고자 아버지의 전우(戰友) 네스토르와 메넬라오스를 찾아간다.

　제5권에서 비로소 절해의 고도에 님프인 칼립소에게 붙잡혀 있는 주인공 오디세우스가 등장한다. 신들의 명령으로 그는 겨우 뗏목을 만들어 섬을 떠나지만 그를 미워하는 해신(海神) 포세이돈이 일으키는 폭풍으로 난파, 파이아케스인들의 섬에 상륙한다. 여기서 그곳의 왕녀에게 구원되어 왕의 궁전에서 환대를 받는다. 연회석에서 그는 자신의 모험을 이야기한다.

　그 후 13~24권은 그의 귀국과 그의 아내에게 구혼한 자들을 응징하는 이야기이다. 아테네 여신의 인도로 거지행색으로 변장하고 그의 아들과 그의 충실한 두 명의 옛 부하의 도움을 받아 구혼자들을 처치하고, 부부가 다시 만난 후 여신의 중개로 구혼자의 혈족과도 화해한다.

　이 서사시의 줄거리는 《일리아스》보다 복잡하며 기교적이다. 그를 중심으로 한 5~12권은 메르헨의 세계, 13권에서는 돌연 주인공이 현실세계에 복귀한다. 이 시 역시 《일리아스》와 함께 그리스 국민서사시가 되었으며, 그 후 서유럽 문학에 큰 영향을 주고 있다.

【成句】

▣ 입화습률(入火拾栗) : 불 속에 들어가 밤을 줍는다는 말이니, 작은 이익을 위하여 큰 모험을 무릅쓰는 어리석음을 이름.

▣ 패기발발(覇氣勃勃) : 성격이 매우 진취적이고 패기가 한창 일어나는 모양. 모험이나 투기를 좋아하는 마음이나 사업에의 야심이 불같이 왕성한 모양.

욕망 desire 慾望

(야망)

【어록】

■ 욕망은 법도를 망치고, 방종은 예의를 문란시킨다(欲敗度 縱敗禮).
　　　　　　　　　　　　　　　　　　　—《상서(尙書)》

■ 도를 어기고 백성 가운데서의 명성을 바라지 않으며, 백성을 거스르며 자기의 욕망에 따르지 않는다(罔違道以幹百姓之譽 罔百姓以從己之欲).
　　　　　　　　　　　　　　　　　　　—《상서》

■ 검약에 뜻을 두면 물건을 사려는 욕망이 생기지 않으므로 돈이 하찮게 여겨지고, 사치를 일삼으면 물건을 탐내게 되므로 돈이 매우 귀중하게 여겨진다(儉則金賤 侈則金貴).
　　　　　　　　　　　　　　　　　　　—《관자》

■ 먹는 것과 남녀지간의 일은 인간이 가지고 있는 가장 근본적인 욕망이며, 죽는 것과 빈곤한 것은 인간이 가지고 있는 가장 근본적인 염오이다(飮食男女 人之大欲存焉 死亡貧苦 人之大惡存焉).
　　　　　　　　　　　　　　　　　　　—《예기(禮記)》

■ 금과 옥이 집에 가득하면 그것을 지킬 수 없다(金玉滿堂 莫之能守

: 재보가 집에 가득 찰 정도면 이걸 지킬 수 없게 된다. 욕망대로 해서는 안 된다는 말).　　　　　　　　　　—《노자》제9장

■ 온갖 색깔이 사람 눈을 멀게 한다(五色令人目盲 : 온갖 색깔은 사람의 눈을 즐겁게 하지만, 그 빛깔에 너무 마음을 빼앗기게 되면 참된 눈의 구실을 잃게 된다. 오관(五官)의 욕망 중 가장 사람의 마음을 끄는 건 젊은 남녀의 색(色)이지만, 이것에 빠지게 되면 장님이 된다).　　　　　　　　　　—《노자》제12장

■ 그침을 알면 위태롭지 않다(知止所以不殆 : 자신의 욕망에 한계를 깨닫고 만족할 줄 아는 것이 몸의 안전을 지키는 길이다).

　　　　　　　　　　—《노자》제32장

■ 장년이 되면 혈기가 강성해서 자기주장이 강해진다. 다른 사람과 싸우는 것을 자숙해야 한다. 늙어지면 혈기가 쇠약해지면서 재물이나 명예욕이 강하게 된다. 과대한 욕망을 자숙해야 할 것이다.

　　　　　　　　　　—《논어》계씨

■ 마음을 기르는 데는 욕망을 줄이는 것보다 더 좋은 것이 없다(養心莫善於寡欲).　　　　　　　　　　—《맹자》

■ 하늘을 섬길 줄 아는 자는 그 귀, 눈, 코, 입의 욕망을 절제해서 비운다(知事天者 其孔竅虛 : 이렇게 하면 자연히 화기가 들어온다. 노자(老子)는 양생의 길을 「하늘을 섬기는 데 있다」고 했다).

　　　　　　　　　　—《한비자》

■ 성인의 욕망은 민중의 욕망이다(與衆同慾 : 성인은 일반 민중과 같은 것을 바라고, 같은 것을 사랑한다).　　　　　—《좌전(左傳)》

- 명성을 다투는 자는 조정에 있고, 이득을 다투는 자는 저자거리에 있다(爭名者於朝 爭利者於市). ─《전국책》

- 도리를 따르면 마음이 여유롭고, 욕망을 따르면 위태롭다(順理則 裕 從欲惟危 : 도리에 순종하여 행동하면 언제나 마음에 여유가 있으나, 욕망을 좇아 행동하면 늘 위험이 따른다). ─《근사록》

- 사람이 관리가 되면 인간의 뜻을 잃어버린다(做官奪人志 : 멀쩡한 사람도 관리가 되면 주변 환경에 물들어서, 또는 욕망·보신을 위해, 혹은 세간의 평판 때문에 바람직하지 못한 일을 하기가 쉽다). ─《근사록》

- 권세와 부귀한 사람들은 더 많은 것을 얻으려고 용처럼 싸우고, 영웅호걸들은 승패를 가려 범처럼 싸운다. 그러나 냉정한 눈으로 좀더 높은 곳에서 이들을 살펴보면 마치 개미들이 누린내 나는 고깃덩이에 모여들어 서로 다투는 것 같고, 파리 떼가 다투어 피를 빠는 것과도 같다(權貴龍驤 英雄虎戰 以冷眼視之 如蟻聚羶 如蠅競血). ─《채근담》

- 절제가란 욕망에 중용을 찾은 사람을 일컫는다. ─ 플라톤

- 욕망은 만족할 줄을 모른다. ─ 피타고라스

- 욕망이란, 우리가 바라는 것이 손에 들어오는 것을 목적으로 하는 것으로서, 혐오란 우리가 싫어하는 것에 빠지지 않으려는 것이다. 욕망에 넘어가는 자는 불행하지만, 보다 불행한 것은 자기가 참을 수 없는 것에 빠지는 자임을 깨달으리라. ─ 에픽테토스

- 이 지상에서 가장 작은 것은 탐욕·쾌락욕·호언장담이며, 가장

큰 것은 관용·유화·자비심이다.　　　　　　— 에픽테토스

▣ 사람은 욕망을 제우스의 신탁(神託)에 의해 얻게 되는 것이 아니다.　　　　　　　　　　　　　　　　— 아이스킬로스

▣ 사람의 욕망이 모르는 일에까지 뻗쳐 나가는 일은 없다.
　　　　　　　　　　　　　　　　　　　　— 오비디우스

▣ 너의 숙명은 인간의 그것에 지나지 많지만, 너의 야망은 신(神)의 그것이다.　　　　　　　　　　　　　— 오비디우스

▣ 너희는 손에 없는 것을 바라고, 손에 있는 것을 경멸한다.
　　　　　　　　　　　　　　　　　　　— 루크레티우스

▣ 야심은 하나의 악덕이지만, 그것은 미덕의 아버지도 된다.
　　　　　　　　　　　　　　　　　　　— 퀸틸리아누스

▣ 야심은 미덕을 낳을 수 있는 악덕이다.　　— 퀸틸리아누스

▣ 강한 욕망을 억제하고 싶으면 그 어머니인 낭비를 버려라.
　　　　　　　　　　　　　　　　　　　— M. T. 키케로

▣ 야심은 그 주인을 멸망케 한다.　　　　　　—《탈무드》

▣ 오오, 인간의 어리석은 마음 씀이여, 너희로 하여금 날개를 때려 떨어뜨림은 얼마나 잘못이 많은 추리인가. (천상의 행복이 인간의 지상의 욕망인데도, 지상의 것을 가지고 지상의 욕망으로 삼는 것은 인간의 얼마나 잘못된 추리인가)　　　　　— A. 단테

▣ 야심은 사랑과 싸우는 유일한 힘이다.　　　　　— 시바

▣ 대망(大望)이란 덧없는 그림자의 그림자라고 할 공허한 것이다.
　　　　　　　　　　　　　　　　　　　— 셰익스피어

▣ 욕망이 없는 곳에 근면도 없다. ― 존 로크

▣ 마음먹고 너희의 욕망을 억제하라. 그렇지 않으면 죄와 그 검은 심부름꾼인 죽음이 너희를 덮칠 것이다. ― 존 밀턴

▣ 희망이 한이 없으면 야심을 일으킨다. ― 존 밀턴

▣ 이성은 나침판이요, 욕망은 폭풍이다. ― 알렉산더 포프

▣ 치(寸)를 주면 자(尺)를 바란다. ― 알렉산더 포프

▣ 참된 욕구가 없으면 참된 만족은 없다. ― 볼테르

▣ 최소의 노동력으로 최대의 욕망을 이룩하는 것이 인간의 경제행위의 기초 원리이다. ― 애덤 스미스

▣ 청년들이여! 차라리 욕망의 만족을 거절하라―그러나 모든 욕망의 만족을 전연 부정해 버리는 스토아학파 모양으로 하라는 것은 아니다. 모든 욕망 앞에서 한 걸음 물러서고. 인생의 관능적인 반면을 제거할 힘을 가지라는 것이다. 무엇보다도 즐겨 노는 오락의 자리를 절제하라! 향락을 절제하면 그만큼 당신은 풍부해질 것이다. ― 임마누엘 칸트

▣ 욕망의 상대에게 폭력을 가해야 한다. 상대가 굴복하자마자 쾌락은 더욱 커진다. ― 마르키드 사드

▣ 욕망과 사랑은 위대한 행위를 위한 양쪽 날개다. ― 괴테

▣ 사람들은 많은 것을 원하지만, 그에게 필요한 것은 극히 얼마 안 되는 것이다. 인생은 짧고 인간의 운명은 한이 있기 때문이다. ― 괴테

▣ 하나의 해악을 벗어나려고 욕망하는 자는 언제나 자기의 욕망하는

바를 알고 있지만, 자기가 가진 것보다 좋은 것을 욕망하는 자는 완전한 맹목이다.   — 괴테

■ 주여, 제가 이룬 것보다 항상 더 많이 갈망하게 하소서.

     — 미켈란젤로

■ 현자는 야심 그 자체에 의해서 야심으로부터 치유된다.

     — 라브뤼예르

■ 모든 동물에 있어서 가장 큰 욕망은 육욕과 기아다.

     — 조지프 애디슨

■ 쾌락을 자기의 거름으로 하는 욕망의 큰 나무여, 너의 수피(樹皮) 가 차츰 두꺼워지고 굳어짐에 따라 너의 잔가지는 태양을 아주 가 까이에서 보려고 한다.   — 보들레르

■ 가장 위대한 영웅은 누구일까. 자기의 욕망을 지배하는 자다.

     — 바르트리하리

■ 사랑은 욕망이라는 강에 사는 악어이다.   — 바르트리하리

■ 야심은 담즙(膽汁)과 같다. 그 체액을 방해하는 것만 없으면 사람 을 활동적으로, 부지런하게, 민첩하게, 바쁘게 한다. 그러나 그것을 방해하는 것이 있어서 자기의 생각대로 되지 않으면 건조하고 악 의 있는, 즉 독 있는 것이 된다.   — 프랜시스 베이컨

■ 우리를 가장 강하게 붙잡는 욕망은 음욕 그것이다. 이 방면의 욕망 은 이것으로 만족하다는 법이 없다. 만족되면 만족되는 그만큼 점 점 증가한다.   — 레프 톨스토이

■ 여자의 욕망은 범보다 강하며 절대적이다.   — C. V. 게오르규

▣ 오오, 너무나 진실한 욕망이여! 너는 황혼 속에서 나의 정신의 명령들을 쫓아버릴 것이다.   — 앙드레 지드

▣ 욕망에는 이득이 있고, 또 욕망의 만족에도 이득이 있는 법이다. 왜냐하면 그럼으로써 욕망은 증가되는 것이기 때문이다.

                                    — 앙드레 지드

▣ 아, 욕망! 그 욕망의 대상은 한번 소유되었거나 소유되지 않은 것이었다.   — 미구엘 아스투리아스

▣ 권력, 그 밖에 무엇이든 그런 것에 대한 욕망은 채우는 것이 좋다. 욕망을 채워 버리면, 그것이 모두 하잘것없는 것임을 알 것이다.

                                      — 비베카난다

▣ 우리는 우리의 욕망에 따라 우리 주위의 사물을 변화시킬 수 있다고 믿는다. 그 까닭은 그렇지 않고서는 유리한 해답을 찾을 수 없기 때문에 이렇게 말하는 것이다. 우리는 대체로 이 우연히 생긴 유리한 해답을 잊고 만다. 왜냐하면 우리는 우리의 욕망에 따라 사물을 변화시키지 못하고 점차로 우리의 욕망이 변화하는 때문이다. 극복하기로 단호히 결심한 대로 장애물을 극복하지 못하고 일생은 우리로 하여금 그 장애물을 우회하여 지나쳐 버리게 한다. 그리하여 우리들이 되돌아 그 소원하여 버린 과거를 응시하여 보아도 그것은 시야에 들어오지 않는다. 그렇게 해서 보이지 않게 되어 버린 것이다.   — 로버트 프로스트

▣ 욕망은 어떤 사람을 장님으로 만들고, 또 어떤 사람의 눈을 뜨게도 한다.   — 라로슈푸코

▣ 욕망을 넘어선 체하는 것은, 보다 큰 이득을 기대하기 때문이다.
— 라로슈푸코

▣ 사람은 왕왕 연애를 버리고 야심을 갖지만, 야심에서 연애로 되돌
아오는 법은 거의 없다. — 라로슈푸코

▣ 모든 강이 드디어는 바다에 들어가 보이지 않게 되는 것처럼, 덕은
모두 욕망 속에 흘러 들어가 보이지 않게 된다. — 라로슈푸코

▣ 방해가 크면 클수록 욕망은 더 심해진다. — 라퐁텐

▣ 욕망이란, 「소유」란 코트가 덮어 감출 만큼 크지 않은데도 점점
커지는 거인이다. — 랠프 에머슨

▣ 욕망을 버려라. 그리하면 평안을 누리리라. — 토마스 아 켐피스

▣ 욕망의 절반이 이루어지면 고통은 두 배가 될 것이다.
— 벤저민 프랭클린

▣ 행복해지기 위해서는 두 개의 길이 있다. 욕망을 줄이든가, 가진
것을 늘이든가 하는 것이다. 어느 쪽이든 좋다.
— 벤저민 프랭클린

▣ 야심―살아 있는 동안에는 적으로부터 욕 듣고, 사후(死後)는 동지
로부터 냉소 받고 싶다는 누를 수 없는 욕망.
— 앰브로즈 비어스

▣ 일체의 도덕은 「욕망의 해방」을 뜻해야 할 것이다. 도덕은 우리
의 편견과 소심스러운 교육의 그늘 밑에 가려 있는 진정한 욕망을
다시 찾도록 가르쳐주어야 할 것이다.
— 자크 리비에르 · 알랭푸르니에

■ 무의식의 욕구―여기에서 그 통일성이 오는 것이다. 무의식이란 삼라만상의 전진을 가능케 하는 가벼운 진동이다. ……무의식은 항상 개개인의 덧없는 힘 밑에서 고개를 쳐들며 힘은 제각기 한 욕망을 나타낸다는 데에 의의가 있는 것이다. ― 자크 리비에르

■ 욕망의 만족보다는 욕망 그 자체가 더욱 큰 쾌락이 아니겠는가? ― 자크 리비에르

■ 야심은 실패의 최후의 피난처다. ― 오스카 와일드

■ 청년이여, 야망을 가져라! (Boys be ambitious!) ― 윌리엄 S. 클라크

■ 욕망을 한정하는 쪽이 그것을 만족시키는 것보다도 훨씬 자랑해서 좋은 것이다. ― 조지 메러디스

■ 보다 많은 재산을 갖고 싶다는 욕망은 한층 더 많은 지출을 하고 싶다는 충동에 몰린다. ― 제임스 듀젠베리

■ 욕망을 가짐이 적으면 적을수록 그만큼 행복하게 되리라고 하는 말은 예부터 해오고 있으나, 그러나 그것은 대단히 잘못된 말이다. ― 리히텐베르크

■ 종교는 환상이며, 그것이 우리의 본능적 욕망과 일치한다는 사실로부터 그 힘이 생긴다. ― 지그문트 프로이트

■ 터부를 범하려는 욕망은 무의식적인 욕망이라는 형태로 존속한다. ― 지그문트 프로이트

■ 인간의 야심이란 지배욕 이외의 아무것도 아니다. ― 미하일 레르몬토프

▣ 인생에는 두 가지 비극이 있다. 하나는 자기 마음의 욕망대로 하지 못하는 것이요, 또 하나는 그것을 하는 것이다.
— 조지 버나드 쇼

▣ 내가 하나의 욕망을 갖는 한 나는 산다는 하나의 이성을 갖는다. 만족은 죽음인 것이다. — 조지 버나드 쇼

▣ 야심은 사고의 죽음이다. — 비트겐슈타인

▣ 욕망은 절대로 기도(祈禱)가 되지 못한다. — 오쇼 라즈니쉬

▣ 말이 끼어들면 갑자기 욕망이 뒤따르게 되는데, 그 까닭은 어휘가 욕망의 전달체이기 때문이다. — 오쇼 라즈니쉬

▣ 욕망이란 일종의 지향(指向)이며, 무엇인가를 향한, 즉 자기가 존재하고 있지 않은 지점을 향한 움직임이다. — 시몬 베유

▣ 사람은 자라나면서 그의 자율적이고 진정한 욕망과 관심, 그 자신의 의지를 포기하고 자발적이 아닌, 감정과 사고의 사회적 유형에 의해 첨삭된 의지와 욕망과 감정을 취하도록 강요된다.
— 에리히 프롬

▣ 삶의 원동력은 무엇일까? 첫째도 욕망, 둘째도 욕망, 셋째도 욕망이다. — 스탠리 쿠니츠

▣ 야망을 갖고 더 큰 뜻을 이루고자 할 때 비로소 진정한 잠재력을 실현할 수 있다. — 버락 오바마

▣ 끝없는 욕망의 추구란 인류 이익의 충돌을 가져오는 것이며, 따라서 너는 다투고 나는 빼앗는 등 타인에게 손해를 요구하고 자기는 이익만을 추구하는 것이다. — 장기윤

▣ 재물이라는 것은 우리의 커다란 욕망의 대상이다. 그러나 우리의 욕망은 재물보다 더 큰 것이 있다. 그런 까닭에 재물을 버리고 취하지 않는 것이다.   — 정약용

▣ 사람의 욕구와 소망은 결코 한 자리에 고정되어 있을 수가 없는 것이고, 항상 변해 가고 커져 가고 높아져 가는 것이다.   — 유달영

▣ 아무리 많은 소유로도 결코 자라나는 욕구를 채울 수 없을 뿐만 아니라, 그 과대한 소유 자체가 크나큰 고뇌의 불씨가 되어 돌이킬 수 없는 파멸의 불행으로 몰아넣게 된다.   — 유달영

▣ 사람이 욕망을 좇는 현상이란 말(馬)이 질주하는 것과 같다. 뒷발굽이 앞발굽을 쫓아 잡으려고 하면 벌써 앞발굽은 땅을 차고 공중을 난다. 그러므로 달리는 말의 네 발굽은 땅에 있을 시간이 없다.   — 서경보

▣ 욕망이란 한계를 넘으려는 강한 본성이 있어서 위험하다.   — 유주현

▣ 욕망과 감정은 내가 그것을 지니고 있지 않을 경우 절실해지는 법이다. 일단 그것을 소유하고 나면 욕망도 감정도 아침의 별처럼 사라져버린다.   — 미상

【속담·격언】

▣ 소유함으로써 욕망을 채우려는 사람은 지푸라기를 가지고 불을 끄려는 것과 같다.   — 중국

■ 바라지 않는 사람에게는 모든 것이 모인다.　　　　— 영국
■ 욕망은 인류의 주인이다.　　　　　　　　　　　　— 영국
■ 바다는 물이 부족하다고 말한다.　　　　　　　　— 영국
■ 욕망을 포기하는 자는 죽음의 문으로 들어가는 자다.　　— 영국
■ 최소의 욕망을 갖는 자가 큰 부자다.　　　　　　— 영국
■ 금전을 좋아하는 자는 금전으로써 만족하지 않는다. 부를 좋아하
　는 자는 부를 얻어도 만족하지 않는다.　　　　　— 영국
■ 누구나 자신의 곡창(穀倉)이 가득 채워지지 않음을 한탄한다.

　　　　　　　　　　　　　　　　　　　　　— 프랑스

■ 개는 뼈다귀의 꿈만을 꾼다. 즉 욕망은 인격을 드러낸다.

　　　　　　　　　　　　　　　　　　　　　— 러시아

【시 · 문장】

간밤에 무슨 꿈을 꾸었는지 모르겠다.
잠이 깨자 나의 모든 욕망은 갈증을 느끼고 있다.
자면서 사막을 건너기라도 한 것 같았다.
욕망과 권태 사이에서
우리들의 불안은 망설인다.
욕망이여! 너희들은 지칠 줄 모를 것인가.

　　　　　　　　　　　— 앙드레 지드 / 지상의 양식

빛나는 미소가 밀리서 손짓하는

야망의 마음에 꽉 지워진 오뇌

― 보들레르 / 레스보스 섬

【중국의 고사】

■ **극기복례(克己復禮)** : 과도한 욕망을 누르고 예절을 좇음을 이르는 말이다. 「극기(克己)」는 이 「극기복례」에서 나온 말이다. 공자가 가장 사랑하고 아끼며 자기의 도통(道統)을 이을 사람으로 믿고 있던 안연이 인(仁)에 대해 물었을 때 대답한 말이다. 「나를 이기고 예(禮)로 돌아가는 것이 『인(仁)』이다. 하루만 나를 이기고 『예(禮)』로 돌아가면 천하가 『인(仁)』으로 돌아온다. 『인(仁)』을 하는 것은 나에게 있다. 남에게 있는 것이 아니다(克己復禮爲仁 一日克己復禮 天下歸仁焉爲仁由己 而由人乎哉).」

이 「극기」와 「복례」에 대해서는 여러 가지 학설이 있다. 그러나 대개 자신을 이긴다는 것은 이성(理性)으로 인간의 육체적인 욕망을 극복하는 것으로 풀이될 수 있고, 「복례」의 「예」는 천지만물의 자연을 말하는 것으로, 무아(無我)의 경지를 말한 것이라 볼 수 있다. 《대학》에 나오는 격물치지(格物致知)란 것도 결국 이 「극기복례」와 같은 뜻으로 풀이할 수 있다.

특히 뒤이어 하루만 극기복례를 하면 천하가 다 「인(仁)」으로 돌아온다고 한 말은, 육신으로 인한 모든 욕망이 완전히 사라지고 무아의 경지가 하루만 계속되게 되면 그 때는 천하의 모든 진리를 다 깨달아 알게 된다는 이른바 성도(成道)를 말한 것이라 볼 수 있다.

공자는 「인」이란 말을 「도(道)」란 말과 같은 뜻으로 사용해 왔다고 볼 수 있는데, 많은 제자들이 이 「인」에 대해 질문을 해 왔지만, 그 때마다 공자는 각각 그들의 정도에 따라 다른 대답을 했다. 안연에 대한 이 대답이 가장 「인」의 최고의 경지를 지적한 것으로 생각된다. 공자는 또 다른 곳에서 제자들을 놓고 이렇게 평했다. 「회(回 : 안연의 이름)는 석 달을 『인』에서 벗어나지 않았고, 그 나머지 사람들은 혹 하루에 한 번, 한 달에 한 번 잠시 인에 이를 뿐이다.」 하루를 계속 무아의 경지에 있을 수 있는 사람이면 한 달도 석 달도 계속될 수 있는 일이다. 석 달을 계속 무아의 경지에 있은 안연이라면 그것은 아주 성도한 성자의 지위에 오른 것을 말한 것이라 볼 수 있다.

공자의 이와 같은 대답에 안연은 다시 그 구체적인 것을 말해 달라고 청했다. 여기서 공자는, 「『예(禮)』가 아니면 보지도 말고, 예가 아니면 듣지도 말고, 예가 아니면 말도 하지 말고, 예가 아니면 움직이지도 말라.」고 했다. 불경에 있는 문자를 빌린다면 인간의 모든 감각인 육식(六識)을 떠남으로써 참다운 진리를 깨달을 수 있다는 말일 것이다.

안연의 성도(成道)의 경지를 말한 것으로 보이는 데에 이런 것이 있다. 자한편(子罕篇)에 보면 안연이 혼자 이렇게 탄식해 말하고 있다. 「바라볼수록 높고, 뚫을수록 여물다. 앞에 있는 것만 같던 것이 홀연 뒤에 가 있다. ……그만두려 해도 그만둘 수가 없어 내 있는 재주를 다한다. 무엇이 앞에 우뚝 솟아 있는 것만 같아 아무리 잡으려 해도 잡히지를 않는다.」

　이 말을 풀이한 주석에 이렇게 적혀 있다. 「극기복례의 공부를 시작한 뒤, 석 달을 『인』에 벗어나지 않던 그 때의 일이다.」라고. 이 말은 보리수 밑에 가부좌를 틀고 앉은 석가모니의 성도(成道)의 과정도 바로 이런 것이 아니었던가 하는 생각이 든다. 그러나 오늘 우리가 쓰고 있는 「극기(克己)」는 극히 초보적이고 또 극히 넓은 의미로 쓰이고 있다.　　　　　　　　　　　　－《논어》 안연편

■ **극기봉공**(克己奉公) : 개인의 욕심을 버리고 사회를 위해 일한다는 말이다. 《논어》 안연편(顔淵篇)에 있는 말이다. 안연이 스승 공자에게 물었다.

　「어떻게 하는 것이 인의(仁義)를 지켰다고 할 수 있습니까?」

　공자가 대답했다.

　「자기 욕심을 버리고 예의에 어긋나지 않는 것이 인이다(克己復禮爲仁).」

　이 구절에서 극기(克己)라는 말이 나왔다.

　《사기》 염파인상여열전(廉頗藺相如列傳)에 이런 이야기가 있다. 중국 전국시대 조(趙)나라의 혜문왕(惠文王) 때 조사(趙奢)는 전답의 조세를 담당한 관리였는데, 그는 혜문왕의 동생인 평원군(平原君)이 세금을 내지 않아 평원군의 마름 9명을 징벌하였다.

　이에 화가 난 평원군이 조사를 죽이려 하자 조사는 이렇게 말했다.

「당신이 마름들을 부추겨 공사를 봉행하지(公事奉行) 않고 법을 지키지 않으면 나라가 쇠퇴하여 힘이 약해지고 앞장서서 법을 지키면 나라도 강성해지고 당신도 존경받을 것입니다.」

조사의 말을 들은 평원군은 감동하여 오히려 왕에게 조사를 천거하였으며, 왕은 조사에게 전국의 조세 업무를 맡아보게 하였다. 「극기봉공」은 이와 같이 극기와 봉공이 결합하여 이루어진 성어로 자기의 욕망이나 감정을 억제하고 공공의 일에 봉사한다는 것을 말한다.

【에피소드】

■ 만년의 톨스토이는 인간의 욕망에 정이 떨어져서 철저한 금욕주의를 제창하였다. 어떤 사람이 걱정이 되어 그에게,「그렇게 모두 금욕만 한다면 인류가 멸망해 버리지 않습니까?」하고 묻자, 그는 조용히 대답했다.「염려할 것 없어요. 금욕을 실제 생활에 옮길 수 있는 사람은 거의 없으니까요.」

【명작】

■ 욕망이라는 이름의 전차(A Streetcar Named Desire) : 현대 미국의 대표적인 극작가 테네시 윌리엄스(Tennessee Williams, 1911~1983)의 작품이다. 그의 작품《유리 동물원》이 시카고에서 상연되어 큰 성공을 거두었다. 그 뒤《욕망이라는 이름의 전차》로 퓰리처상을 받아 전후 미국 연극계를 대표하는 사람이 되었다.

　　미국 남부에 있는 한 지주의 딸 브랜치가 어느 날「욕망이라는 이름의 전차」를 타고 뉴올리언스의「극락(極樂)」이라는 거리에 사는 여동생 부부의 집을 찾아간다. 그런데 브랜치는 좋은 가문의 출신임에도 불구하고 몸가짐이 매우 난잡하여 이 남자에서 저 남자의 품으로 전전하는 등, 점차 인생의 내리막길을 달려온 것이다. 여기에는 지난날의 젊은 시절 화려했던 명성에 대해 다시는 되돌아오지 않는 그리움과 희망이 담겨 있다. 동시에 남자들에 대한 어쩔 수 없는 그리움과 경사력(傾斜力)에만 이끌려 간다.

　　그녀는 쓸모도 없는 지난날의 화려하고 호화찬란하던 추억에만 눈을 돌리지, 냉엄한 현실 속에서 만나는 남자에게서 마다 패배와 굴욕감만 맛본다. 그러나 그녀의 여동생 부부는, 이와 반대로 약간 어수룩해 보이지만 늠름하고도 억세게 현실과 대결하여 꿋꿋하게 살아 나간다. 테네시 윌리엄스의 작품은 거의 영화화되었다. 이 작품도 그렇거니와《뜨거운 양철지붕 위의 고양이(Cat on a hot tin roof)》등이 영화화되었다.

【成句】

■ 극기봉공(克己奉公) : 자신의 욕망을 엄격하게 제어하고 한마음 한뜻으로 사업에 몰두한다는 뜻으로, 극기와 봉공이 합쳐져 이루어진 성구다. /《논어》

■ 만리지망(萬里之望) : 먼 곳에 다다르려 하는 희망이라는 뜻으로, 입신출세의 욕망을 이른다.

■ 온량공검(溫良恭儉) : 성품이 온화, 순량(順良)하며, 공손하고 검소함. 공자가 사람을 대할 때의 태도를 말한다. 공(恭)은 공순(恭順), 공손한 것. 검(儉)은 검소, 욕망을 억누르고 마음을 다잡는다는 뜻. /《논어》

■ 적자지심(赤子之心) : 타고난 그대로의 순수하고 거짓 없는 마음. 적자(赤子)는 젖먹이를 말한다. 젖먹이는 자연 그대로이고 욕심이 없지만, 어른이 되면 교활한 지혜가 생기고 욕망이 커진다. 사람으로서의 이상(理想)은 젖먹이처럼 무위무욕(無爲無慾)한 것임을 말한다. /《노자》

■ 에피투미아(Epitumia) : 그리스어로 욕망이란 뜻. 육체적인 욕망으로, 감각이 있는 곳에는 쾌감과 불쾌감이 있는데, 불쾌감은 버리고 오로지 쾌감만 추구하려는 욕망을 말한다. 사람이 육체적 존재로서만 생활한다면 자기본위의 생활이 되고 무자비한 투쟁의 생활이 될 것이다. 인간이 이러한 육체적 존재로서의 생활을 할 때 에피투미아의 생활이라고 한다.

욕심 greed 慾心

【어록】

▣ 만족하지 못하다는 것 이상의 불행은 없다. 욕심과 같이 큰 죄악은 없다. 그러므로 모든 정욕에서 벗어난 사람은 항상 만족할 수 있다. ─《노자》

▣ 탐욕스러운 자는 재산이 쌓이지 않으면 근심하며, 교만한 사람은 권세가 늘어나지 않으면 슬퍼한다. ─《장자》

▣ 마음을 수양하는 데는 욕심을 적게 함보다 더 좋은 방법은 없다(養心莫善於寡欲). ─《맹자》

▣ 해서 안될 일은 하지 않고, 구하고자 해서 안될 것은 구하지 않는다(無爲其所不爲 無欲其所不欲). ─《맹자》

▣ 올바르게 행하는 자는 욕심에서 벗어난다(행위를 올바르게 하려는 인간은, 사랑의 정에 역행하게 된다) ─《한비자》

▣ 짐승을 쫓는 사람의 눈은 큰 산을 보지 못한다. 욕심이 밖에 있으면, 곧 밝음이 가려진다(逐獸者 目不見太山 嗜慾在外 則明所蔽矣).

— 《한비자》

■ 인자(仁者)는 욕심 때문에 삶을 다치지 아니한다. — 《회남자》

■ 욕심이 많으면 의리가 적어지고, 근심이 많으면 지혜가 손상 받고, 두려움이 많으면 용맹이 못해진다(多欲虧義 多憂害智 多懼害勇).
— 《회남자》

■ 거울이 밝으려면 먼지가 껴서는 안되며, 정신이 맑으려면 기호와 욕심에 어지럽혀져서는 안된다(鑒明者 塵垢弗能亂 神明者 嗜欲弗能亂).
— 《회남자》

■ 해와 달은 밝으려 하나 뜬구름이 가리고, 강물은 맑으려 하나 모래와 돌이 더럽히고, 사람의 성정은 평온하려 하나 기호와 욕심이 이를 해친다(日月欲明 浮雲蓋之 河水欲淸 沙石濊之 人性欲平 嗜欲害之).
— 《회남자》

■ 높이 나는 새는 미식(美食)으로 죽는다(인간은 욕심 때문에 몸을 망친다).
— 《오월춘추》

■ 욕심을 가지고 멈출 줄 모른다면 그 욕망이 있게 된 것마저 잃게 되고, 있으면서(부유하면서) 만족할 줄 모르면 그 있는 것마저 잃는다(欲而不知止 失其所以欲 有而不知足 失其所以有).
— 《사기》 범수채택열전

■ 각기 나라를 세워 권력을 다투자 마침내 서로가 멸망하였다. 앞서는 서로 경모하고 신용하는 사이였는데 뒤에는 서로 배반하는 부실한 사이가 된 것은 무엇 때문인가? 그것은 사리사욕 때문이 아니던가?
— 《사기》

■ 농서 지방을 얻고 나니 촉 지방이 탐이 난다(得隴望蜀 : 사람의 욕심은 끝이 없음을 가리키는 말). ─《후한서》

■ 욕심은 법도가 없는 데서 생기고, 나쁜 생각은 금령이 없는 데서 생긴다(欲生於無度 邪生於無禁). ─《위료자(尉繚子)》

■ 욕심을 같이하는 자는 서로 미워하고, 사랑을 같이하는 자는 서로 친하다. ─《전국책》

■ 의(義)가 욕심을 이기면 창성하고, 욕심이 의를 이기면 망한다. ─《육도삼략》

■ 형벌의 근원은 기호와 욕심, 좋아하는 것과 싫어하는 것을 절제하지 않는 데서 생겼다(刑罰之源 生於嗜欲好惡不節). ─《대대례기(大戴禮記)》

■ 사람에게 욕심이 있으면 강직하지 못하게 된다. 강직하면 욕심에 굽어들지 않는다(人有欲則無剛 剛則不屈於欲). ─ 정자(程子)

■ 분한 마음을 징계하는 것을 다정한 친구를 충고하는 것같이 하고, 욕심스러운 마음을 막는 것을 물을 막는 것같이 하라. ─《근사록》

■ 뿌리가 깊이 박힌 나무는 베어도 움이 다시 돋는다. 욕심을 뿌리째 뽑지 않으면 다시 자라 괴로움을 받게 된다. ─《법구경》

■ 하늘이 칠보(七寶)를 비처럼 내려도 욕심은 오히려 배부를 줄 모르나니, 즐거움은 잠깐이요 괴로움이 많음을 어진 이는 이것을 깨달아 안다. ─《법구경》

■ 논밭은 잡초 때문에 손해 보고, 사람은 탐욕 때문에 손해 본다.

─《법구경》

■ 탐욕으로부터 걱정이 생기고 탐욕으로부터 두려움이 생긴다. 탐욕 없는 곳에 걱정이 없거니, 또 어디에 어려움이 있겠는가.

─《법구경》

■ 지붕을 성기게 이으면 비가 새는 것처럼 마음을 조심해 가지지 않으면 탐욕은 곧 이것을 뚫는다.　　　　　─《법구경》

■ 도리를 따르면 마음에 여유가 있고, 욕심을 따르면 위태롭다(順理則裕 從欲惟危).　　　　　─《소학》

■ 마음에 물욕이 없으면 이는 곧 가을하늘과 잔잔한 바다이며, 자리에 거문고와 책이 있으면 이는 곧 신선의 집이다(心無物慾 卽是秋空霽海 坐有琴書 便成石室丹丘).　　　　　─《채근담》

■ 마음에 욕심이 일면 차가운 못에 물결이 끓나니 산림에 있어도 그 고요함을 보지 못한다. 마음이 공허하면 혹서에도 청량한 기운이 생기나니 저자에 살아도 그 시끄러움을 모른다.　　　─《채근담》

■ 탐욕자는 금을 얻어도 옥 못 얻음을 한하고 공(公)이 되어도 제후 못됨을 불평하나니, 자리는 높아도 거지의 마음을 달게 가지지만, 족함을 아는 이는 명아주국도 고깃국이나 쌀밥보다 맛있게 여기며, 베 도포도 여우 갖옷보다 따뜻하게 아나니, 서민으로서도 왕공을 부러워하지 않는다.　　　　　─《채근담》

■ 사람이 되어 아주 고원(高遠)한 사업은 없을망정 세속의 정만 벗을 수 있으면 이내 명류(名流)에 들 것이요, 학문을 닦아 특출한 공부는 없더라도 물욕의 누(累)만 던다면 이내 성인의 경지를 넘으리

　라.　　　　　　　　　　　　　　　　　　　　　— 《채근담》

■ 욕심쟁이는 황금의 알을 낳는 닭을 죽인다.　　　　— 이솝

■ 그림자를 쫓다가 자기의 먹이를 떨어뜨린 개는 그림자도 고기도
　잃어버린다.　　　　　　　　　　　　　　　　　　— 이솝

■ 충분한데도 적다고 하는 사람은 무엇에든 만족할 줄을 모른다.
　　　　　　　　　　　　　　　　　　　　　— 에피쿠로스

■ 자기가 가진 것을 충분히 자기에게 어울리는 부(富)라고 생각하지
　않는 자는 세계의 주인이 되어도 불행하다.　　　— 에피쿠로스

■ 사람은 물욕에 집착이 심하면 심할수록 약해진다. 그리고 스스로
　결박을 한다. 언제든지 죽음의 준비가 되어 있는 사람만이 참된 자
　유인이다. 이미 죽음의 위협에서 벗어난 사람은 아무도 그를 노예
　로 할 수 없고, 그 아무것도 그를 결박하지 못한다.
　　　　　　　　　　　　　　　　　　　　　— 디오게네스

■ 많은 것을 욕심내는 자는 항상 많은 것을 필요로 한다.
　　　　　　　　　　　　　　　　　　　　　— 호라티우스

■ 탐욕스런 자는 기대어 오는 사람에게 등을 돌린다.
　　　　　　　　　　　　　　　　　　　　　— 메난드로스

■ 이상적 만족의 생활은 금전의 많음에 있지 않고 욕심의 적음에 있
　다.　　　　　　　　　　　　　　　　　　　— 에픽테토스

■ 탐욕은 얻은 것을 다 삼키곤 입만을 더 크게 또 벌리는 것, 제아무
　리 큰 은혜를 받을지라도 탐욕의 갈증은 더해만 가니 그 누가 끝없
　는 욕망을 제어하랴? 겁내어 탄식하며 자기를 가난하고 불행하게

여기는 자는 결코 부자로는 살아 보지 못하리라.　― 보이티우스

■ 야심(野心)과 탐욕을 목표로 하는 사람들은 자기의 소유라고 생각
한 것의 종이 되어, 그것을 섬기고 있는 데 지나지 않는다.

― L. A. 세네카

■ 큰 재산은 큰 속박이다.　　　　　　　　　― L. A. 세네카

■ 탐욕 때문에 모든 덕이 빛을 잃었다. 그러나 실은 그 하나의 악이
다른 모든 덕보다 세었다.　　　　　　　― 플루타르코스

■ 칭찬 받는데 욕심을 내는 자들은 장점이 많지 않은 사람들이다.

― 플루타르코스

■ 진정한 의미에 있어 부자가 되고자 하면 가진 것이 많기를 힘쓸
것이 아니라 욕심을 줄이기에 힘쓰라. 사람이란 욕심을 억제하지
않으면 언제까지라도 부족과 불만을 면할 수 없다.

― 플루타르코스

■ 사람들은 살아가기에 넉넉한 재산을 가지고도 아직도 적다고만 생
각한다.　　　　　　　　　　　　　　　― 플루타르코스

■ 낙타는 뿔을 갖고 싶어 했기 때문에 귀를 잘렸다.　　― 아히칼

■ 질주하는 말에게는 끊임없이 박차가 걸린다. ― 플리니우스 2세

■ 가장 욕심이 적은 사람이 가장 풍부한 사람이다.

― 푸블릴리우스 시루스

■ 사욕은 이 세상을 사랑하는 사람들에게 있어서 어느 정도 이루어
지는 일이 있지만, 그보다도 훨씬 용이하게 신을 사랑하는 사람에
의해서 부서진다.　　　　　　　　　　― 아우구스티누스

▣ 낭비와 탐욕—이런 역병(疫病)은 모든 국가를 파멸시키는 것이다.

　　　　　　　　　　　　　　　　　　　　　　— M. 카토

▣ 자부, 질투, 탐욕은 사람의 마음에 불을 놓는 세 개의 불꽃이다.

　　　　　　　　　　　　　　　　　　　　　　— A. 단테

▣ 욕심쟁이가 황금을 갖는 것이 아니라 황금이 욕심쟁이를 갖고 있
　는 것이다.　　　　　　　　　　　　　　　　　— 비온

▣ 10세에는 과자에, 20세에는 연인에, 30세에는 쾌락에, 40세에는
　야심에, 50세에는 탐욕에 움직여진다. 인간은 어느 때가 되어야 영
　지(英知)만을 좇게 될까.　　　　　　　　— 장 자크 루소

▣ 욕심쟁이는 크게 벌려고 하다가 크게 밑진다.　　— 라퐁텐

▣ 노인이 빠져드는 그 병은 탐욕이다.　　　　　— 존 밀턴

▣ 탐욕은 이따금 반대의 결과를 일으킨다. 믿을 수 없으며 접근할 수
　없는 희망 때문에 전 재산을 던져 버리는 무수한 사람이 있는가 하
　면, 또 한편에는 목전의 작은 이익을 위하여 장래에 찾아올 커다란
　이익을 소홀히 하는 사람이 있는 것이다.　　　— 라로슈푸코

▣ 청빈이 있는 곳, 그 기쁨이 있는 곳, 그 곳에서는 탐욕도 강욕(强
　欲)도 없다.　　　　　　　　　　　　　　— 프란체스코

▣ 탐욕을 제거하자면 먼저 그 어미가 되는 사치를 제거해야 한다.

　　　　　　　　　　　　　　　　　　　　　　— 키르케고르

▣ 평화는 탐욕에 대항하는 힘의 잠재적인 암묵리의 도덕적 승리다.

　　　　　　　　　　　　　　　　　　　　　　— 폴 발레리

▣ 식욕은 먹을수록 자란다.　　　　　　— 프랑수아 라블레

■ 고양이를 둘러씌우는 것은 최악의 탐욕이다.　　　　— 스탕달

■ 아담은 사과 그 자체가 먹고 싶어 욕심낸 것이 아니라, 금지되었기에 욕심낸 것이다.　　　　　　　　　　　　— 마크 트웨인

■ 연대순으로 말하면, 연애 다음에는 야심, 야심 다음에는 탐욕이 온다.　　　　　　　　　　　　　　　　　　— 알랭

■ 인간은 태어나면서 허영심이 강하고, 타인의 성공을 시기하며, 자기의 이익 추구에 대해서는 아낄 줄 모르는 탐욕이 심하다.

　　　　　　　　　　　　　　　　— 마키아벨리

■ 탐욕이란 우리로 하여금 이승에서 무한성(無限性)을 추구하게 함으로써 오류와 죄악의 유일한 원인이 되는 것이다. — 시몬 베유

■ 탐욕은 노년기에 걸려드는 악덕이다.　　　— 조지 밴크로프트

■ 많이 가진 자는 대개 탐욕하기 쉽고 가진 것이 적은 자는 언제나 나누어 갖는다.　　　　　　　　　　　— 오스카 와일드

■ 탐욕은 결코 만족에 이를 수 없는 욕구를 충족시키려는 끝없는 노력 속에서 개인을 탕진시키는 바닥없는 항아리다. — 에리히 프롬

■ 아무도 자기보다 더 많이 가져서는 안 된다고 주장하는 사람들은 그렇게 함으로써 누군가가 조금이라도 더 가질 경우 그가 느낄 부러움으로부터 자신을 보호하고 있는 것이다.　　 — 에리히 프롬

■ 탐욕은 굴종처럼 사람들을 어리석게 만든다.　　 — 에리히 프롬

■ 도박은 탐욕의 자식이요, 부정의 형제요, 불행의 아버지다.

　　　　　　　　　　　　　　　　— 조지 워싱턴

■ 인생의 법칙은 욕심의 경쟁이 아니라 만인의 선(善)에 기여하는 개

인의 선(善)인 협동이다.   — 자와할랄 네루

■ 이기적이고 탐욕적인 인민은 자유로울 수 없다. — T. 루스벨트

■ 탐욕은 항상 제한된 시간 안에서 어떤 특기할 만한 결과를 추구하고 있다.   — R. 타고르

■ 참된 것은 탐욕이 아니라 사랑이다.   — R. 타고르

■ 욕심은 만족을 모르는 불가사리다.   — 팔만대장경

■ 열매를 맺는 파초는 말라 죽고, 북쪽으로 피는 갈대도 마르나니, 노새는 새끼를 배어서 죽고 사람은 탐욕으로 멸망한다.

      — 팔만대장경

■ 욕심은 많은 고통을 부르는 나팔이다.   — 팔만대장경

■ 욕심은 욕심을 낳는다.   — 팔만대장경

■ 탐욕이 많은 자는 천성(天性)이 얕아 일체의 편견과 집착이 모두 이 욕망에서 나오기 때문이다. 그래서 우리가 차별상을 제거하자면 먼저 탐내고 선택하는 마음을 버려야 하며, 이러한 마음을 버리자면 곧 망(忘)의 공부를 하여야 한다.   — 장기윤

■ 마음을 기르는 데는 욕심을 적게 하는 것보다 더 나은 것이 없다.

      — 이지함

■ 사람의 마음에 욕(欲)이 있으므로 그 마음의 본체의 영묘(靈妙)한 것이 잠겨서 사사로운 정(情)에 구속되었음은 능히 유통하지 못하여서 천리(天理)가 어두워지고, 기운도 또한 막혀서 인륜(人倫)이 폐하여지고, 천지만물이 생(生)을 이루지 못하는 것입니다.

      — 조광조

▣ 오직 백성의 고혈을 빨아먹는 자만이 탐관(貪官)은 아니다. 모든 식물(食物)과 선물을 보내온 것은 다 받아서는 안 된다.

　　　　　　　　　　　　　　　　　　　　　　　— 정약용

▣ 방이 좁거든 좁은 방에 합할 만하게 세간을 놓는 거야. 그게 분이 란 거여든. 제 분에 넘는 것을 바라는 것이 탐욕이란 말일세.

　　　　　　　　　　　　　　　　　　　　　　　— 이광수

▣ 세상에는 부정·불의를 몰라서 행하는 사람보다도 알면서 행하는 사람이, 또 행하는 경우가 훨씬 더 많을 것이 분명하다. 알면서도 왜 이런 짓을 하느냐 하면, 그것은 과도한 욕심으로 인하여 일시 양심과 양식(良識)이 질식되고 말기 때문이라고 보아야 할 것이다.

　　　　　　　　　　　　　　　　　　　　　　　— 이희승

▣ 욕심에는 여러 종류가 있다. 가장 비근한 것으로는 식욕·색욕이 있고, 그보다 크다고 할는지 심한 것이라 할는지, 물욕이 있다. 금 전이나 재물에 대한 욕심 말이다. 이보다 고도한 것이 명예욕이요, 또 그보다 더욱 큰 것이 권욕(權慾)이다. 욕심 중에 이 권력에 대한 욕심이야말로 가장 왕성하고 가장 추잡하고, 가장 위험한 것이다.

　　　　　　　　　　　　　　　　　　　　　　　— 이희승

▣ 욕심은 우리 인간생활을 추진시켜 나가는 가장 기본적인 원동력으 로 우리 인간의 모든 영위(營爲)는 이 욕심을 중심으로 하고 돌고 얽히고 풀리고 하여 이루어져 나가는 것이다.　　　　— 이양하

▣ 욕심을 갖지 않은 사람은 삶의 가장 중요한 부분 가운데 하나를 잃어버리고 있는 것과 같다.　　　　　　　　　　　　— 윤태림

■ 사람의 새빨간 욕심이란 채우면 채울수록 밑바닥이 없는 것이다. 그것은 사랑의 강렬한 본능인 때문이다. 이 야수 같은 새빨간 본능은 사람의 마음 어느 한편 귀퉁이에 몇 천 년, 몇 만 년을 두고 길고 강하게 뿌리박혀 내려왔다. 그러나 사람은 도덕이란 옷과, 예절이란 굴레를 쓰기 때문에 어느 정도까지 야수성을 뿜을 수 있다가도 반성하는 마디에 이르러서는 소스라쳐 돌아설 수 있다.

— 박종화

■ 기대한 욕심에서 생기는 것으로 내 형편에 좋도록 모든 것을 강요하는 것이다.　　　　　　　　　　— 서경보

■ 모든 것이 인간의 욕심 탓이로구나. 풀잎 끝에 잠시 맺혔다 사라지는 그 같은 영화를 탐하는 욕심 탓이었구나.　　　— 장덕조

■ 욕심 없이 얻어지는 즐거움은 얼마든지 추구하는 게 좋다.

— 유주현

【속담·격언】

■ 말 타면 경마 잡히고 싶다. (사람의 욕심은 한이 없다) — 한국
■ 말 타면 종 두고 싶다.　　　　　　　　　　— 한국
■ 뒷집 짓고 앞집 뜯어내란다. (사리는 불고하고 제 경우와 제 욕심만이 옳다고 한다는 뜻)　　　　　　　— 한국
■ 말 위에 말을 얹는다. (곡식 따위를 말로 되어 놓고 또 그 위에 말을 더 얹어 된다 함이니, 욕심이 많은 사람)　　— 한국
■ 바다는 메워도 사람의 욕심은 못 채운다.　　— 한국

- 나라 고금(雇金)도 잘라 먹는다. (사람이 지나치게 이기적이며 욕심이 사나와 뻔뻔스럽고 염치없는 짓을 한다) ── 한국
- 도둑개 살 안 찐다. (늘 남의 것을 탐내는 이는 재물을 모으지 못한다) ── 한국
- 고양이 기름 종지 노리듯. (눈독을 들여 탐낸다) ── 한국
- 먹고도 굶어 죽는다. (욕심이 많은 사람을 가리켜) ── 한국
- 같이 우물 파고 혼자 먹는다. ── 한국
- 맷돌 잡으러 갔다가 집돌 잃었다. (먼데 것을 탐내다가 이미 가진 것도 잃는다) ── 한국
- 범 아가리에 날고기 넣는 셈. (욕심 있는 자에게 간 물건은 도로 찾지 못한다) ── 한국
- 소증(素症) 나면 병아리만 쫓아도 낫단다. (소갈증이 나면 병아리만 봐도 그 증상이 조금 가신다는 뜻으로, 생각이 간절하면 그 비슷한 것만 보아도 마음이 좀 풀린다는 뜻) ── 한국
- 벼락 맞은 소 뜯어먹듯. (여럿이 모여들어 제 이익을 채운다) ── 한국
- 닫는 사슴을 보고 얻은 토끼를 잃는다. (지나치게 욕심을 부리다가는 도리어 손해를 볼 뿐이다) ── 한국
- 방에 가면 더 먹을까, 부엌에 가면 더 먹을까. (어느 쪽이 이익이 더 많을까 하고 태도를 정하지 못하고 망설인다. 곧 당장의 이익에만 급급한다) ── 한국
- 미친 체하고 떡 목판에 엎드러진다. (사리를 잘 알면서도 짐짓 모

르는 체 욕심을 채우려 한다)　　　　　　　　　— 한국

▣ 문둥이 콧구멍에 박힌 마늘씨도 파먹겠다. (욕심이 사납고 남의 것
을 몹시 탐낸다)　　　　　　　　　　　　　　— 한국

▣ 나그네 먹던 김칫국도, 먹자니 더럽고 남 주자니 아깝다. (자기는
그다지 갖고 싶지 않은 물건도 남 주기는 아깝다)　　— 한국

▣ 떡방아 소리 듣고 김칫국 찾는다. (떡방아 소리에 떡 먹은 후에 마
실 김칫국을 찾는다. 곧 상대편의 속도 모르고 제 짐작으로만 무엇
을 서둘러 바란다)　　　　　　　　　　　　　— 한국

▣ 몽글게 먹고 가늘게 싼다. (크게 욕심을 부리지 않고 제 힘에 맞도
록 분수를 지키는 것이 옳은 일이며, 그것이 또한 편하기도 하다)
　　　　　　　　　　　　　　　　　　　　　— 한국

▣ 먼저 먹은 후 답답이라. (너무 욕심을 부려 남보다 먼저 많이 하려
다가는 도리어 실패한다)　　　　　　　　　　— 한국

▣ 딸의 굿에 가도 자루 아홉을 가지고 간다. (아무리 남을 위하여 하
는 일이라도 제 잇속에 더 밝고 또 욕심이 크다)　　— 한국

▣ 기름 먹어 본 개같이. (한번 맛본 후로는 못 잊어 자꾸 먹겠다 함이
니, 무슨 일을 하고 난 후로는 자꾸 또 하고 싶어한다)　— 한국

▣ 남의 밥에 든 콩이 굵어 보인다.　　　　　　　— 한국

▣ 꿈에 서방 맞은 격. (무엇이든 다 제 욕심에 차지 않는다)
　　　　　　　　　　　　　　　　　　　　　— 한국

▣ 삼정승 부러워 말고 내 한 몸 튼튼히 가져라. (허욕을 두지 말고
제 몸 건강에나 힘써라)　　　　　　　　　　　— 한국

■ 군주는 욕심이 없을 때 자신의 손바닥을 들여다보는 것처럼 수월
하게 나라를 통치할 수 있다. ― 중국

■ 모든 악덕의 왕은 탐욕이다. ― 중국

■ 황금을 보고 안색이 달라지는 사람은 사람의 눈이 없을 때는 태도
가 달라진다. ― 중국

■ 욕심에는 정상(頂上)이 없다. ― 일본

■ 욕심쟁이의 재산은 도둑이나 국왕의 차지가 되어버린다.

― 인도

■ 모두를 움켜쥐려면, 모든 것을 잃는다. (Grasp all, lose all.)

― 서양속담

■ 토끼 두 마리를 잡으려는 자는 둘 다 잃는다. (He who hunts two
hares loses both. ― 영국

■ 가면 갈수록 점점 나쁘게 된다. (욕심을 내면 낼수록 실패한다)

― 영국

■ 한 치(寸)를 주면 한 자(尺)를 바란다. (Give him an inch and he
will take a yard.) ― 영국

■ 한 자(尺)만큼 원해서 한 치(寸) 정도 얻는다. ― 영국

■ 탐욕이 사람들을 부자로 만들기보다는 재산이 사람들을 욕심쟁이
로 만든다. ― 영국

■ 놓친 고기는 가장 크다. ― 영국

■ 도망치는 고기는 더 크게 보인다. ― 영국

■ 탐욕은 부와 더불어 증대한다. ― 영국

▣ 나누어준 것은 크다고 생각된다. ― 영국

▣ 탐욕이 사람들을 부자로 만들기보다는 재산이 사람들을 욕심쟁이로 만든다. ― 영국

▣ 욕심내면 자루가 찢어진다. ― 영국

▣ 신속히 부(富)를 쌓으려는 자는 죄를 벗어나지 못한다. ― 영국

▣ 욕심은 스스로의 무덤을 판다. ― 영국

▣ 모든 것을 탐내면 모든 것을 잃는다. ― 영국

▣ 욕심이 없는 사람에게 모든 것이 모인다. ― 영국

▣ 도끼로 모든 나무에 일격을 가한다면 한 나무도 쓰러뜨리지 못한다. ― 영국

▣ 양의 껍질을 벗겨버리면 두 번 다시 털을 깎을 수 없다. ― 프랑스

▣ 사람은 가진 것이 많을수록 욕심이 더해진다. ― 프랑스

▣ 목말을 태웠더니 머리에 기어오르려고 한다. ― 덴마크

▣ 거지에게 사우나를 시키니까 때수건을 달라고 하고, 때수건을 주니 땀 빼는 방에 들어가겠다고 한다. 땀 빼는 방에 들어가게 하면 때를 밀어 달라고 할 것이다. ― 핀란드

▣ 낭비가는 미래의 거지이고, 욕심쟁이는 영원한 거지다. ― 폴란드

▣ 수탉이 문지방을 넘어 들어오는 것을 가만 놔두면 금방 찬장 위에 올라설 것이다. ― 슬로바키아

▣ 눈동자를 얻은 맹인이 눈썹을 달라고 조르기 시작했다.

— 그루지야

■ 여자가 욕심내는 것을 신도 원한다.   — 중세 라틴

■ 동시에 두 마리 양의 털을 깎지 말라. 두 번째 양이 달려들어 물지
  도 모른다.   — 반투족

【중국의 고사】

■ **득롱망촉(得隴望蜀)** : 탐욕 하여 만족할 줄을 모름을 비유하는 말
  이다. 이「득롱망촉」에 대한 첫 이야기는 《후한서》 잠팽전(岑彭
  傳)에서 볼 수 있다. 건무(建武) 8년(32년), 잠팽은 군사를 거느리
  고 광무제를 따라 천수(天水)를 점령한 다음, 외효를 서성(西城)에
  서 포위했다. 이때 공손술(公孫述)은 외효를 구원하기 위해 부장
  이육(李育)을 시켜 천수 서쪽 60리 떨어진 상규성을 지키게 했다.
  그래서 광무제는 다시 군대를 나누어 이를 포위하게 했으나, 자신
  은 일단 낙양으로 돌아가기로 하고 떠날 때 잠팽에게 편지를 보내,
  「두 성이 만일 함락되거든, 곧 군사를 거느리고 남쪽으로 촉나라
  오랑캐를 쳐라. 사람은 만족할 줄을 모르기 때문에 고통스러운 것
  이다. 이미 농(隴 : 감숙성)을 평정했는데, 다시 촉(蜀)을 바라게
  되는구나. 매양 한 번 군사를 출발시킬 때마다 그로 인해 머리털이
  희어진다.」하고 명령과 함께 자신의 감회를 말했다.

    즉 장래를 위해 적군의 근거지를 완전히 정복해야겠다는 결심을
  하고서도 그것이 인간의 만족할 줄 모르는 욕망 때문일지도 모른
  다는 자기반성을 하며, 그로 인해 많은 군사들의 고통은 물론 마침

내는 생명까지 잃게 될 것을 생각하면 그때마다 머리털이 하나하나 희어지는 것만 같다는 절실한 심정을 말한 것이다. 4년 후 건무 12년에는 성도(成都)의 공손술을 패해 죽게 함으로써 「망촉」을 실현하게 된다.

둘째 이야기는, 이 말은 조조의 입에서 나온 것이다. 삼국의 대립이 뚜렷해진 헌제(獻帝) 건안 20년(215년)의 일이다. 촉의 유비와 오의 손권이 대립하고 있는 틈을 타서 위의 조조는 한중(漢中)으로 쳐들어갔다. 이때 조조의 부하 사마의가 조조에게, 「이 기회에 익주(益州 : 蜀)의 유비를 치면 틀림없이 승리를 거두게 될 것입니다.」하고 의견을 말했다. 그러나 조조는 머리를 가로저으며, 「사람은 만족하는 일이 없기 때문에 괴로운 것이다. 이미 농을 얻었는데, 다시 촉을 바랄 수야 있겠느냐.」하고는 그의 의견을 듣지 않았다.

물론 천하의 간웅 조조는 힘이 모자라 감행하지 못하는 것을 큰 도덕군자나 되는 것처럼 가면을 쓰고 말한 것임에 틀림없다. 우리는 여기서 성군인 광무제와 간웅(奸雄)인 조조의, 말과 본심과의 미묘한 상반된 현상을 엿볼 수 있다.   ─《후한서》 헌제기

■ **성호사서**(城狐社鼠) : 성벽에 숨어 사는 여우나 묘당에 기어든 쥐새끼라는 뜻으로, 탐욕스럽고 흉포한 벼슬아치를 비유하는 말이다. 동진(東晉) 때 대장군 왕돈(王敦)이나 대신인 조부 왕남(王覽), 숙부 왕상(王祥) 등은 모두 힘깨나 쓴다 하는 세력가들이었는데, 그

당시 산동 왕씨는 유명한 귀족들이었다. 동진이 중국 북부에 대한 통치권을 잃고 강남으로 밀려나 건강(建康)으로 서울을 옮겼을 때의 이야기다.

왕씨 집안도 남하해서 여전히 동진의 정권을 좌지우지하였다. 이때 진원제 사마예(司馬睿)의 승상이었던 왕도(王導)는 바로 왕돈의 사촌형이었고, 왕돈의 처는 바로 사마염의 딸 양성공주였다. 그래서 당시 사람들은「왕씨와 사마씨가 함께 천하를 휘두르고 있다(王與馬 共天下)」고 말했다. 그러나 당시 사마씨와 왕씨간의 알력(軋轢) 또한 만만치 않았다. 원제가 등극한 뒤 왕돈은 통수(統帥)로 임명되어 나중에 강주·양주·형주·양주(揚洲)·광주 등 다섯 곳의 군사들을 총지휘하고 강주자사까지 겸하면서 무창(武昌)에 주둔하고 있었다.

이리하여 왕돈은 장강 상류를 장악하고 장강 하류의 도읍지인 건강을 위협할 정도가 되었다. 이에 진원제는 유외와 대연을 진북장군에 임명하여 각기 군사 1만 명을 이끌고 왕돈을 견제하게 했다. 이때 왕돈은 진원제의 속셈을 알아차리고 군사를 움직일 채비를 차렸다. 그러나 만일 군사를 움직여 건강을 공격하게 되면 실제로 반란이 되기 때문에 가볍게 움직일 수도 없었다. 이에 왕돈은,「유외는 나라를 망치는 간사한 무리니, 나는 임금 신변에 빌붙어 사는 그와 같은 간신을 제거하겠다.」라는 명분을 내세워 군사를 일으키게 되었다.

이런 술책은 한나라 초기 오왕 유비(劉濞)의 청군측(淸君側)에서 배워 온 것이다. 이때 왕돈의 휘하에서 장사(長史)로 있던 사곤(謝鯤)은 왕돈에게, 「유외는 간신이지만 성벽에 숨어 사는 여우이며, 묘당에 기어든 쥐새끼입니다.」라고 말했다. 여우나 쥐는 사람마다 모두 잡아 죽이려고 하지만, 궁성에 숨어 있고 묘당 안에 도사리고 있기 때문에 궁성이나 묘당을 훼손할까 걱정이 되어 잡아 없애기 어렵다는 말로, 임금의 신변에 있는 탐욕스런 관리들이 바로 그렇다는 말이다.　　　　　　　　　　　　　　　　　─《진서》사곤전

■ **계륵(鷄肋)** : 그다지 가치는 없으나 버리기도 아까운 사물을 일컫는 말이다. 조조와 유비가 한중(漢中) 땅을 놓고 싸울 때였다. 유비는 제갈양이 익주(益州)를 근거지로 하여 한중을 대충 평정하고 있었다. 그러므로 군대 배치도 이미 되어 있었고, 병참(兵站)도 그런대로 확보하고 있는 데 반해 조조에게는 그만한 준비가 없었기 때문에 전투를 하는 데 많은 어려움이 있었다. 더 나아갈 수도 없고 지키고 있기도 어려운 상태였다.

　조조가 앞일을 결정짓지 못하고 있는 동안, 진중에는 이미 보급이 달린다는 보고가 들어오고 있었다. 막료들도 조조의 의중을 몰라 갈팡질팡했다. 한 막료가 밤늦게 조조를 찾아와 내일 진군에 필요한 명령을 내려 달라고 요구하자, 조조는 마침 닭의 갈비를 뜯고 있던 참이었는데, 「계륵, 계륵(鷄肋鷄肋)」할 뿐 아무 말이 없다. 얼마를 기다리던 막료는 그대로 돌아와 계륵이 무슨 뜻인지를 놓고 막료들끼리 의견이 설왕설래했다. 아무도 무슨 뜻인지를 몰랐

는데, 주부(主簿) 벼슬에 있는 양수(楊修)만이 조조의 속마음을 알아차리고, 내일로 군대를 철수하게 될 테니 준비를 해두라는 것이었다.

그의 해석은, 「닭의 갈비는 먹을 만한 살은 없지만, 그래도 그대로 버리기는 아까운 것이다. 이 말은 결국, 한중 땅은 버리기는 아깝지만 대단한 곳은 아니라는 뜻이니, 버리고 돌아가기로 결정을 내린 것이다(夫鷄肋 食之則無所得 棄之則如可惜 公歸計訣矣).」라는 것이었다. 양수는 조조의 속마음을 간파하고 그 때마다 그것이 적중하곤 해서 조조의 주시를 받은 사람이었는데, 이번에도 역시 그것이 적중했다.

이튿날 조조가 정식 철수를 명령하기가 바쁘게 군대는 기다린 듯이 행동을 개시했다. 조조가 놀라 까닭을 물으니, 양수의 예언이 하도 잘 맞기에 미리 준비를 해두었다는 것이었다. ―《후한서》

■ **축록자불견산**(逐鹿者不見山) : 큰 것에 뜻이 있는 사람은 사소한 일에 구애되지 않는다는 말이다. 「짐승을 쫓는 사람은 눈이 태산을 보지 못한다. 왜냐하면 욕심이 밖에 있으면 밝은 것이 가려지기 때문이다(逐獸者不見太山 嗜欲在外 則明所蔽矣).」

짐승을 잡으려고 산에 들어간 사람은 짐승에만 생각이 가 있어서 산이 눈에 보이지 않는다. 욕심에 눈이 어두워 있기 때문이다. 또 이와는 반대로 같은 설림훈편에, 「사슴을 쫓는 사람은 토끼를 돌아보지 않고, 천금의 물건을 흥정하는 사람은 몇 돈 몇 냥의 값을 놓고 다투지 않는다(逐鹿者不顧兎 決千金之貨者不爭銖兩之價).」
라고 했는데, 결국 큰 것에 뜻이 있는 사람은 사소한 일에 구애되
지 않는다는 뜻이다. 여기서「축록자불고토(逐鹿者不顧兎)」란 말
이 나왔다.

이권, 특히 황제의 자리를 다투는 것을 가리켜 축록(逐鹿)이라고
하는 것은 《사기》 회음후열전에 있는 괴통(蒯通)의 말 가운데서
나온 말이다.

「……진나라가 그 사슴을 잃은지라 천하가 함께 쫓았다……
(……秦失其鹿 天下共逐之……).」라고 했는데, 여기 말한 사슴은
곧 황제의 자리란 뜻이다. 당나라 위징(魏徵)의 시에도,「중원이
아직 사슴을 쫓아(中原還逐鹿) / 붓을 던지고 융헌을 일삼는다(投
筆事戎軒).」라고 한 구절이 있다. 중원은 천하를 뜻하고, 융헌은 병
사(兵事)를 말한다. 천하가 어지러워 전쟁을 일삼고 있다는 뜻이
다. 여기서 정권을 다툰다는 뜻으로 쓰이는「중원축록(中原逐鹿)」
이란 성구도 나왔다. ──《회남자》 설림훈(說林訓)

■ **동가식서가숙**(東家食西家宿) : 동쪽 집에서 먹고 서쪽 집에서 잔다
는 뜻으로, 자기의 잇속을 차리기 위해 지조 없이 이리저리 빌붙음
을 가리키는 말.

옛날 제(齊)나라에 아름다운 처녀가 있었다. 어느 날 그 처녀에게
두 집에서 청혼이 들어왔다. 그런데 동쪽집의 총각은 인물은 볼 것
이 없으나 부잣집 아들이었고, 서쪽 집 총각은 인물은 뛰어나지만

집안이 매우 가난하였다. 어느 한쪽을 선택하기 어려워진 처녀의 부모는 본인의 생각을 알아보자며 처녀에게 물었다.

「어느 쪽으로 정하기가 쉽지 않구나. 네 뜻은 어떠하냐? 만일 동쪽 집으로 시집가고 싶으면 오른손을 들고, 서쪽 집으로 시집가고 싶으면 왼손을 들어라.」 그러자 딸은 망설이지도 않고 두 손을 번쩍 들었다. 깜짝 놀란 부모가 그 이유를 묻자, 딸은 이렇게 대답하는 것이었다. 「밥은 동쪽 집에서 먹고 잠은 서쪽 집에서 자고 싶어요.」 동가식서가숙이란 말은 여기서 비롯되었다.

조선시대의 《대동기문(大東奇聞)》이란 책에도 다음과 같은 이야기가 실려 있다. 태조 이성계(李成桂)가 조선을 개국한 후 조정에서 개국공신들을 불러 주연을 베풀었다. 그때 어떤 정승이 술이 얼근하게 취해서는 설중매(雪中梅)라는 기생에게 치근대며 이렇게 말했다. 「너는 동가식서가숙하는 기생이니 오늘 밤에는 이 늙은이의 수청을 드는 것이 어떻겠느냐?」 그러자 설중매는, 「동가식서가숙하는 천한 기생이, 어제는 왕씨를 모시다가 오늘은 이씨를 모시는 정승 어른을 모신다면 궁합이 잘 맞겠습니다.」 하였다.

이 말을 들은 공신들은 얼굴이 뻘게져 어쩔 줄을 몰라 했고, 술자리는 흥을 잃고 파하였다 한다. 동가식서가숙이란 본래 일정한 거처 없이 떠돌아다니는 것을 말하던 것이었으나, 차츰 자기의 잇속을 차리기 위해 지조 없이 여기저기 빌붙어 사는 행태를 가리키게 되었다.　　　　　　　　　　　　　　 ― 이방(李昉) / 《태평어람》

■ **괴여만리장성**(壞汝萬里長城) : 「너의 만리장성을 무너뜨리는가?」 자신의 든든한 방패막이가 될 사람을 순간적인 욕심 때문에 제거했을 때 쓰는 말이다. 《송서》에 이런 이야기가 실려 있다.

단도제가 살던 시기는 북위(北魏)와 남쪽의 송나라가 서로 대치하고 있던 무렵이었다. 위나라는 어떻게든 틈을 보아 송나라를 공격하려고 호시탐탐 송나라 진영을 엿보고 있었다. 그러나 단도제가 대장이 되어 방위를 굳건히 하고 있었기 때문에 감히 침략할 엄두를 내지 못했다. 그런데 송나라 조정에서는 이렇게 위세가 대단한 단도제를 시기해서 그를 제거하려는 무리들이 있었다. 그들은 자신들이 정권을 잡고 권력을 마음대로 휘두르기 위해 단도제를 제거할 여러 가지 방안을 강구하였다.

그러던 중 임금이 병든 틈을 타서 왕명이라는 구실로 단도제를 서울로 불러들였다. 아무것도 모르던 그는 서울로 오자마자 거짓 왕명에 의한 조서에 의해 옥에 갇히고 말았다. 그제야 간신들의 협잡에 속은 줄 안 단도제는 불같이 화를 내면서 쓰고 있던 두건을 내팽개치며 외쳤다. 「너희들이 지금 만리장성을 허물려고 한단 말이냐?」 결국 그는 외적과 내통하였다는 억울한 누명을 쓰고 감옥에서 분사(憤死)하고 말았다.

그러자 호시탐탐 기회만 엿보고 있던 북위는 단도제가 죽었다는 소식을 듣자마자 즉시 군사를 출동시켜 송나라로 물밀 듯 쳐들어왔다. 결국 송나라의 권신들은 그들의 안전을 지켜 주었던 사람을 스스로 죽여 위험을 자초했던 것이다. 이렇게 사소한 욕심에 눈이

멀어 진정한 힘이 되는 사람을 해치는 경우를 일러「괴여만리장
성」이라고 한다. ─《송서》단도제전

【에피소드】

■ 종전(終戰)이 되자 카토는 모든 장병들에게 1파운드의 은을 나누
어 주며 몇 사람이 금을 가지고 본국으로 돌아가는 것보다 많은 사
람이 은을 가지고 가는 것이 더 좋다고 말하고, 그 자신은 먹고 마
실 것을 제외하고는 전리품에 전혀 손을 대지 않았다. 그리고 그
는,「그런 방법으로라면 부자가 되려는 사람을 탓하지 않는다. 그
러나 나는 덕을 가장 많이 쌓은 사람과 덕을 겨루고 싶지, 재물이
가장 많은 사람과 재물을 겨루거나, 욕심이 가장 많은 사람과 욕심
을 겨루고 싶지는 않다.」고 말하였다. ─《플루타르크 영웅전》

【우화】

■ 욕심 많은 개가 고기 한 덩어리를 얻었다. 그 자리에서 먹어 치우
려다 혹시 어떤 놈이 와서 뺏기라도 하면 큰일이라 생각하고 집에
가져가서 먹으려고 고기를 입에 물고 가는 길이었다. 부지런히 가
다가 동네 앞 개울에 놓인 다리를 건너다가 멈칫 섰다. 깊은 개울
물에 무엇이 흘끗 보였기 때문이다.

　다리 아래에는 저와 같은 개 한 마리가 커다란 고깃덩이를 물고
저를 올려다보고 있지 않은가. 그 개가 물고 있는 고깃덩이는 제가
문 고깃덩이보다 더 큰 것만 같아 그것을 뺏어 가지고 싶은 욕심이

솟았다. 그래서 눈을 부릅뜨며 다리 아래를 보고 컹컹 짖었다. 그러자 물에서 풍덩 소리가 났다. 욕심 많은 개는 그제야 제가 물고 있던 고깃덩이가 물에 떨어진 걸 깨달았다. 한 입도 떼어 먹지 않은 그 큰 고깃덩이를 송두리째 물에 빠뜨렸으니 기가 막혀 죽을 지경이다.

　욕심 많은 개가 다리 아래를 보고 화가 나서 소리치자 다리 아래 개도 고기를 물지 않은 빈 입으로 저를 노려봤다. 그제야 그것이 제 그림자인 걸 알고 욕심 많은 개는 울고 싶은 마음으로 다리를 건넜다. 「내가 가진 것만 먹어도 배가 부를 걸 괜히 헛욕심을 부리다가 입에 문 고기를 잃어버렸구나.」 욕심 많은 개는 힘없는 걸음으로 집으로 돌아갔다.　　　　　― 이솝 / 욕심 많은 개

【명작】

■ 크리스마스 캐럴(A Christmas Carol) : 19세기 영국의 최대 작가 찰스 디킨스(Charles John Huffam Dickens, 1812~1870)가 쓴 《크리스마스 북스》의 첫 번째 작품으로서 1843년 크리스마스에 발표된 것.

　크리스마스이브에 욕심 많고 무자비한 스크루지 앞에 나타난 것은 7년 전에 작고한 동업자였던 마레의 유령이다. 생전의 업보 때문에 무거운 쇠사슬을 발목에 매고 다니는 마레의 권유로 스크루지는 세 명의 유령과 만난다. 이 유령이란 과거의 크리스마스 유령, 현재의 크리스마스 유령, 그리고 미래의 크리스마스 유령이다.

과거와 현재의 크리스마스 유령이 보여주는 것을 모두 보고 난 다음, 미래의 유령이 보여준 것은 너덜너덜하게 닳아지고 또 더러운 시트가 씌워진 가엾은 스크루지의 시체였다.

여기서 크리스마스의 의의를 깨달은 스크루지는 참되게 회개하여 이웃을 돕고 사랑하는 선행자가 된다는 것. 이 명쾌한 스토리는 대단히 설득력이 있어서 읽고 나면 깊은 인상이 남는다. 크리스마스의 의미, 나아가서는 기독교 정신을 잘 표현하는 동시에 공리주의와 현실주의를 비판하고, 가난한 사람들에 대한 위로의 마음을 여기서 읽게 된다.

【成句】

■ 여아부화(如蛾赴火) : 불나방이 불에 날아드는 것과 같다는 뜻으로, 탐욕으로 인해 몸을 망침을 비유하는 말.

■ 극벌원욕(克伐怨慾) : 네 가지의 악덕(惡德). 이기는 것을 즐겨 하고(克), 스스로 자기 재능을 자랑하며(伐), 원망하고 화를 잘 내며(怨), 물욕(物慾)이 많음(欲). 「극벌원욕을 행하지 않는다면 가히 어짊이 됩니까(克伐怨欲 不行焉 可以爲仁矣)?」 /《논어》 헌문편.

■ 대갱불화(大羹不和) : 고깃국에는 양념을 하지 않는데, 그 뜻은 사람이 너무 구복(口腹)의 욕심만 차리지 말고 질소(質素)한 생활로 담박(淡泊)한 뜻을 기르게 하기 위함임. 대갱은 고깃국. /《예기》 악기편.

■ 견물생심(見物生心) : 보지 않았더라면 아무 일도 없었을 것을 실

제로 보게 되면 가지고 싶은 생각이 나고 사고 싶은 생각도 난다는 뜻.

■ 분장고방획토(奔獐顧放獲兎) : 달아나는 노루를 보고 얻은 토끼를 놓았다는 뜻으로, 어떤 이익을 구하려고 분주히 서두르다가 도리어 실패함을 이름. 또는 큰 욕심으로 작은 것은 안중에도 없음을 이르는 말.

■ 고비지조사어미식(高飛之鳥死於美食) : 하늘 높이 나는 새도 입에 맞는 먹이 때문에 사람 손에 잡힘을 이름. /《오월춘추》 구천음모전.

■ 구전문사(求田問舍) : 논밭이나 집을 구하려고 문의한다는 뜻으로, 자기 일신상의 이익에만 마음을 쓰고 국가의 대사는 돌보지 않음을 이름. /《위지(魏志)》

■ 경시호탈(輕施好奪) : 제 것을 남에게 잘 주는 사람은 무턱대고 남의 것을 탐냄. /《문중자(文中子)》

■ 삼불혹(三不惑) : 세 가지 욕심에 마음이 혹하지 않는 것. 곧, 술·계집·재물.

■ 소탐대실(小貪大失) : 작은 것을 탐내다 도리어 큰 것을 잃음.

■ 봉시장사(封豕長蛇) : 봉시(封豕)는 큰 돼지. 장사(長蛇)는 긴 뱀, 돼지같이 탐욕하고 뱀같이 잔인한 인간의 비유. /《좌전》

■ 석과불식(碩果不食) : 큰 과실을 다 먹지 않고 남긴다는 뜻으로, 곧 자기만의 욕심을 버리고 자손에게 복을 끼쳐 준다는 뜻. /《역경》

■ 운심월성(雲心月性) : 담박(淡泊)하여 욕심이 없음을 비유하는 말.

■ 욕불가종(慾不可從) : 사람의 욕정은 한이 없으므로 절제하지 않으면 재화(災禍)를 받는다는 뜻. /《예기》곡례상편

■ 적자지심(赤子之心) : 타고난 그대로의 순수하고 거짓 없는 마음. 적자(赤子)는 젖먹이를 말한다. 젖먹이는 자연 그대로이고 욕심이 없지만, 어른이 되면 교활한 지혜가 생기고 욕망이 커진다. 사람으로서의 이상(理想)은 젖먹이처럼 무위무욕(無爲無慾)한 것임을 말한다. /《노자》

■ 진지구무이(秦之求無已) : 진시황(秦始皇)의 폭렴(暴斂)과 같다는 뜻에서, 탐내는 욕심이 한이 없음을 이르는 말.

■ 탐부순재(貪夫徇財) : 욕심 많은 자는 재물을 위해서는 목숨까지도 버린다. 재물이나 돈 때문에 목숨의 위험도 개의치 않거나 목숨을 버리기까지 하는 수가 있다는 것. 순(徇)은 순(殉)과 통하여 어떤 일 때문에 목숨을 던진다는 뜻. /《사기》

■ 구복지루(口腹之累) : 제 욕심을 채우는 데만 마음을 쓴다는 뜻. /《송남잡식》

■ 당랑박선(螳螂搏蟬) : 사마귀가 매미를 잡으려는데, 참새는 그 뒤에서 사마귀를 노리고 있다는 성구(成句)에서, 눈앞에 보이는 욕심에만 눈이 어두워 덤비고, 제게 닥치는 위험을 모르고 있다가 마침내 큰 재난을 만난다는 말.

■ 탐다무득(貪多務得) : 많은 것을 얻으려고 애써 노력함. 욕심이 커서 많은 것을 탐낸다는 말.

■ 일엽폐목불견태산(一葉蔽目不見泰山) : 나뭇잎 하나로 눈을 가리면 태산같이 큰 것도 볼 수 없다는 뜻으로, 한 점의 사심(私心)이 공명(公明)한 마음을 덮는 것을 비유한 말.

■ 오진육욕(五塵六慾) : 사람의 욕심. 오진(五塵)은 색(色)·성(聲)·향(香)·미(味)·촉(觸)이고, 육욕(六慾)은 색욕(色慾)·형욕(形慾)·위의자태욕(威儀姿態慾)·언어음성욕(言語音聲慾)·세활욕(細滑慾)·인상욕(人相慾)임. /《대장법수(大藏法數)》

■ 탐소리실대리(貪小利失大利) : 작은 이익을 탐내다가 오히려 큰 이익을 잃는다는 말.

■ 금옥숭구도지(金玉崇寇盜至) : 너무 재물만을 탐하면 재화(災禍)를 만나게 된다는 뜻. /《포박자》

■ 물화물(物化物) : 사람은 물욕(物慾)으로 인하여 본심을 잃어 마침내 물욕의 포로가 된다는 말. /《예기》악기편.

■ 이불탐위보(以不貪爲寶) : 탐욕을 하지 않는 것으로써 보배로 여김. /《춘추좌씨전》

■ 이신역물(以身役物) : 물욕 때문에 내 한 몸이 도리어 물건에 사역(使役)당하는 것. /《회남자》

■ 청심절욕(淸心節慾) : 맑은 마음으로 욕심을 억제함.

■ 담여수(淡如水) : 욕심이 없고 마음이 깨끗하여 물과 같다는 뜻으로 군자의 마음씨를 형용하는 말. /《예기》

시간 time 時間

(세월)

【어록】

■ 큰 그릇은 만드는 데는 시간이 걸린다(大器晩成 : 큰 그릇, 즉 대기
(大器)는 아무 가공도 하지 않은 소박한 것이다. 만성(晩成)은 끝
에 이루어진다는 말이지만, 실은 아직 이루지 못했다는 뜻이다. 큰
사람이 되기 위해서는 많은 노력과 시간이 필요하다는 뜻이다. 이
「대기만성」은 후일에 와서 그 뜻이 바뀌어 큰 인물은 만년에 이
르러서 비로소 대성(大成)한다는 뜻으로 쓰이게 되었다}.

— 《노자》 제41장

■ 지나가는 모든 것은 이(흐르는 물)와 같구나. 밤낮없이 멈추지 않
고 흘러간다(逝者如斯夫 不舍晝夜 : 한 번 가면 다시 돌아오지 않
은 것들은 이와 같은 것이라, 밤낮없이 멈추지 않고 흘러간다. 시
간이 흘러 묵은 것은 지나가고 새 것이 오곤 하는 것이 쉴 사이
없이 되풀이되는 것을 냇물이 흐르는 것에 비유해서 말한 것이다).

— 《논어》 자한

■ 먹는 나이는 거절할 수 없고, 흐르는 시간을 멈출 수 없다. 생장(生長)과 소멸(消滅), 성(盛)하고 쇠(衰)함은 끝나면 다시 시작되어 끝이 없다.　　　　　　　　　　　　　　　　　　　—《장자》

■ 좋은 일을 이루려면 오랜 시일이 걸리고, 나쁜 일은 쉽사리 고칠 수가 없다(美成在久 惡成不及改 : 원만한 성공은 오랜 시간이 걸린다. 성과가 나쁘면 고칠 여유도 없다. 그러니 신중히 하지 않을 수 있겠는가).　　　　　　　　　　　　　　　　　　—《장자》

■ 때를 얻는 자는 흥하고, 때를 놓치는 자는 망한다.　—《열자》

■ 천년 옛일을 알고 싶으면 먼저 오늘을 살펴보라(무슨 일이나 미루어 헤아려보는 지혜가 있어야 한다).　　　　　　—《순자》

■ 천지의 도(道)는 궁극에 달하면 곧 돌아오고, 가득 차면 곧 덜어진다. (四時는 차례대로 순환하여 추운 겨울이 가면 따뜻한 봄이 오고, 둥글었던 보름달도 시간이 지나면 이지러진다. 이것이 천지만물의 常理인 것이다)　　　　　　　　　　—《회남자》

■ 무릇 해와 달이 두루 돌며, 때는 사람과 같이 어정거리지 않는다. 따라서 성인(聖人)은 한 자(尺) 벽옥(碧玉)을 귀하다 않고 촌음을 중히 여긴다. 때는 얻기 어렵고 잃기는 쉽다.　—《회남자》

■ 해는 지고 갈 길은 멀어, 도리에 어긋난 일을 할 수밖에 없었다(吾日暮途遠 故倒行而逆施之).　　　　　—《사기》 오자서열전

■ 한 치의 광음은 한 치 금덩이(一寸光陰一寸金).
　　　　　　　　　　　　　　　　— 왕정백(王貞白)

■ 소년은 늙기 쉽고 배우기는 어렵다. 한 치의 광음(光陰)도 가벼이

여기지 말라(少年易老學難成 一寸光陰不可輕).　　　　　— 주희

■ 나이는 시간과 함께 달려가고, 뜻은 세월과 더불어 사라져 간다. 드디어 말라 떨어진 뒤에 궁한 집 속에서 슬피 탄식한들 어찌 되돌릴 수 있으랴.　　　　　—《소학》

■ 한 치의 광음을 짧다고 말을 마오, 한 번 가면 다시없는 광음이라오. 실 한 오리(머리카락) 작다고 말들을 마오, 검어지면 다시 희기 어렵다오(勿謂寸陰短 旣過難再獲 勿謂一絲微 旣緇難再白).
　　　　　—《주경(朱經)》

■ 부싯돌 불 켜는 짧은 시간 같은 인생 속에서 길고 짧음을 다투어 본들 그 세월이 얼마나 되며, 달팽이의 뿔 위에서 힘겨루기를 해본들 그 세계가 얼마나 크겠는가(石火光中 爭長競短 幾何光陰 蝸牛角上 較雌論雄 許大世界).　　　　　—《채근담》

■ 세월은 본래 길건만 바쁜 자는 스스로 줄이고, 천지는 본래 넓건만 천한 자는 스스로 좁히며, 바람과 꽃과 눈과 달은 본래 한가한 것이건만 악착같은 자는 스스로 분주하다.　　　　　—《채근담》

■ 시간은 모든 것을 밝혀낸다.　　　　　— 탈레스

■ 어려운 일은 시간이 해결해 준다.　　　　　— 이솝

■ 시간은 정의로운 사람에게는 최선의 구원자가 된다. — 핀다로스

■ 나이가 듦에 따라 시간은 우리에게 많은 교훈을 준다.
　　　　　— 아이스킬로스

■ 시간은 세상의 혼(魂)이다.　　　　　— 피타고라스

■ 내가 헛되이 보낸 오늘 하루는 어제 죽어간 이들이 그토록 바라던

하루이다. 단 하루면 인간적인 모든 것을 멸망시킬 수 있고 다시
소생시킬 수도 있다. — 소포클레스

◼ 시간이 모든 것을 말해준다. 시간은 묻지 않았는데도 말을 해주는
수다쟁이다. — 에우리피데스

◼ 이별의 시간이 왔다. 우린 자기 길을 간다. 나는 죽고, 너는 산다.
어느 것이 더 좋은지는 신만이 안다. — 소크라테스

◼ 시간은 미래영겁(未來永劫)의 환영이다. — 플라톤

◼ 가장 비싼 낭비는 시간의 허비다. — 테오프라스토스

◼ 시간은 모든 것을 삼켜버린다. — 오비디우스

◼ 시간은 흘러 다시 돌아오지 않는다. — 베르길리우스

◼ 시간은 만물을 운반해 간다. 마음까지도. — 베르길리우스

◼ 시간은 진리를 발견한다. — L. A. 세네카

◼ 시간이 덜어주거나 부드럽게 해주지 않는 슬픔이란 하나도 없다.
— M. T. 키케로

◼ 훌륭하게 보낸 하루는 잘못을 저지르는 영원보다 낫다.
— M. T. 키케로

◼ 미래가 어떻게 되는가. 이것저것 살피는 것을 그만두라. 그리하여
시간이 갖다 주는 것은 무엇이든 선물로서 받으라.
— 호라티우스

◼ 매일 매일이 그대에게 마지막 날이라고 생각하라. 그러면 기대하
지 않은 시간만큼은 그대가 버는 셈이다. — 호라티우스

◼ 실로 시간은 세상의 모든 본성을 변화시킨다. 만사는 한 상태에서

필연적으로 다른 상태로 바뀌게 되어 있다.　　— 루크레티우스

■ 시간은 벗어나기 어려운 모든 화(禍)의 의사다.　— 메난드로스

■ 우리에게 최대의 희생은 시간의 그것이다.　　— 플루타르코스

■ 시간은 모든 권세를 침식, 정복한다. 시간은 신중히 기회를 노리고 있다가 포착하는 자의 벗이며, 때가 아닌데 조급히 서두르는 자에게 는 최대의 적이다.　　　　　　　　　　— 플루타르코스

■ 시간은 영원의 이미지이다.　　— 디오게네스 라에르티오스

■ 세월은 일종의 흘러가는 사건들의 강이다. 그 물결은 거세다. 한 가지 일이 눈에 띄자마자 그것은 곧 떠내려가고 다른 것이 그 자리 를 차지한다. 이 또한 떠내려갈 것이다.

　　　　　　　　　　　　　　— 마르쿠스 아우렐리우스

■ 이렇게 생각하고 살라, 즉 그대는 지금이라도 곧 인생을 하직하지 않으면 안 되는 것이라고. 이렇게 생각하고 살라, 즉 당신에게 남 겨져 있는 시간은 생각지 않은 선물이라고.

　　　　　　　　　　　　　　— 마르쿠스 아우렐리우스

■ 원래 과거·현재·미래의 세 가지 시간이 있다고 하는 것은 타당 치 못하다. 더욱 정확하게 말한다면 과거의 것의 현재, 현재의 것 의 현재, 미래의 것의 현재라는 세 가지 시간이 있다고 보아야 한 다. 그 이유는, 우리 정신에는 이 세 가지가 존재하며, 다른 어떤 곳에서도 나는 그것을 보지 못하는 까닭이다. 과거의 것의 현재는 기억이며, 현재의 것의 현재는 직관이며, 미래의 것의 현재는 예기 인 것이다.　　　　　　　　　　　　　— 아우구스티누스

■ 아무도 묻지 않을 때라면 나는 시간이 무엇인지를 안다. 하지만 누가 시간이 무엇이냐고 물을 때면 나는 모른다.

— 아우구스티누스

■ 시간이 말하는 것을 잘 들어라. 시간은 가장 현명한 법률고문이다.

— 페리클레스

■ 시간은 지나가버린 바로 그 그림자이다.　　　— 경외서(經外書)

■ 대지자(大知者)는 시간의 손실을 슬퍼함이 절실하다. — A. 단테

■ 가장 현명한 자는 허송세월을 가장 슬퍼한다.　　— A. 단테

■ 시간을 버는 가장 좋은 방법은 일주일에 6일, 일정한 낮 시간에 규칙 바르게 일하는 것이다.　　　　　　— 카를 힐티

■ 시간이 고민이나 싸움을 쾌유시켜 주는 것은, 사람이 변하고 이미 이전과 같은 인간이 아니기 때문이다. 노하게 만든 자도, 노하였던 자도 벌써 이전의 그들이 아니다.　　　　　— 파스칼

■ 어리석게도 우리들은 우리들의 것이 아닌 시간 속에서 헤매면서도 우리들의 소유에 속하는 유일한 시간을 생각하지 않는다. 또한 섭섭하게도 우리들은 마침내 존재하지 않을 시간을 생각하고 현존하는 유일한 시간을 생각하지 않는다.　　　　— 파스칼

■ 시간이란 그 자체가 하나의 요소(要素)이다.　　　— 괴테

■ 시간을 짧게 하는 것은 활동이요, 시간을 견딜 수 없게 하는 것은 안일(安逸)이다.　　　　　　　　　— 괴테

■ 잘 이용만 하면 시간은 언제나 충분하다.　　　　— 괴테

■ 시간은 위대한 스승이다. 누가 희망 없이 살 수 있는가? 어둠 속에

서 슬픔의 큰 다발을 가지고 사람들이 행진한다. ― 칼 샌드버그

■ 시간의 걸음에는 세 가지가 있다. 미래는 주저하면서 다가오고, 현재는 화살처럼 날아가고, 과거는 영원히 정지하고 있다.

― 프리드리히 실러

■ 시간은 인간의 천사(天使)이다. ― 프리드리히 실러

■ 매일, 매주, 매 계절, 매년, 다른 점은 하나도 없다. 같은 시간에 출근하고, 같은 시간에 점심을 들고, 같은 시간에 퇴근한다. 그것이 20세에서 60세까지 계속된다. 그동안 대서특필한 사건은 네 가지밖에 없다. 결혼, 최초의 자식의 출산, 어버이의 죽음, 그 밖에는 아무것도 없다. 실례했습니다. 승진이었군요. ― 모파상

■ 시간에 속지 말라. 시간을 정복할 수가 없다. ― 위스턴 오든

■ 괴로운 한 시간은 즐거운 하루만큼 길다. ― T. 풀러

■ 시간은 도망치면서 우리의 가장 격렬하고 가장 흐뭇한 감정을 해치기도 하고 죽이기도 한다. ― 아나톨 프랑스

■ 누가 자기의 돈을 남에게 맡기겠는가? 그러나 자기의 시간과 생명을 남에게 맡기고 돌아보지 않는 사람은 허다하다. 우리는 한푼 돈에는 인색하면서도 시간과 생명은 한없이 낭비하고 돌아봄이 없다. 돈에 인색한 만큼 시간과 자기 생명에 대해서 인색하다면, 그것은 매우 유익한 일이며 칭찬할 일이라 할 것이다. ― 몽테뉴

■ 신이 우리들 각자에 할당하는 시간은, 우리들이 어떻게 짜는지를 잘 알고 있는 값비싼 직물(織物) 같은 것이다. ― 아나톨 프랑스

■ 한 나라를 세우기 위해서는 1천 년도 부족하지만, 그것을 무너뜨리

기 위해선 단 한 시간이면 족하다.   ― 조지 바이런
▣ 가라, 달려라, 그리고 세계가 6일 동안에 만들어졌음을 잊지 말라.
　그대는 그대가 원하는 것은 무엇이든지 나에게 청구할 수 있지만
　시간만은 안 된다.   ― 나폴레옹
▣ 시간의 날개를 타고 슬픔은 날아가 버린다.   ― 라 퐁텐
▣ 승자는 시간을 관리하며 살고, 패자는 시간에 끌려 산다.
　　　　　　　　　　　　　　　　　　　　　　　　― J. 하비스
▣ 시간의 참된 가치를 알라. 그것을 붙잡아라. 억류하라. 그리고 그
　순간순간을 즐겨라. 게을리 하지 말며, 헤이해지지 말며, 우물거리
　지 말라. 오늘 할 수 있는 일을 내일까지 미루지 말라.
　　　　　　　　　　　　　　　　　　　　　　― 필립 체스터필드
▣ 시간은 돈이다……그리고 그것으로써 이익을 계산하는 사람들에
　게 있어서는 거액의 돈이다.   ― 찰스 디킨스
▣ 보통사람은 시간을 소비하는 것에 마음을 쓰고, 재능 있는 인간은
　시간을 이용하는 데 마음을 쓴다.   ― 쇼펜하우어
▣ 시간은 두 장소 사이의 가장 먼 거리이다.   ― 테네시 윌리엄스
▣ 시간은 젊음을 부수는 기수이다.   ― 조지 허버트
▣ 경험이 풍부한 노인은 무슨 곤란한 일에 부닥칠 때면 급히 서두르
　지 말고 내일까지 기다리라고 말한다. 사실 하루가 지나면, 선악을
　불문하고 사정이 달라지는 수가 많다. 노인은 시간의 비밀을 알고
　있기 때문이다. 사람의 머리로써 해결할 수 없는 문제를 시간은 가
　끔 해결해 주는 수가 있다. 오늘 해결하기 어려운 문제는 우선 하

룻밤 푹 자고 내일 다시 생각해 보는 것이 좋다. 곤란한 문제는 조급히 해결해 버리려고 서두르지 말고, 한 걸음 물러서서 정관하는 것이 현명한 일이다.   ─ 구스타프 슈바프

■ 둥근 사람이 금방 네모진 구멍에 맞춰 들어가지는 못한다. 모습을 바꿀 시간이 필요하다.   ─ 마크 트웨인

■ 잃어버린 시간은 돌아오지 않음을 기억하라.   ─ 토마스 아 켐피스

■ 현재 시간만이 인간의 것임을 알자.   ─ 새뮤얼 존슨

■ 인생은 길지 않다. 그러므로 어떻게 인생을 살아갈까 하고 이것저것 생각하는 데 많은 시간을 소비해서는 안 된다.
            ─ 새뮤얼 존슨

■ 짧은 인생은 시간의 낭비에 의해서 한층 짧아진다.
            ─ 새뮤얼 존슨

■ 지나가 버리는 시각을 포착하라. 시시각각(時時刻刻)을 선용하라.
            ─ 새뮤얼 존슨

■ 자기의 시간을 가장 잘못 이용하는 사람이 대개 시간의 짧음을 불평한다.   ─ 라브뤼예르

■ 시간은 우정을 강하게 하지만, 연애를 약하게 한다.
            ─ 라브뤼예르

■ 시간이여, 너희 때문에 운명은 그 소망을 덧없이 한다. 좋은 때여, 너희는 가버리면 또다시 안 돌아오네.   ─ 라퐁텐

■ 여성들이 홀로 있을 때 어떻게 시간을 보내고 있는지를 남성들이 안다면, 결코 결혼 같은 것을 하지는 않을 것이다.   ─ 오 헨리

▣ 시간에는 그 경과를 표시하는 구분이 없다. 새 달이나 새해의 시작을 알리는 아무런 뇌우(雷雨)도 나팔소리도 없다. 심지어는 신세기가 시작할 때도 그것을 알리는 것은 우리들 사멸의 존재다. 즉 우리들이 종을 치고 예포를 울리는 것이다.　　　　― 토마스 만

▣ 미래를 신뢰하지 마라, 죽은 과거는 묻어버려라, 그리고 살아있는 현재에 행동하라.　　　　― 헨리 롱펠로

▣ 시간은 영혼의 생명이다.　　　　― 헨리 롱펠로

▣ 시간과 조류(潮流)는 사람을 기다리지 않는다.　　　― 월터 스콧

▣ 신은 불행한 사람을 위로하기 위해 시간을 지배했다.

　　　　　　　　　　　　　　　　― 조제프 주베르

▣ 시간은 일체의 것을 천천히 파괴한다.　　　― 조제프 주베르

▣ 하루 8시간 충실히 일하고 종국에는 사용자가 되어 하루 12시간 일하게 되리라.　　　　― 로버트 프로스트

▣ 결코 시계를 보지 마라. 이것은 젊은 사람들이 명심해 주기 바란다.

　　　　　　　　　　　　　　　　　― 랠프 에머슨

▣ 시간을 충실하게 만드는 것이 행복이다.　　　― 랠프 에머슨

▣ 인생은 짧다. 그러나 예의를 지킬 시간이 없을 정도로 짧은 것은 아니다.　　　　― 랠프 에머슨

▣ 틀림없는 독극물은 시간이다.　　　　― 랠프 에머슨

▣ 시간은 바뀌지만 쉬지 않고 움직이고 있다.　― 허버트 스펜서

▣ 오늘 하루 이 시간은 당신의 것이다. 하루를 착한 행위로써 장식하라.　　　　― 프랭클린 루스벨트

■ 시간의 골짜기에서는, 때로 시간의 언덕이 영원의 산을 가로막는
　다.　　　　　　　　　　　　　　　　　　　　— 앨프레드 테니슨

■ 시간은 한 순간도 쉬는 일이 없는 무한의 움직임이다.
　　　　　　　　　　　　　　　　　　　　　　　— 레프 톨스토이

■ 시간은 모럴의 분야에서조차도 위대한 공증인(公證人)이다.
　　　　　　　　　　　　　　　　　　　　　　— 헨리 L. 멩컨

■ 시간은 전연 소비하지 않으면, 나이 젊다 해도 시간에 있어서는 늙
　어 있을 때가 있다.　　　　　　　　　　　— 프랜시스 베이컨

■ 시기를 잘 선택하는 것은 시간을 절약하는 일이다.
　　　　　　　　　　　　　　　　　　　　　— 프랜시스 베이컨

■ 시간은 가장 위대한 개혁자이다.　　　　　— 프랜시스 베이컨

■ 사람들에게 사랑을 받는 유일한 충고자는 시간이다.
　　　　　　　　　　　　　　　　　　　　　— 프랜시스 베이컨

■ 시간에는 시간을 주어야 한다.　　　　　　　— 세르반테스

■ 시간만큼 사람들이 귀 기울여 듣는 설교사는 없다.
　　　　　　　　　　　　　　　　　　　　　— 조나단 스위프트

■ 인간이란 하나의 총합—무한과 유한, 시간적인 것과 영원한 것, 자
　유와 필연이다.　　　　　　　　　　　　　　— 키르케고르

■ 세월은 흐르고, 죽음이 나를 재촉하며, 조종(弔鐘)이 나를 부르고,
　천국이 나를 초대하며, 지옥이 나를 위협한다.　— 에드워드 영

■ 현재의 시간과 과거의 시간은 아마 모두 미래의 시간에 있을 것이
　며, 미래의 시간은 과거의 시간이 담고 있을 것이다.

　　　　　　　　　　　　　　　　　　— T. S. 엘리엇

▣ 지나가는 시간이란 잃어버린 시간이며, 게으름과 무기력의 시간이며, 몇 번이고 맹세를 해도 지키지 못하는 시간이며, 때때로 이사를 하고 끊임없이 돈을 구하는 데 분주하는 시간이다.

　　　　　　　　　　　　　　　　　　— 장 폴 사르트르

▣ 인간―시간의 한가운데의 부패의 화로.　　— 피에르 에마뉘엘

▣ 우리는 나이를 먹을수록 시간의 가치에 대한 의식이 점점 예민해진다. 사실 이보다 더 중요한 것도 없을 성싶다. 그래서 우리는 이 점에 있어서는 구두쇠가 되는 것이다.　　— 윌리엄 해즐릿

▣ 인간을 강인하게 완숙시키려면 달걀보다 시간이 소요된다.

　　　　　　　　　　　　　　　　　　— 알랭

▣ 시간은 화살 같아, 되돌릴 방법도 없고, 바람에 날리듯이 가버리고 만다.　　　　　　　　　　　　— 프랑수아 비용

▣ 시간은 낚시질하러 가는 시내에 불과하다.　　— 헨리 소로

▣ 우리들은 서둘러 이 짧은 시간을 즐기자. 사람에게는 항구가 없고, 시간에게는 연안(沿岸)이 없고, 그리하여 시간을 지나고 우리들은 떠난다!　　　　　　　　　— 알퐁스 드 라마르틴

▣ 시간이 귀중하지만, 진실은 그것보다 훨씬 귀중하다.

　　　　　　　　　　　　　　　　　　— 벤저민 디즈레일리

▣ 시간을 얻는 자는 만물을 얻는다.　　— 벤저민 디즈레일리

▣ 시간이란 위대한 의사다.　　　　　— 벤저민 디즈레일리

▣ 우리는 지나간 시간을 찾을 길이 없다. 그러나 우리가 잠든 순간,

잃어버린 시간이 하나의 동그라미가 되어 우리 앞에 나타난다.

— 마르셀 프루스트

■ 나는 장래의 일을 절대로 생각하지 않는다. 그것은 틀림없이 곧 오게 될 테니까. — 알베르트 아인슈타인

■ 규율—모든 물건은 장소를 정해 두고, 모든 일은 시간을 정해 행하도록 하라. — 벤저민 프랭클린

■ 그대는 인생을 사랑하는가? 그렇다면 시간을 낭비하지 말라. 왜냐하면 시간은 인생을 구성한 재료니까. 똑같이 출발하였는데, 세월이 지난 뒤에 보면 어떤 사람은 뛰어나고 어떤 사람은 낙오자가 되어 있다. 이 두 사람의 거리는 좀처럼 접근할 수 없는 것이 되어버렸다. 이것은 하루하루 주어진 시간을 잘 이용했느냐 이용하지 않고 허송세월을 보냈느냐에 달려 있다. — 벤저민 프랭클린

■ 한가함이란, 무엇인가 유익한 일을 하기 위한 시간이다.

— 벤저민 프랭클린

■ 시간은 시시각각 우리를 상처 내고, 마지막 시간에 최후의 일격을 가한다. (이 말은 서양 여러 곳의 일광시계에 새겨져 있는 유명한 격언이다) — 벤저민 프랭클린

■ 시간을 만물 중의 가장 귀중한 것이라고 한다면, 이것을 낭비하는 것은 최대의 낭비라고 말하지 않으면 안 된다.

— 벤저민 프랭클린

■ 어떤 일을 진지하게 3시간 생각한 뒤에 자기의 결론이 옳다고 생각했다면, 3년 걸려 생각해 보더라도 그 결론은 변하지 않는다.

— T. 루스벨트

■ 내게 나무를 벨 시간이 여덟 시간이 주어진다면 그 가운데 여섯 시간은 도기를 가는 데 쓰겠다.   — 에이브러햄 링컨

■ 우리는 시간 이외에는 아무것도 가진 것이 없다.

— 그라시안이모랄레스

■ 시간과 환경은 대체로 남자의 생각의 폭을 넓혀 주고 여자의 생각을 좁혀 준다.   — 토머스 하디

■ 모든 낭비 중에서도 가장 책망을 받아야 할 것은 시간낭비이다.

— 마리 레슈친스카

■ 인생은 대단히 짧다. 더구나 조용한 시간은 너무나 짧다. 우리는 한 시간이라도 너절한 책을 읽어서 인생을 낭비해서는 안 된다.

— 에드먼드 버크

■ 네가 약속시간에 온다면 나는 그 전부터 행복해지고 안절부절 못할 테니까, 그러나 아무 때나 온다면 나는 몇 시에 마음을 곱게 치장해야 할지 영 알 수가 없잖아.   — 생텍쥐페리

■ 시간은 진실의 아버지다.   — 프랑수아 라블레

■ 시간은 위대한 주인이다. 많은 일을 바르게 심판한다.

— 피에르 코르네유

■ 만일 당신이 약속시간보다 빨리 도착한다면 당신은 걱정이 많은 사람이다. 만일 늦게 간다면 도발가(挑發家), 그리고 정시에 간다면 강박관념의 소유자, 만일 끝내 가지 않는다면 머리를 의심해 보아야 할 것이다.   — 앙리 장송

▣ 현대인은 시간을 아껴 쓰려고 노력하지만, 반면에 자기가 저축한 시간을 보내느라고 고심한다. 그는 「나는 나」라는 경험만이 줄 수 있는 열성을 가지고 새로운 날을 맞으려 하기보다는 실패나 굴욕 없이 하루를 무사히 보낸다는 데 더 기뻐해 한다.

— 에리히 프롬

▣ 시간은 허공을 뚫고 자아(自我)로 날아다니는 날개.

— 칼릴 지브란

▣ 우리의 판단은 시계와 같다. 어느 것 하나 같은 시간을 가리키지 않는데 누구나 자기 시계를 믿고 있다.　　— 알렉산더 포프

▣ 가장 바쁜 사람이란 모든 일을 하는 시간을 어떻게든 찾아내는 사람이다.　　　　　　　— 버트런드 러셀

▣ 몽상가의 몽상은 전 우주를 꿈꾸게 할 수 있다. ……몽상이란 텅 빈 정신이 아니다. 그것은 오히려 충만한 넋을 경험하는 한 시간의 선물이다.　　　　　　　— 가스통 바슐라르

▣ 시간은 변화하는 재산이다. 그러나 시간의 모방 속에 있는 시계는 단순히 변화만 시킬 뿐 재산을 만들지 않는다.　　— R. 타고르

▣ 시간은 우리가 가지고 있는 것 가운데 가장 적은 것이다.

— 어니스트 헤밍웨이

▣ 서둔다고 빨리 배워지지 않는 것들이 있다. 우리에게 있는 것은 시간뿐이지만, 그것을 터득하기 위해서는 듬뿍 시간을 소비해야 한다. 간단한 지혜이기는 해도 그것을 배우려면 우리가 일생을 두고 해야 하는 일들이기 때문에 사람들이 새로 일상에서 얻게 되는 조

그마한 지혜는 매우 귀중하며 인간이 남기고 가야 하는 유일한 유
산이 된다.　　　　　　　　　　　　　― 어니스트 헤밍웨이

■ 물리적 공간과 시간은 우주의 절대적 어리석음이다.

　　　　　　　　　　　　　　　― 호세 오르테가이가세트

■ 시간이란 무엇인가? 해시계의 그림자, 벽시계의 종소리, 모래시계
의 모래의 흐름, 밤낮이 없고, 여름이고 겨울이고 몇 달, 몇 해, 몇
세기이고 그들은 다름이 없다. 그러나 이것들은 임의(任意)적이며
겉보이는 신호이고 시간의 척도이지 시간 그 자체는 아니다. 시간
이란 영혼의 생명이다.　　　　　　　　　― 헨리 롱펠로

■ 나의 관심의 대상은 미래가 아니다. 그것은 신(神)이 우리의 판독
(判讀)을 재촉하고 있는 현재의 이 시간이다.　　― P. 클로델

■ 자기의 영혼의 자산을 개선하는 시간을 갖는 자는 참된 한가함을
누린다.　　　　　　　　　　　　　　　― 헨리 소로

■ 시간은 흐르는 강과 같다. 저항하지 않고 흐름에 실려 떠내려가는
사람은 행복하다. 그의 나날은 수월하게 지나간다. 의문을 품지 않
고 그 순간을 살아간다.　　　　　　　― 크리스토퍼 몰리

■ 레스토랑에서 식사를 같이 하고 있는 부부들의 모양을 보면, 그들
이 침묵을 지키고 있는 시간의 깊이는 부부생활의 시간의 깊이와
거의 정비례한다.　　　　　　　　　　― 앙드레 모루아

■ 시간에는 오늘이 없고, 영겁에는 미래가 없고, 영원에는 과거가 없
다.　　　　　　　　　　　　　　　― 앨프레드 테니슨

■ 시인이나 왕들은 시간의 서기(書記)에 지나지 않는다.

— 에드윈 로빈슨

■ 바른 질서는 시간을 배(倍)로 한다. 그 사람의 시간 쓰는 방법을 도와주고, 활동력을 배가하기 때문이다. — 라퐁텐

■ 시간은 우리 위를 날아간다. 그러나 그림자를 뒤에 남긴다.

— 너대니얼 호손

■ 왼쪽 포켓의 은화는 소매치기해도 오른쪽은 손대지 말게. 거기에는 황금의 시간이 들어 있어! — 올리버 홈스

■ 촌음을 이용하는 것이 어떤 종류의 전쟁에도 승리를 거두는 비결이다. — 제임스 가필드

■ 시간은 우리에게 짬을 주기 위해서 멈추지는 않는다.

— 시몬 베유

■ 사는 시간이 따로 있고 삶을 증언하는 시간이 따로 있는 법이다. 그리고 창조하는 시간도 따로 있다. — 알베르 카뮈

■ 나는 이미 핀 꽃보다 약속에 찬 봉오리를, 소유하는 것보다도 욕망을, 완성보다 진보를, 분별 있는 연령보다 청년시절을 사랑했다.

— 앙드레 지드

■ 시계의 시간성과 음악에서의 시간성, 양자는 결코 같은 개념에 속하지 않는다. — 비트겐슈타인

■ 「사후에는 시간이 없는 상태가 시작될 것이다」라느니 「죽음과 함께 시간이 없는 상태가 시작된다」고 하는 철학자가 있다. 그러나 그 철학자는 자기가 「후(後)」라든가, 「함께」 또는 「시작한다」는 시간적인 내용을 표명하고 있다는 점을 깨닫지 못하고 있는 것이

다. 또 그는 시간이라는 것이 자기 자신의 문법에 의존하고 있다는 점도 깨닫지 못하고 있다. ― 비트겐슈타인

■ 에딩턴 경(卿)이 「시간의 방향」이니 엔트로피의 법칙에 관해서 말하고 있는 것은 결국 이런 말이 될 것이다. 「만일 인간이 뒷걸음질을 시작한다면 시간도 그 방향을 바꾸게 될 것이다」라고. 물론 그렇게 말해도 될 것이다. 단지 그럴 경우 다음과 같은 점을 분명히 해두지 않으면 안 된다. 즉, 그러한 표현으로 말하고 있는 것은, 인간이 걸어가는 방향을 바꿨다는 것뿐이다. ― 비트겐슈타인

■ 시간은 오늘날 피압박자의 편에 있다. 시간은 압박자를 반대한다. 진실은 오늘날 피압박자에 있다. 진실은 압박하는 자를 반대한다. 그 밖에 어느 것도 필요치 않다. ― 맬컴 엑스

■ 많은 시간을 소비하게 되는 것이 인간일 뿐더러 대부분의 사람은 시간의 낭비가이기도 하다. ― 피터 드러커

■ 어떠한 일을 추진하는 데 있어서도 그 성과를 좌우하게 되는 것은 가장 부족한 자원인 시간이다. 경영자가 그 성과를 달성하는 과정에 있어서도 같은 말을 할 수 있다. 정말로 시간이란 유일무이한 자원인 것이다. ― 피터 드러커

■ 나는 여러 가지 아이디어가 많지만 시간이 부족하다. 그래서 그저 백 살까지만 살려고 한다. ― 토머스 에디슨

■ 변명 중에서도 가장 어리석고 못난 변명은 「시간이 없어서」라는 변명이다. ― 토머스 에디슨

■ 새해는 묵은 욕망들을 소생시키고, 고독하고 사려 깊은 영혼이 물

러가는 해.   — 우마르 하이얌

■ 시간은 우리 밖에 있지 않으며 시계바늘처럼 우리 눈앞을 지나가
는 어떤 것도 아니다. 우리가 바로 시간이며, 지나가는 것은 시간
이 아니라 우리 자신이다. 시간이 방향성, 느낌을 갖는 것은 시간
이 우리 자신이기 때문이다.   — 옥타비오 파스

■ 당신의 스케줄에 우선순위를 두면서 세월을 허송세월하지 말라.
중요한 것은 당신의 우선순위를 실행하는 것이다. — 스티븐 코비

■ 내가 깨어 있을 때는, 수없이 많은 시간의 대열이 멍하니 서 있는
나를 비웃으며 흘러가고 있었고, 내가 잠들어 있을 때는 긴긴 악몽
이 거꾸러져 있는 나에게 혹독한 채찍질을 하였다.   — 김승각

■ 시간은 즉시 과거를 낳고 그 과거의 퇴적은 곧 죽음을 의미하는
것이다. 시간이란 한번 가버리면 없다. 그러므로 공동묘지란 단절
된 시간의 광장이다. 자기 자신을 써버리면 생은 정지되는 것이다.
조물주로부터 배정된 시간이 다하면 그만이지 아무도 보태거나 꿔
주지는 못한다. 이토록 시간은 살인광선과도 같은 무서운 작용을
내포하고 있다. 시간은 지금 이 시각에도 일초 일초 주어진 시간들
을 갉아먹고 있는 것이다.   — 김자림

■ 우리가 겪고 있는 현재나, 겪어야 할 미래의 역사의 밑바닥을 이루
고 있는 시간이란 자연사적(自然史的) 시간이 아니라 사회사적(社
會史的) 시간인 것을 망각해서는 안 된다.   — 신석정

■ 어느 나라, 어느 지역을 막론하고 박물관에 들어가 살펴보면 그 나
라 그 지역의 문화의 흐름을 가장 짧은 시간에 파악할 수가 있다.

— 유달영

■ 그러나 삶을 가장 풍부하게 산다는 것은 매일 매일의 시간의 내용이 꽉 차 있어 그것에 매달려 사는 것이 아니라, 시간의 흐름에 저항감을 지녀야 한다. 왜냐하면 너무나 쉽사리 흘러가는 시간은 우리의 의식 속에 거의 자국을 남기지 않기 때문이다.   — 구상

■ 시간의 아까움! 사람이 늙어 가면 점점 노탐이 늘어 간다더니, 해가 갈수록 내게 시간의 아까움이 더해 감은 이 노탐의 일종인지도 모른다.   — 유치환

■ 시간적 관념에는 두 개의 개념이 있다. 하나는 자연적 시간이요, 다른 하나는 역사적 시간이다. 전자는 과거도 미래도 없는 허무의 흐름이며, 후자는 과거와 미래를 가진 유한한 창조적 과정이다.

— 조연현

■ 미래라는 역사적 시간은 모든 가능성을 현실화할 수 있는 시간이다.   — 조동필

■ 예전에 없던 이 비망(備忘)의 수첩이 필요하게 되었다는 사실은 현대에 이르러 일일이 기억할 수 없을 정도로 일이 번다하고 따라서 바빠진 것을 증명하고도 남는다.   — 이혜구

■ 시간이라는 것은 가장 큰 위력을 가진 지우개나 마찬가지다.

— 김우종

■ 생명은 시간과 공간의 코러스다.   — 정인섭

■ 시간은 사물에 있어서 변화를 의미하고, 인간을 포함한 생물에 있어서 죽음을 뜻한다.   — 박이문

■ 역사란 흘러가 버린 시간이 아니라 괴어 있는 시간, 미래를 향해 도리어 흘러 내려오는 그런 시간이다. ― 이어령

■ 시간이란 물리적 존재라기보다 더욱 주관적 존재다. 즉 고도로 주체적 존재라는 것을 깨달아야 한다. 사람은 시간을 물리적으로만 생각하기 마련이지만, 인생에 있어 시간이란 사람에 따라, 또 젊은 이와 노인에 따라 양과 질과 다양성이 다르다. ― 송건호

■ 인간은 자유로운 존재다. 그러나 인간의 자유는 이 시간 저 시간을 선택하는 자유가 아니고 자신에게 주어진 시간을 무엇을 향해서 쓰느냐 하는 자유이다. ― 강원룡

■ 시간은 무한하다. 그러나 나의 시간은 무한한 것이 아니다. 나의 시간은 내가 태어난 그 시간부터 내가 죽는 그 시간까지를 말한다. 나는 시간이 제한된 유한한 존재다. ― 강원룡

■ 시간은 원칙을 가지고 올바르게 살아가는 사람들에게는 가장 친한 친구이자 든든한 지원자다. 그와 반대로 위선적인 사람들에게는 가장 큰 적이다. ― 안철수

【속담 · 격언】

■ 누울 자릴 보고 발을 뻗는다. (때와 장소를 가려 행동하라)
― 한국

■ 경점(更點) 치고 문지른다. (군사가 경점을 정확한 시간에 치지 못하고 오보(誤報)한 다음에 북이나 징을 문지르며 자기의 잘못이 탄로 나지 않기를 바란다는 뜻으로, 일을 그르쳐 놓고 얼버무리려 하

나 때가 이미 늦음을 이름) — 한국

■ 밤 잔 원수 없고 날 샌 은혜 없다. (남에게 진 신세나 은혜는 물론, 원한 같은 것도 다 때가 지나면 잊어버리게 된다) — 한국

■ 오늘이 내일로 바뀌기까지는 지금이라는 시간의 고마움을 깨닫지 못한다. — 중국

■ 시간은 기다릴 줄 아는 사람에게 문을 열어 준다. — 중국

■ 시간의 절약은 생명의 연장. — 미국

■ 시간에 제일인 것은 권리에도 제일이다. — 영국

■ 오늘은 현금 내일은 외상. (내일이 되면 내일 또한 오늘이기 때문에 결국은 외상사절) — 서양속담

■ 시간의 앞머리를 움켜잡아라, 시간의 뒷머리는 대머리이기 때문이다. (Take time by the forelock, for he is bald behind.) — 영국

■ 진리는 시간의 딸이다. (Truth is the daughter of time.) — 영국

■ 시간은 위대한 교사이다. — 영국

■ 시간과 조수(潮水)는 사람을 기다려 주지 않는다. (Time and tide wait for no man.) — 영국

■ 시간은 제일 좋은 상담 상대다. — 영국

■ 로마는 하루에 이루어지지 않았다. (Rome was not built in a day.) — 영국

■ 보다 유효하게 시간을 보낼 것을, 하고 탄식할 때는 벌써 시간을 손해 보고 있다. — 영국

■ 세월은 모든 것을 치유한다. ― 영국

■ 시간과 시각은 끈으로 묶을 수 없다. ― 영국

■ 현재의 시간을 잃어버리는 것은 모든 시간을 잃어버리는 것이다.
　　　　　　　　　　　　　　　　　　　　　　　　　― 영국

■ 시간에 여유 있는 사람은 오래 산다. ― 영국

■ 시간을 한 번 잃는다는 것은 영구히 잃는 것이다. ― 영국

■ 제일 많은 시간을 가진 사람이라도 낭비해서 좋은 시간은 조금도
　없다. ― 영국

■ 시간은 진리를 실험한다. ― 영국

■ 시간은 위대한 발명자. ― 영국

■ 시간은 기다리는 자에게 모든 것을 준다. ― 영국

■ 사업을 완수하는 것은 용기이지 시간이 아니다. ― 프랑스

■ 시간은 모든 것을 숙성(熟成)시킨다. 시간의 덕으로 모든 것이 밝
　혀진다. ― 프랑스

■ 미국은 한 시간이 40분이다. ― 독일

■ 시간은 행한 모든 일을 지워버리고 말은 해야 할 모든 일을 지워버
　린다. ― 독일

■ 시간은 분노를 치료하는 약재. ― 독일

■ 시간은 신의를 존중하는 사람과도 같다. ― 이탈리아

■ 시간은 인간을 위해서 만들어졌지 인간이 시간을 위해서 만들어진
　것은 아니다. ― 이탈리아

■ 한 시간의 인내는 십년의 안락이다. ― 그리스

■ 시간이 우리를 따르는 것이 아니라, 우리가 시간을 따르는 것이다.
　　　　　　　　　　　　　　　　　　　　　— 러시아

■ 시간은 스승이 없는 자의 스승이 될 것이다.　　　— 아라비아

■ 시간은 한 알의 보리로 한 통의 맥주를 만든다.　　— 라트비아

■ 땅을 사기 위해서는 서두르고, 결혼하기 위해서는 시간을 벌어라.
　　　　　　　　　　　　　　　　　　　　　— 이스라엘

■ 사람은 금전을 시간보다 중히 여기지만, 그로 인해 잃어버린 시간
　은 금전으론 살 수 없다.　　　　　　　　　　— 유태인

【시·문장】

시간은 만유(萬有)를 만든다. 만유를 돌아서 행진한다.
때는 아버지로 있으면서 만유의 아들이 되었다.
그보다 위력이 앞서는 자 없다
때는 저 하늘을 낳았고, 또 여기 땅도 낳았다
과거도 미래도 한가지로 그 때부터 나와서 그 곳을 얻는다.
때는 국토를 만들어 내었다. 때에 의하여 해는 빛나고
만물은 때에 의존하고, 눈은 때에 의하여 본다.
　　　　　　　　　　　　　　　　　— 《베다(Veda)》

잘 가노라 닫지 말며 못 가노라 쉬지 말라.
부디 긏지 말고 촌음(寸陰)을 아껴스라.
가다가 중지곳하면 아니 감만 못하니라.
　　　　　　　　　　　　　　　　　— 김천택

과거도 없어지고 미래도 없어지는 것 같은 시간이 있지.
다만 예리한 불빛이 비치는 현재의 시간만이 남는 것 같고
그 순간에다 우린 불을 켜대고 싶은 생각이 든단 말이야.
— T. S. 엘리엇 / 가족의 재회

만약 시간만 없어진다면
모두 알 수 있거나 볼 수 있으련만……
— 윌리엄 예이츠

젊음의 도적, 시간이 날개를 달고 와
나의 스물세 해를 훔쳐 갔구나.
— 존 밀턴 / 소네트

우리들이 교환하는 시선처럼 맹목적으로
시간이 입술 위에 키스를 한다.
— 파울 첼란 / 밤에

시간은 일종의 지나가는 사람들의 강물이며, 그 물살은 세다. 그리하
여 어떤 사물이 나타났는가 하면 연방 스쳐가 버리고, 다른 것이 그
자리를 대신 차지한다. 새로 등장한 것도 또한 곧 스쳐가 버리고 말
것이다. 인간의 재치가 얼마나 무상하며 하찮은 것인지 눈여겨보라.
어제까지만 해도 태아이던 것이 내일이면 뻣뻣한 시체나 한줌의 재가

되어버리니, 네 몫으로 할당된 시간이란 그토록 짧은 것이니, 이치에
맞게 살다가 즐겁게 죽어라. 마치 올리브 열매가 자기를 낳은 계절과
자기를 키워 준 나무로부터 떨어지듯.　　― 마르쿠스 아우렐리우스

우리들은 언제나 현재 그 때에 있은 일이 없다. 다가오는 것이 얼마나
기다려지는지 그 발걸음을 빠르게 하려는 것처럼 미래를 손꼽아 기다
리든지, 그렇지 않으면 너무 재빨리 지나가 버리므로 그 발걸음을 묶
어두려는 것처럼 되풀이해서 과거를 부른다. 어리석게도 우리들은 우
리들의 것이 아닌 시간 속에서 헤매면서도 우리들의 소유에 속하는
유일한 시간을 생각하지 않는다. 또한 섭섭하게도 우리들은 마침내
존재하지 않을 시간을 생각하고 현존하는 유일한 시간을 생각하지 않
는다. 그렇다는 것도 현재라는 것은 많은 경우에 우리들을 괴롭히고
있으니까 우리들이 그것을 보지 않으려고 하는 것 그것이 정말 우리
들을 괴롭히는 까닭이기 때문이다. 만약에 현재가 우리들에게 있어
즐거운 것이라고 한다면 그것이 지나가는 것을 보고 우리들은 아까워
할 것이다.　　　　　　　　　　　　　　　　　― 파스칼 / 팡세

기계에 의해서 시간이 우리의 지배자가 되었다. 자유시간에 한해서만
우리는 다소의 선택을 할 수 있을 뿐이다. 그러나 우리는 작업을 조직
하듯이 우리의 여가까지도 조직한다. 혹은 우리는 절대적으로 게을러
짐으로써 시간이라는 전제군주에 반항한다. 시간의 요구에 불복종하
는 것 외에는 아무것도 하지 않음으로써 우리는 우리가 자유롭다는

환상을 갖는다. 그러나 사실은 이 때 우리는 시간이라는 감옥으로부터 잠시 가석방(假釋放)되어 있을 뿐이다.

― 에리히 프롬 / 소유냐 삶이냐

우리는 항상 시간에 구속되고 공간의 굴레 속에 빠져 들어간다. 우리는 우주의 굴레와 인생의 귀숙처(歸宿處)를 알지 못한다. 이것이 곧 일체 고통의 근원이다. 이와 같은 무명(無明)의 고통을 벗어나기 위하여 불학자들은 제각기 많은 해답을 제시하고 있다. 시간적으로 우주와 인생은 단지 일개 식(識)의 유전(流轉)이며 심(心)의 작용이다. 우리가 단지 이 「식(識)」에 증입(證入)하고 이 심(心)을 파악할 수만 있다면 우리는 곧 우주와 인생을 관통할 수 있다고 그들은 말한다. 공간적으로 우주와 인생의 굴레는 상호 균형한 것이요, 서로 통하고 서로 같은 것이다. 우주란 한 폭의 커다란 그물이요, 인생은 곧 그물 위에 달려 있는 구슬로 멀리서서로 비추어서 하나의 장엄한 세계를 형성한 것이라고 그들은 말한다.   ― 장기윤 / 중국철학사

【중국의 고사】

■ 백구과극(白駒過隙) : 흰 말이 문틈으로 휙 달려 지나간다는 말로서, 세월이 빨리 흐름을 비유하는 말이다. 《장자》 지북유편에 이런 이야기가 나온다. 「사람이 천지 사이에서 사는 것은 흰 말이 빈 틈새를 달려 지나가는 것과 같이 순간일 뿐이다(人生天地之間 若白駒之過隙). 모든 것들은 물이 솟아나듯 문득 생겨났다가 물이 흘러가듯이 아득하게 사라져 간다. 일단 변화해서 생겨났다가 다시

변화해서 죽는 것이다. 생물은 이를 슬퍼하고 사람들도 애달파한다. 죽음이란 화살이 활통을 빠져나가고 칼이 칼집에서 빠져나가는 것처럼 분주하고 완연하니 혼백이 장차 가려고 하면 몸도 이를 따르는 법이다. 이 얼마나 거대한 돌아감인가!」

―《장자》지북유편

■ 세월부대인(歲月不待人) : 세월은 사람을 기다려 주지 않는다는 뜻으로, 세월은 한 번 지나가면 다시 돌아오지 않으니 시간을 소중하게 아껴 쓰라는 뜻. 도연명의 「잡시」에 나오는 말이며, 시의 내용은 다음과 같다.

「인생은 뿌리 없이 떠다니는 것(人生無根蔕) / 밭두렁의 먼지처럼 표연한 것(飄如陌上塵) / 바람 따라 흐트러져 구르는(分散逐風轉) / 인간은 원래 무상한 몸(此已非常身) / 땅에 태어난 모두가 형제이니(落地爲兄弟) / 어찌 반드시 골육만이 육친인가(何必骨肉親) / 기쁨 얻거든 마땅히 즐겨야 하며(得歡當作樂) / 말술 이웃과 함께 모여 마셔라(斗酒聚比隣) / 젊은 시절은 거듭 오지 않으며(盛年不重來) / 하루에 아침 두 번 맞지 못한다(一日難再晨) / 때를 놓치지 말고 부지런히 일해라(及時當勉勵) / 세월은 사람을 기다려 주지 않는다(歲月不待人).」

도연명의 가문은 대단하지 않았으나 사족(士族)에 들어갔다. 그의 학식이 보수적인 문인 층에 속하였으므로 신흥세력과 어울리지 못하여 전원생활과 음주의 낙을 즐겨 읊었다. 손수 농사도 지었으므로 인간미가 흘렀고, 백성들의 생활 자체를 노래한 문학이었다. 때로는 인간의 내면을 그린 철학적인 시도 적지 않다. 청결한 일생으로 「정절선생(靖節先生)」이라는 시호가 내려졌다.

「세월부대인」은 언제 지나갔는지도 모르게 빨리 흘러가는 것이 인생이니 매사에 부지런히 힘써야 한다는 것을 일깨워 주는 말이다. 위의 「잡시」에는 세월부대인 이외에 「일일난재신(一日難再晨)」, 「성년부중래」 등의 성어가 유래한다.

— 도연명 / 잡시(雜詩)

■ 일엽지추(一葉知秋) : 「일엽낙지천하추(一葉落知天下秋)」에서 온 말이다. 나뭇잎 하나가 떨어지는 것을 보고 온 천하가 가을인 것을 안다는 뜻이다. 즉 작은 한 가지 일로써 전체가 어떻다는 것을 알 수 있다는 뜻이다. 《회남자》 설산훈편에는, 「나뭇잎 하나 떨어지는 것을 보고 해가 장차 저물려는 것을 알고, 병 속의 얼음을 보고 천하가 찬 것을 안다. 가까운 것으로써 먼 것을 말하는 것이다(見一葉落而知歲之將暮 睹瓶中之氷而天下之寒 以近論遠).」라고 있다. 이것은 분명히 작은 일을 보고 전체를 살필 수 있다는 것을 이렇게 비유해서 말한 것이다.

또 이자경(李子卿)의 「추충부(秋蟲賦)」에는, 「나뭇잎 한 잎이 떨어지니 천지가 가을이다(一葉落兮天地秋).」라고 했고, 또 《문록(文錄)》에는, 「당나라 사람의 시를 실어 말하기를, 『산의 중이 육갑을 헤아릴 줄 몰라도 나뭇잎 한 잎이 떨어지면 천하가 가을인 것을 안다(一葉落知天下秋).』고 했다.」라고 했다.

　갑자(甲子)는 곧 육갑(六甲)이란 말과 같은 말로, 옛날에는 달과 날을 육갑으로 계산했기 때문에 달과 날이 가는 것을 모른다는 것을 갑자를 헤아릴 줄 모른다고 한 것이다. 위에서 말한 모두가 작은 일을 가지고 대세를 알 수 있다는 뜻으로 쓰이고 있다. 그러나 「일양내복(一陽來復 : 동지를 이르는 말로, 《역경》에서는 불행이 지나고 행운이 찾아오는 것을 말한다)」의 경우와는 반대로 흥왕하고 있는 가운데 쇠망의 조짐이 보이는 경우, 그것을 가리켜서 「일엽낙지천하추」라고 말한다. 약해서 「일엽지추」라고 한다.

─《회남자》 설산훈편

【중국의 고사】

■ **일모도원**(日暮途遠) : 날은 저물고 갈 길은 멀다. 곧 할 일은 많은데 시간이 없음의 비유. 춘추시대 말기 오(吳)나라는 초(楚)를 평정하고 급격히 그 세를 불려 한때는 중원의 패권을 넘보기까지에 이르렀다. 오나라가 이렇게 강대해진 것은 초나라에서 망명해 온 오자서(伍子胥) 때문이었다. 오자서의 아버지 오사(伍奢)는 초 평왕(平王)의 태자 건(建)의 태부(太傅)였다. 평왕 2년 소부(小傅)인 비무기(費無忌)의 참언(讒言)으로 아버지 오사와 형 오상(伍尙)이 죽음을 당하자, 오자서는 초를 도망쳐 나와 아버지의 원수를 갚기 위해 이를 갈고 있었다.

　오왕 요(僚)와 공자 광을 알현한 오자서는 공자 광이 왕위를 은

근히 탐내며 자객을 구하고 있는 것을 알고, 전제(專諸)라는 자객을 구해서 공자 광에게 보내고 자신은 농사일에 전념하면서 공자 광이 목적을 달성하는 날만을 기다렸다. 오왕 요의 12년(BC 512년) 초 평왕이 죽고 비무기가 평왕에게 바친 진녀(秦女)의 몸에서 태어난 진(軫 : 소왕)이 위에 올랐다. 당연히 비무기의 전횡(專橫)은 극에 달했다. 그러나 1년이 못 가서 내분이 일어나 비무기는 살해되었다.

오자서는 자기가 해치워야 할 원수 둘을 계속 잃게 되었다. 하지만 초나라로 쳐들어가 아버지와 형의 원수를 갚겠다는 일념은 조금도 식지 않았다. 비무기가 살해되던 해, 오왕 요는 초의 내분을 틈타 단숨에 이를 치고자 대군을 초로 출병시켰다. 그런데 또 그 틈을 타서 공자 광은 자객 전제를 시켜 왕 요를 살해하고 스스로 왕위에 올랐다. 그가 바로 오왕 합려(闔廬)다.

그로부터 오자서는 손무(孫武 : 손자)와 함께 합려를 도와 여러 차례 초나라로 진격해 마침내 합려왕 9년(BC 506) 초 수도 영(郢)을 함락시켰다. 오자서는 아버지와 형의 원수를 갚으려고 소왕(昭王)을 찾았으나 소왕은 이미 운(鄖)으로 도망쳐 목적을 달성하지 못했다. 그래서 평왕의 무덤을 파고 그 시체에 3백 대의 매질을 하여 오랜만에 한을 달랬다(이를 일러 「굴묘편시(掘墓鞭屍)」라고 한다).

오자서가 초에 있을 때 친교가 있던 신포서(申包胥)라는 사람은 이때 산속에 피해 있었으나, 오자서의 그런 행태를 전해 듣고 사람을 통해 오자서의 보복이 너무나도 심한 것을 책망하고, 그 행위를 천리(天理)에 어긋난다고 말했다. 그에 대해서 오자서가 신포서에 게 보낸 답신에 있는 말이 바로 이 성구인 것이다.

「나를 대신해서 신포서에게 고맙다는 말을 전해주게. 나는 지금 해는 지고 갈 길은 멀다. 그래서 나는 사리에 어긋나게 복수를 할 수밖에 없었네(爲我謝申包胥 我日暮途遠 我故倒行而逆施之).」 즉 자신은 나이가 들고 늙어 가는데 할 일은 많다. 그래서 이치에 따 라서 행할 겨를이 없다는 말이다. 여기에서 「차례를 바꾸어서 행한 다」는 뜻으로 「도행역시(倒行逆施)」라는 성구도 나왔다. 그 후 신 포서는 진(秦)나라의 도움을 받아 초나라를 부흥시켰고, 오자서는 도리어 오왕 부차에게 살해되고 말았다.   ─《사기》 오자서열전

■ **춘소일각치천금**(春宵一刻値千金) : 봄날 밤 한 시각은 천금을 주고 살 만한 그런 가치가 있다. 봄날 밤의 경치는 비교할 수 없을 만큼 빼어남의 비유다. 소동파가 지은 것으로 알려져 있는 「춘야(春夜)」 라는 제목의 칠언절구(七言絕句)에 나오는 첫 글귀다. 소동파는 선 비이면서 도교와 불교에 조예가 깊은 시인이었다. 특히 자연을 사 랑하는 가운데 인생의 허무를 내다보는 그의 시는 말이 지닌 이상 의 깊은 뜻과 맑은 향기를 풍기고 있다. 전부를 소개하면 다음과 같다.

「봄밤의 한 시각은 값이 천금(春宵一刻値千金) / 꽃에는 맑은 향기가 있고 달에는 그늘이 있다(花有淸香月有陰) / 노래와 피리 의 누대는 소리가 가늘고 또 가늘어(歌管樓臺聲細細) / 그네 뛰던

안뜰에는 밤이 깊고 또 깊다(鞦韆院落夜沈沈).」

봄밤은 한 시각이 천금을 주어도 아깝지 않은 즐거운 시간이다. 꽃에서는 그윽한 향기가 풍기고 있고, 달은 귀여운 얼굴을 발 사이로 비추듯 몽롱하게 지켜보고 있다. 누각에서 피리소리와 노랫소리가 멀리 가느다랗게 들려오고, 그네를 뛰며 즐기던 안마당에는 아무 소리 없이 밤만 자꾸 깊어간다는 내용이다.

이 시가 유명해지자 「춘소일각치천금」은 여러 가지 의미로 쓰이게 되었다. 마침 얻게 된 즐거운 시간을 아끼는 뜻으로도 쓰이고, 시간을 보람 있게 즐겁게 보내자는 말로도 쓰인다. 그러나 어떻게 보내는 것이 값지게 보내는 것인지 사람에 따라 천차만별일 수 있다.
　　　　　　　　　　　　　　　　　　　── 소동파 / 「춘야(春夜)」

■ **쾌도난마**(快刀亂麻) : 잘 드는 칼로 어지럽게 뒤얽힌 삼(麻)의 가닥을 일거에 베어 정리한다는 뜻으로, 복잡하게 얽힌 일을 명쾌하게 정리하고 분석함. 《북제서》 문선기에 있는 이야기다.

남북조시대 북조 동위(東魏) 효정황제의 승상 고환(高歡)은 하루는 자기 자식들이 얼마나 총명한지 한번 시험을 해 보려고 흐트러져 얽혀 있는 삼을 한 줌씩 나누어주면서 누가 가장 빨리 추리는지 보겠다고 했다. 그러자 다른 아들들은 모두 한 올 한 올 뽑아서 추리는데, 고양(高洋)이라는 아들만은 잘 드는 칼을 가져다가 얽혀져 있는 삼들을 단칼에 베어버리고 가장 먼저 추려내는 것이었다.

아버지 고환이 왜 그렇게 했느냐고 물었다. 그러자 고양은, 「어지러운 것은 베어버려야 합니다(亂者必斬)」라고 대답했다.

이 말을 들은 고환은 이 아이야말로 장차 큰일을 해낼 놈이로구나 하고 생각하면서 기뻐했다.

그 후 고양은 효정황제의 제위를 찬탈하고 북제의 문선제(文宣帝)가 되었다. 이에 소년시절 그가 삼을 추린 이야기가 《북제서》에 오르게 되었는데, 그 뒤부터 위정자들이 백성들을 가혹하게 탄압하는 것을 가리켜 쾌도난마라고 하게 되었다.

「쾌도난마」는 고양의 소년시절 이야기에서 유래한 것인데, 지금우리는, 복잡하게 얽힌 문제를 과감하고 신속하게 처리하거나, 일 처리가 매우 명쾌한 것을 비유해서 쾌도난마와 같다고 한다.

— 《북제서(北齊書)》 문선기(文宣紀)

【신화】

■ 그리스 신화 가운데 바다의 요정(海精) 신인 사이렌은 상반신은 여자이고 하반신은 새 모양을 한 마녀이다. 그리스 신화에는 바다의 흉악한 괴물로 나타난다. 다른 전설에는, 음성이 곱고 노래 잘 부르기로 유명한 사이렌 자매들이 어느 날 분수없이 뮤즈 여신들에게 음악경연을 하자고 대들었다가 지고 말았고, 그 벌로 날개를 뜯기고 바닷가 바위틈에 숨어 살게 되었다 한다. 사이렌은 이탈리아 근해에 출몰하여 아름다운 소리로 뱃사람들을 유혹하여 죽게 했다고 한다. 원정선(遠征船) 아르고 호가 그 섬 옆을 지나갈 때 노래로 음악가 오르페우스를 유혹하다 실패하여 바위로 변하였다 한다. 오늘날 시간을 알리는 사이렌은 이 사이렌에서 기원한다.

【에피소드】

■ 어느 날 영국의 웰링턴 공작이 고급관리와 런던 다리 근처에서 만나기로 약속했다. 웰링턴은 미리 와서 기다리고 있었다. 「5분 지각이군.」 그는 시계를 보면서 매우 불쾌하게 말하였다. 「그렇지만 불과 5분인데요, 각하.」 「불과 5분이라고? 그 시간 때문에 우리 군대가 패배를 당했다면?」 다음 약속시간에는 그 관리가 미리 가서 기다렸다. 과연 웰링턴 공작은 정시에 왔다. 「각하, 제가 5분 먼저 왔습니다.」 공작은 찡그린 얼굴로, 「자넨 시간의 가치를 모르는군. 5분을 낭비하다니, 아깝기 짝이 없군.」

■ 카네기는 자기 회사의 직원채용 시험에서 화물에 포장한 밧줄 끄르기를 시험과목에 넣었다. 시험결과는 꼼꼼히 차례로 끄른 자는 모두 불합격이 되고 칼로 썩썩 잘라버린 자는 모두 합격이었다. 카네기는 말했다. 「지금은 스피드 시대인데, 밧줄 끄르기에 시간을 다 보내면 다른 사무는 언제 본단 말인가? 그런 비능률적인 사원은 필요가 없네.」

【명작】

■ 잃어버린 시간을 찾아서(À la recherche du temps perdu) : 프랑스의 소설가 마르셀 프루스트(Marcel Proust, 1871~1922)의 대하소설로서, 3인칭 수법으로 저술되었으며 1918, 1919년 공쿠르상을 수상했다. 이 작품은 파리의 부르주아 출신 문학청년인 「나

(마르셀)」의 1인칭 고백형식으로 쓰인 「시간」의 방대한 파노라마이다.

19세기에서 1차 세계대전이 끝난 20세기 초반까지 3세대에 걸쳐 무려 5백여 명의 주요 인물을 등장시키며 수천 쪽에 걸쳐 과거를 복원해낸 마르셀 프루스트의 명작이다. 프루스트는 1909년 《잃어버린 시간을 찾아서》의 집필에 착수하였으며, 2년 후 제1편 「스완의 집 쪽으로」를 완성했으나 출판사를 구하지 못해 부득이 자비로 출판하였다. 1919년 2편 「꽃피는 아가씨들 그늘에서」가 신프랑스지에 발표되어 공쿠르 상을 수상했다. 이후 제3편 「게르망트네 쪽으로」, 제4편 「소돔과 고모라」(1922)를 완성했다.

그 해 11월 제5편 「갇힌 여인」을 탈고하고는 폐렴으로 사망하였다. 제6편 「사라진 알베르틴」, 제7편 「되찾은 시간」은 사후에 출판되었다. 이 작품은 화자인 「나」가 침상에서 깨어나는 순간 「어떤 현재」에서의 독백으로 시작된다. 감수성이 풍부하고 환상적인 성향을 지닌 주인공 「나」는 귀족들이 모이는 사교계에 출입하며 여러 계층의 사람들과 사귄다.

인생의 모든 것에 절망한 어느 날, 그는 우연히 홍차에 프티트 마들렌 과자를 적셔 먹는다. 바로 그 지점에서 주인공은 과거의 무의식적인 기억을 떠올리며 자신의 길을 자각한다. 프루스트는 우리의 자아(自我)란 시간 속에 매몰되면서 해체된다고 믿는다. 때문에 얼마간의 시간이 흐르고 나면 우리의 사랑이나 고통에서 남는 것이라고는 아무것도 없다.

작품 속의 주인공들인 스완, 오데트, 질베르트 등이 누군가를 사랑하지만 이내 잊어버리고 다른 사람을 사랑하게 되는 것은 그런 연유에서다. 프루스트는 그의 작품에서 실제로 일어났던 삶이 아니라 삶을 체험했던 사람이 바로 그 삶을 기억하는 방식으로 삶을 기술하였다. 때문에 이 소설은 뚜렷한 줄거리나 극적인 상황이 없이 난해하다. 프루스트는 이 테마를 1870년(프랑스·프로이센전쟁)에서 제1차 세계대전에 이르는 시기, 이른바 「벨 에포크(la belle époque : 좋은 시대)」의 프랑스를 배경으로 전개한다. 거기에는 사교계뿐만 아니라, 당시의 사회를 움직인 여러 가지 사건(드레퓌스 사건 등)이나, 그 무렵 인기가 있던 예술작품이 정밀히 분석되고 묘사되었다.

그러므로 이 소설은 프랑스의 한 시대의 연대기(年代記)가 되기도 한다. 특이한 문체, 잔인할 만큼 정밀한 관찰 안목, 거의 병적이라고도 할 만큼 집요하고 정확한 심리분석, 그러한 특징을 가진 이 작품은 제임스 조이스, 프란츠 카프카의 작품과 더불어 현대문학에 새로운 길을 개척한 20세기 최고 최대의 소설로 꼽힌다.

【成句】

■ 광음여전(光陰如箭) : 세월의 흐름이 쏜 화살과 같이 빠르고 다시 돌아오지 않음을 비유적으로 이르는 말.

■ 고왕금래(古往今來) : 예로부터 지금까지.

■ 복주복야(卜晝卜夜) : 시간을 아끼지 않고 밤낮 놀기만 하는 사람

을 비유하는 말.

■ 겁(劫) : 극히 오랜 시간.

■ 약사지과극(若駟之過隙) : 네 필의 말이 끄는 수레가 빨리 문틈을 지나가는 것과 같다는 뜻으로, 시간이 대단히 빨리 감을 이름. / 《예기》

■ 일탄지(一彈指) : 손가락을 한 번 튕길 동안의 뜻으로, 아주 짧은 시간.

■ 식경(食頃) : 조금 긴 시간. / 《사기》

■ 일일난재신(日日難再晨) : 하루 동안에 아침은 다시 안 온다는 뜻으로, 지나간 시간은 두 번 다시 오지 않음을 뜻함. / 도연명「잡시(雜詩)」

■ 광음(光陰) : 세월, 시간. / 이백「춘야연도리원서」

■ 일각여삼추(一刻如三秋) : 일각이 3년 같다 함으로, 시간이 빨리 지나기를 간절히 기다리는 것을 이름.

■ 24시 명칭 : 계시(癸時 : 0시 30분~1시 30분) / 축시(丑時 : 1시 30분~2시 30분) / 간시(艮時 : 2시 30분~3시 30분) / 인시(寅時 : 3시 30분~4시 30분) / 갑시(甲時 : 4시 30분~5시 30분) / 묘시(卯時 : 5시 30분~6시 30분) / 을시(乙時 : 6시 30분~7시 30분) / 진시(辰時 : 7시 30분~8시 30분) / 손시(巽時 : 8시 30분~9시 30분) / 사시(巳時 : 9시 30분~10시 30분) / 병시(丙時 : 10시 30분~11시 30분) / 오시(午時 : 11시 30분~오후 12시 30분) / 정시(丁時 : 12시 30분~13시 30분) / 미시(未時 : 13시 30분~14시

30분) / 곤시(坤時 : 14시 30분~ 15시 30분) / 신시(申時 : 15시 30분~16시 30분) / 경시(庚時 : 16시 30분~17시 30분) / 유시(酉時 : 17시 30분~18시 30분) / 신시(辛時 : 18시 30분~19시 30분) / 술시(戌時 : 19시 30분~20시 30분) / 건시(乾時 : 20시 30분~21시 30분) / 해시(亥時 : 21시 30분~22시 30분) 임시(壬時 : 22시 30분~23시 30분) / 자시(子時 : 23시 30분~0시 30분)

인내 patience 忍耐

【어록】

■ 큰일을 성사할 사람에게는 세상에 뛰어난 재능이 있어야 할 뿐만 아니라 반드시 견인불발의 의지가 있어야 한다(立大事者 不惟有超世之才 亦必有堅忍不拔之志).　　　　　　　　— 소식(蘇軾)

■ 자그마한 울화를 참아야 큰일을 할 수 있다(忍小忿而就大謀)
　　　　　　　　　　　　　　　　　　　　　　　　— 소식

■ 부끄러움을 잘 견디는 자는 편안하다. (참는 것이 덕이다)
　　　　　　　　　　　　　　　　　　　　　—《설원(說苑)》

■ 한때의 분함을 참으면 백날의 근심을 모면한다(忍一時之忿 免白日之憂).　　　　　　　　　　　　　　　　　　　—《경행록》

■ 참을 수 있으면 또 참고, 경계할 수 있으면 또 경계하라. 참지 않고 경계하지 않으면 작은 일이 크게 된다. (참고 경계하는 성품을 길러야 온갖 일을 원만하게 처리할 수 있다)　　　—《경행록》

■ 조그만 병을 괴롭다 하며 못 참고, 조금 분한 일을 원통하다고 못

참는 것은 어리석은 일이다. 사람은 앞으로 어떠한 큰일에 부닥칠
지 모르는데, 그 큰일을 당해서 어떻게 감당하려는가?

— 《경행록》

■ 뜨거움은 반드시 없앨 수 없지만 뜨겁다고 괴로워하는 이 마음을
없애면 몸이 항상 서늘한 고대(高臺)에 있을 것이요, 가난은 반드
시 쫓을 수 없으되 가난을 근심하는 그 생각을 쫓으면 마음이 항상
안락한 집 속에 살리라. — 《채근담》

■ 신은 인내심 강한 자와 함께 계시다. — 《코란》

■ 인내는 만족의 열쇠이다. — 마호메트

■ 인내는 온갖 고통에 대한 최상의 치료다. — 플라우투스

■ 인내하여라. 지금의 슬픔도, 확실히 훗날에는 이익이 될 수도 있을
것이다. — 오비디우스

■ 인간의 최고의 미덕은 항상 인내다. — M. 카토

■ 변경시킬 수 없는 일은 참아야 한다. — 푸블릴리우스 시루스

■ 인내심이 강함은 정신의 숨겨진 보배다. — 푸블릴리우스 시루스

■ 인내가 폭력보다 더 강하다. 단번에 꺾지 못할 것도 꾸준한 노력이
면 정복할 수 있다. 인내는 최강의 정복자다.

— 《플루타르크 영웅전》

■ 인내는 정의의 일종이다. — 마르쿠스 아우렐리우스

■ 어리석은 사람은 당장에 노여움을 드러내지만, 어진 사람은 모욕
을 받아도 덮어 둔다. — 잠언

■ 함부로 화를 내지 않는 사람은 용사보다 낫다. 제 마음을 다스리는

사람은 성을 탈취하는 것보다 낫다.　　　　　　　— 잠언

■ 환난은 인내를 낳고, 인내는 연단을 낳고 연단은 희망을 낳는다.
　　　　　　　　　　　　　　　　　　　　　　　　— 로마서

■ 세상에 어떠한 것도 참을 수 있다. 그러나 행복한 날의 연속만은
참을 수 없다.　　　　　　　　　　　　　　　　　　— 괴테

■ 인내는 집결된 끈기다.　　　　　　　　　— 토머스 칼라일

■ 조용히 누워서 느긋하게 기다리는 것, 참는 것, 그러나 그것이야말
로 생각하는 것이 아니고 무엇인가!　　　— 프리드리히 니체

■ 정신이 늘 육체의 요구를 이겨 나가야 한다. 많이 참을수록 그대에
게 덕이 있을 것이다. 천재라는 것은 보통 이상의 참을성을 가진
사람에 불과하다.　　　　　　　　　　　　　— 조르주 뷔퐁

■ 그토록 나는 그를 사랑하기에 모든 죽음은 참아낼지언정, 그이 없
이는 살지 못하리.　　　　　　　　　　　　　　— 존 밀턴

■ 아내의 인내만큼 그녀의 명예가 되는 것은 없고, 남편의 인내만큼
아내의 명예가 되지 않는 것은 없다.　　　— 조제프 주베르

■ 무슨 일이든지 시작을 조심하라. 처음 한 걸음이 앞으로의 일을 결
정한다. 그리고 참아야 할 일은 처음부터 참아라. 나중에 참기란
더 어려운 일이다.　　　　　　　　　　　— 레오나르도 다빈치

■ 인내는 일을 떠받치는 일종의 자본이다.　　　　— 발자크

■ 불행에 대한 특효약은 없다. 단지 예부터의 지루한 인내라든가, 체
념과 같은 미덕이 있을 뿐이다.　　　　　— 올더스 헉슬리

■ 인내는 희망을 갖기 위한 기술이다.　　　　— 보브나르그

■ 어떠한 일이든지 견딜 수 있는 사람은 무슨 일이든지 단행할 수 있다.　　　　　　　　　　　　　　　　　　　　　─ 보브나르그

■ 인내와 겸양이 있는 곳에는 분노도 원한도 없다.　─ 프란체스코

■ 인내하고 시간을 두면 힘이나 노여움이 이루는 것 이상의 것을 성취할 수 있다.　　　　　　　　　　　　　　　　─ 라 퐁텐

■ 천재는 인내이다.　　　　　　　　　　　　　　─ 조르주 뷔퐁

■ 모든 악에 대한 저항은 노여움으로써 하지 말고 평정한 태도로써 하라. 비록 이쪽이 정당하더라도 노여움으로 대한다면 악을 정화하고 이기지 못하게 될 것이다. 악에 대해서 가장 강한 것은 조용한 태도이다.　　　　　　　　　　　　　─ 벤저민 프랭클린

■ 행운은 끈기 있게 기다리는 자에게 온다.　　　─ 헨리 롱펠로

■ 그대의 마음의 뜰에다 인내를 심어라. 그 뿌리는 쓰지만 그 열매는 달다.　　　　　　　　　　　　　　　　　─ 허버트 오스틴

■ 어떤 기술자든 추위, 더위, 배고픔, 목마름에 못 이기고 불쾌한 일에 참고 견디는 힘이 없는 사람은 결코 뛰어난 명성을 올릴 수가 없다.　　　　　　　　　　　　　　　　　─ 마하트마 간디

■ 자연의 걸음걸이에 맞추어라, 자연의 비밀은 인내다.
　　　　　　　　　　　　　　　　　　─ 벤저민 디즈레일리

■ 인내란 천재의 필요 요소다.　　　　　　─ 벤저민 디즈레일리

■ 거지의 미덕은 인내다.　　　　　　　　　　─ 필립 매신저

■ 신에게 지팡이로 맞아도 그걸 견뎌내는 사람에게 명예가 돌아간다.
　　　　　　　　　　　　　　　　　　　　─ 몰리에르

▣ 어떠한 말을 듣거나 일을 당해도 침착성을 잃지 말라. 그리고 모든 장애물에 대해서 인내와 끈기와 부드러운 말로 대하라.

— 토머스 제퍼슨

▣ 인내와 신앙은 산도 움직인다.   — W. W. 벤

▣ 참고 견딘 것을 생각해 내는 것은 유쾌한 일이다.   — R. 헤리

▣ 인내는 가장 중요한 품성의 하나이다. 그러면서 반드시 그 보수를 가져온다. 이에 반하여 성급함은 우리들에게 손실을 가져다 줄 것이다.   — 조지 마셜

▣ 스스로의 직분을 견디어 참고 침묵을 지키고 있는 것은 중상에 대한 최상의 대답이다.   — 조지 워싱턴

▣ 결혼생활에서 가장 소중한 것은 인내다.   — 안톤 체호프

▣ 참아라, 그리고 단념하라.   — 스토아주의자들의 좌우명

▣ 만약 우리들이 오직 참고 견디려고 노력만 한다면 신은 많은 힘을 우리에게 내려주실 것이다.   — 안데르센

▣ 행복이란, 그 자체가 긴 인내다.   — 알베르 카뮈

▣ 인내—그것에 의해서 범인이 불명예스런 성공을 거두는 형편없는 미덕이다.   — 앰브로즈 비어스

▣ 인내는 갖가지 쾌락의 근본이며, 갖가지 권능의 근본이다.

— 존 러스킨

▣ 태생이 머리가 둔한 사람일지라도, 인내와 근면으로써 더 영리하되 그러한 특성을 결한 동료를 분명히 앞지를 수 있다. 천천히, 그리고 착실함이 승부에 이긴다.   — 새뮤얼 스마일스

■ 토지를 경작하는 사람, 산에 오르는 사람, 새 기계를 발명하는 사람, 시인, 과학자, 기술자, 정치가 등 이런 사람들이 예부터 오늘에 이르기까지 인내와 지구력으로 연구를 쌓아 힘을 합쳐 성대한 문화를 펼친 것이다. ― 새뮤얼 스마일스

■ 우리들은 현재만을 참고 견디면 된다. 과거에도 미래에도 괴로워할 필요는 없다. 과거는 이미 존재하지 않으며, 미래는 아직 존재하고 있지 않기 때문이다. ― 알랭

■ 인내―그것은 육체적인 소심과 도덕적 용기의 혼합이다.

― 토머스 하디

■ 고수하여 인내하면 가능한 것의 대부분은 달성된다.

― 필립 체스터필드

■ 인내는 희망을 품는 기술이다. ― 프리드리히 슐라이어마허

■ 걱정에 대한 최상의 대책은 인내와 용기다 ― 카를 힐티

■ 참을성이 강한 사나이의 격정에는 조심하라. ― 존 드라이든

■ 굳은 인내라는 미덕은 때로 완고함과 혼동된다. ― A. 코체부

■ 슬픔과 침묵은 강건하고, 꾹 참는 인내는 하느님과 같다.

― 헨리 롱펠로

■ 인내는 으뜸가는 성품이고, 인내력은 위대한 모든 사람의 정열이었다. ― 존 로널드 로얼

■ 진보는 참고 견딘 고통의 양(量)으로 측정되어야 한다. ……고통이 순수할수록 발전이 크다. ― 마하트마 간디

■ 참을성이 적은 사람은 그만큼 인생에 있어서 약한 사람이다. 한 줄

기의 샘이 굳은 땅을 헤치고 솟아나오듯 참고 견디는 힘은 광명을 얻기 어렵다. 그러나 오늘 하나의 어려운 일을 참고 극복했다면 그 순간부터 그 사람은 강한 힘의 소유자인 것이다. 곤란과 장애물은 언제나 새로운 힘의 근원인 것이다.　　　　　— 버트런드 러셀

■ 인종(忍從)이 필요하다는 것은 악이 존재한다는 증거이다.
　　　　　　　　　　　　　　　　　　　　　　— 버트런드 러셀

■ 죽음의 참상 속에서 참을 수 없는 고통을 참을 때, 또 사라진 과거를 돌이킬 수 없을 때, 거기에 하나의 신성이 있고, 압도하는 외경(畏敬)이 있고, 광대무변의 감정이 있고, 깊이가 있고, 존재의 무한한 신비가 있다.　　　　　　　　　　— 버트런드 러셀

■ 어린아이는 쓰러지고, 또 쓰러지고, 그리고 또 쓰러지면, 쓰러지지 않으려고 걸을 수 있는 그 날까지 노력하여 나쁜 점을 계속하여 고친다. 만일 성장한 인간일지라도 자신에게 있어 중요한 것을 추구하려 할 때, 어린아이의 이러한 인내와 정신집중을 자기의 것으로 삼는다면 무슨 일이든지 성공할 수 있을 것이다.— 에리히 프롬

■ 인생의 오욕(汚辱)에 대항하는 최선의 무기로서는, 용기와 제 멋과 인내입니다. 용기는 강하게 하고, 제 멋은 농담을 지껄이게 하고, 인내는 차분함을 부여합니다.　　　　　　　　— 헤르만 헤세

■ 나는 사람이 어떤 일을 할 수 있으며, 어떠한 인내력을 갖고 있는지를 보여줄 것이다.　　　　　　　　　　— 어니스트 헤밍웨이

■ 난 별달리 재능이 있거나 하지 않았다. 그저 남보다 호기심이 많았을 뿐이다. 어려운 문제에 부닥칠 때도 많았지만, 다행히 신은 나

에게 민감한 코와 노새 같은 끈기를 주셨다.　　 ― 아인슈타인

■ 최후의 승리는 출발선의 비약이 아니라 도착선까지의 끈기와 노력이다.　　 ― 존 워너메이커

■ 낚시질의 실패는 인생의 실패다. (낚시질은 우리들에게 인내를 가르치고 참을성을 길러 주기 때문이다)

　　 ― 산유테이 긴바(三遊亭金馬)

■ 참을성을 그대의 의복으로 알라! 의복을 벗고 다니면 남이 흉을 볼 것이다. 참을성이 많으면 욕된 일을 막아내리라! ……실패하고 낙오하는 사람들을 보면 대개 참을성이 부족하거나, 그렇지 않으면 종시일관한 신념을 갖지 못하고 이리저리 흔들렸기 때문이다.

　　 ― 중국의 명언

■ 한때의 분함을 참아라. 백날의 근심을 면하리라. ―《명심보감》

■ 다시 자세히 말하면, 작은 것을 참아야 큰일을 하고, 험한 것을 참아야 평탄한 데가 오고, 괴로움을 참아야 즐거움을 얻고, 어려움을 참아야 쉬운 것이 있고, 실패를 참아야 성공을 하고, 욕되는 것을 참아야 영광을 받고, 범부의 일을 참아야 성인의 일을 하는 것이다.　　 ― 권상로

■ 인내력은 고통에만 적용되는 것이 아니다. 행복에도 적용되는 것이다.　　 ― 한용운

■ 인내는 그 값어치가 귀한 사람의 능력이다.　　 ― 김남조

■ 인내라는 것은 참을 수 없는 것을 참는 것을 말한다. 인내는 굴종이나 체념과는 다르다. 인간에게 내일이란 없는 것이지만, 내일을

위해서 참는다는 것 그것이 인내이다.　　　　　　— 유현종

【속담·격언】

■ 참을 인(忍)자 셋이면 살인도 피한다. (참는 것이 제일이다)
　　　　　　　　　　　　　　　　　　　　　　　　— 한국

■ 떫기로 고욤 하나 못 먹으랴. (다소 힘들다 해서 그만한 일이야 못
　하겠느냐)　　　　　　　　　　　　　　　　　　— 한국

■ 묵은 거지보다 햇거지가 더 어렵다. (무슨 일이나 오래 두고 해온
　사람은 처음 시작한 이보다 참을성 있고 마음이 굳다)　— 한국

■ 배고프다고 바늘로 허리 저리랴. (어려운 일을 당했다고 무리한 일
　을 할 수는 없다)　　　　　　　　　　　　　　　— 한국

■ 깊은 산에서 목마르다고 하면 호랑이를 본다. (물을 찾기 어려운
　깊은 산에서는 목이 마르더라도 참아라)　　　　　— 한국

■ 순천자(順天者)는 존(存)하고 역천자(逆天者)는 망한다. (운명에
　순응하여 참으면 좋은 날이 온다)　　　　　　　— 한국

■ 샘이 불같다. (남의 물건이나 처지를 부러워하여 조금도 참지 못한
　다)　　　　　　　　　　　　　　　　　　　　　— 한국

■ 대 끝에서 삼 년이다. (아슬아슬한 대나무 끝에서도 삼 년을 견딘
　다 함이니, 역경에 처하여도 참고 견딘다)　　　　— 한국

■ 눈썹만 뽑아도 똥 나오겠다. (작은 괴로움도 능히 이겨내지 못하고
　쩔쩔맨다)　　　　　　　　　　　　　　　　　　— 한국

■ 인내라는 언어는 가정의 보화다.　　　　　　　　— 중국

■ 인내는 괴로우나 그 열매는 달다. (Patience is bitter but its fruit is sweet.) ― 영국

■ 아내의 인내만큼 아내의 명예가 되는 것은 없고, 인내만큼 아내의 명예로 되지 않는 것도 없다. ― 영국

■ 찾아낼 수 있을 때까지 찾아보아라. 그러면 그대의 노력은 헛되지 않을 것이다. ― 영국

■ 지켜보고 있는 냄비는 끓지 않는다. (A watched pot never boils.) ― 영국

■ 참을 수 없는 것은 크게 참음으로써 된다. ― 영국

■ 어딘가에 선을 그어야 한다. (One must draw the line somewhere. : 양보하는 데도 한계가 있고, 참는 데도 정도가 있다. 이 한계를 자꾸 미루다가는 만만한 사람으로 여겨 사람대접을 못 받게 된다) ― 영국

■ 인내하지 않고는 몸의 병을 고칠 수 없다. ― 영국

■ 참으면 모든 문이 열린다. ― 영국

■ 인내와 금전과 시간은 만사를 해결한다. ― 영국

■ 인내는 세계를 정복한다. ― 영국

■ 어떤 불행도 인내로써 정복할 수 있다. ― 영국

■ 기다릴 수 있는 자에게 모든 것을 준다. ― 영국

■ 인내가 없는 사람은, 기름이 잦아버린 등심(燈心)과 같은 것이다. ― 영국

■ 인내는 희생 이상의 큰일을 한다. ― 영국

■ 인내는 만족의 열쇠다.   — 영국

■ 인내라는 꽃은 어느 뜰에나 피는 꽃이 아니다.   — 영국

■ 잘 견디어 내는 사람은 항상 이긴다.   — 프랑스

■ 천재는 인내의 권화에 불과하다.   — 프랑스

■ 하느님은 남자에게 아내를 내리면서 인내심도 함께 내리신다.
     — 독일

■ 근면하고 알뜰히 참는 사람은 어느 때든 반드시 자기 집을 짓는다.
     — 독일

■ 불행을 참아내는 자는 행복도 참아낸다.   — 덴마크

■ 달걀을 갖고 싶으면 암탉이 우는 시끄러운 소리는 참아야 한다.
     — 덴마크

■ 한 시간의 인내는 십년의 안락이다.   — 그리스

■ 인내는 낙원의 문을 여는 열쇠다.   — 터키

■ 참아라, 병사들이여. 곧 대장이 되리라.   — 러시아

■ 황소처럼 참을성 있고, 사자처럼 용감하고, 벌처럼 부지런하고, 새처럼 즐거워하라.   — 유고슬라비아

■ 책략이 없는 책략은 인내이다.   — 아라비아

■ 두 사람의 우정에는 한 사람의 인내가 필요하다.   — 타미르족

【시·문장】

남이 해(害)할지라도 나는 아니 겨루리라

참으면 덕(德)이요 겨루면 같으리니

굽음이 제게 있거니 겨룰 줄이 있으랴.

― 이정개

땀 절은 얼굴들을 붉은 횃불이 지나간 다음
산정(山庭)에 서리 같은 고요가 깃들인 다음
돌밭에 괴로움을 겪고 난 다음
외치는 소리 아우성소리
옥(獄)과 궁궐과 먼 산을 넘어서
울려오는 봄 천둥소리
살았던 그분은 이미 죽었고
살았던 우리들은 이제 죽어간다
가까스로 참아 가면서.

― T. S. 엘리엇 / 뇌어(雷語)

보고 말만 할 것을 말만 하고 참을 것을
저근덧 참더면 전혀 일이 없을 것을
원수(怨讐)의 이 눈의 탓으로 살뜬 가슴 썩이노라

― 무명씨

보라, 우리는 모든 것에서 살아남는다―굶주림과 목마름과
사별(死別)과 쓰라림과 ; 모든 비통과 참혹한 일과,
모든 비애와 슬픔과 ; 인생은 최악의 타격을

우리의 몸과 마음에 입힌다―그러나 우린 죽을 수는 없다
병에 시달리고 고달프고 기진하고 지쳤을지라도―
보라, 우리는 모든 것을 견디어 냈지 않은가!

　　　　　　　　　　　　　　　　　　― 알랭 / 인내

극기라는 것은 자기의 의욕을 극복한다는 말이다. 무적의 대용(大勇)
은 타인을 극복함에 있지 아니하고 자기를 극복함에 있으니 삼군(三
軍)을 호령하고 만기(萬騎)를 질타하는 명장도 내지의 방촌(方寸)을
절제하기 어렵고, 분마(奔馬)를 입지(立止)하고 노호(怒虎)를 격퇴하
는 역사(力士)도 자기의 심랑의마(心狼意馬)를 조복(調伏)하기 어려
운 것이다. 동서고금에 일시의 분(憤)을 참지 못하여 백 년의 대계를
그르친 자가 어찌 한(限)이 있으며, 편각(片刻)의 욕(慾)을 참지 못하
여 일생의 오점을 끼친 자 어찌 수(數)가 있으리오. 그것은 극기력의
부족으로 나타나는 인생의 불행이다. 그와 반대로 일시의 분을 참아
서 대사를 성공하는 수도 적지 아니한 것이요, 편각의 욕을 참아서 일
생의 영예가 되는 일도 또한 많은 것이다.

　　　　　　　　　　― 한용운 / 임께서 침묵하지 아니하시면

진상을 규명하는 최상의 길은 아무 질문도 하지 않는 것이다. 질문을
쏘아붙이면 총격을 가한 거나 마찬가지다. 「빵」 소리와 함께 모두들
도망치고 숨어 버린다. 그러나 그러지 말고 조용히 앉아 있으면 모든
조그마한 사실들이 발밑에 모여들고, 몰랐던 상황들이 숲속에서 몸을

드러내고, 가려졌던 의도들이 슬금슬금 기어나와 바위 위에서 일광욕을 한다. 그러니 참을성만 있으면 총을 들고 덤벼드는 사람보다 훨씬 많은 것을 보고 이해하게 될 것이다.　　　— 올더스 헉슬리

【중국의 고사】

■ **와신상담**(臥薪嘗膽) : 섶에 누워 쓸개를 맛본다는 뜻으로, 원수를 갚고자 고생을 참고 견딤을 일컫는 말이다. 「와신상담」은 붙은문자이긴 하지만, 한 사람의 일이 아니고 각각 다른 두 사람의 이야기가 합쳐져서 생긴 말이다. 주경왕(周敬王) 24년(BC 496)에 오왕(吳王) 합려(闔閭)는 군사를 이끌고 월(越)나라로 쳐들어갔다가 월왕 구천(句踐)에게 패해 발에 독화살을 맞고 진중에서 죽게 된다. 합려는 임종 때 태자 부차(夫差)를 불러 이렇게 말했다.

　「너는 구천이 이 아비를 죽인 원수라는 것을 잊지 않겠지?」

　「어찌 잊을 리 있겠습니까?」 이렇게 대답한 부차는 자기 나라로 돌아오자 장작 위에 자리를 펴고 자며, 방 앞에 사람을 세워 두고 나고 들 때마다, 「부차야, 아비 죽인 원수를 잊었느냐!」 하고 외치게 했다. 이 「와신(臥薪)」의 이야기는 《십팔사략》에만 나오고 《사기》에는 없다.

　부차의 이 같은 소식을 들은 월왕 구천은 선수를 써서 오나라를 먼저 쳐들어갔으나 패하고 만다. 싸움에 크게 패한 구천은 겨우 5천 명 남은 군사를 거느리고 회계산(會稽山)에서 농성을 하지만 결국은 견디지 못하고 오나라에 항복을 하고 만다. 구천은 내외가 함

께 오나라의 포로가 되어 범려(范蠡)와 함께 갖은 고역과 모욕을 겪은 끝에 영원히 오나라의 속국이 되기를 맹세하고 무사히 귀국하게 된다.

구천은 자기 나라로 돌아오자 일부러 몸과 마음을 괴롭히며, 자리 옆에는 항상 쓸개를 달아매어 두고, 앉을 때나 누울 때나 이 쓸개를 씹으며 쓴맛을 되씹었다. 또 음식을 먹을 때도 먼저 쓸개를 씹고 나서, 「너는 회계의 치욕(會稽之恥)을 잊었느냐」 하고 자신에게 타이르곤 했다. 이 「상담(嘗膽)」에 대한 이야기는 《사기》 월세가에도 나와 있다.

월왕 구천이 오나라를 쳐서 이기고 오왕 부차로 하여금 자살하게 만든 것은 이로부터 20년 가까운 뒷날의 일이었다. 「와신상담」이란 문자는 부차의 「와신」과 구천의 「상담」이 합쳐져 된 말이다.

―《십팔사략》, 《사기》 월세가

■ **타면자건**(唾面自乾) : 남이 내 얼굴에 침을 뱉으면 그것이 저절로 마를 때까지 기다린다는 뜻으로, 처세에는 인내가 필요함을 비유하여 이르는 말. 당(唐)나라의 측천무후(則天武后)는 중국사상 유일한 여제(女帝)로서 약 15년간 전국을 지배하였다. 측천무후는 고종이 죽자, 자신의 아들 중종(中宗)과 예종(睿宗)을 차례로 즉위시키고 정권을 독차지하여 독재 권력을 휘둘렀다. 자신의 권세를 유지하기 위하여 탄압책을 쓰는 한편, 유능한 신흥 관리를 많이 등용하고 명신을 적절히 등용하여 정치를 담당시켰기 때문에 천하는

그런 대로 태평했다.

그 무렵, 측천무후의 유능한 신하 중에 누사덕(婁師德)이란 사람이 있었다. 그는 성품이 온후하고 관인(寬仁)하여, 아무리 무례한 일을 당해도 그 자세에 흔들림이 없이 항상 똑같았다. 하루는 그의 아우가 대주자사(代州刺史)로 임명되어 부임하려고 할 때였다. 그는 동생을 불러「우리 형제가 다 같이 출세하고, 황제의 총애를 받는 것은 좋은 일이나, 그만큼 남의 시샘도 크다고 보면 틀림이 없을 거다. 그렇다면 그러한 시샘을 면하기 위해서는 어떻게 처신하면 된다고 생각하느냐?」라고 물었다.

그러자 동생이「비록 남이 내 얼굴에 침을 뱉더라도 결코 상관하거나 화내지 않고 잠자코 닦겠습니다. 만사를 이런 식으로 사람을 응대하여 결코 형님에게 걱정이나 누를 끼치지 않도록 하겠습니다.」라고 대답했다. 동생의 대답을 듣고 누사덕은 다음과 같이 훈계했다.「내가 염려하는 바가 바로 그것이다. 만약 어떤 사람이 네게 침을 뱉는다면 그것은 네게 뭔가 크게 화가 났기 때문일 것이다. 그런데 네가 바로 그 자리에서 침을 닦아버린다면 상대의 기분을 거스르게 되어 그는 틀림없이 더 크게 화를 내게 될 것이다. 침 같은 것은 닦지 않아도 그냥 두면 자연히 마르게 되니, 그런 때는 웃으며 그냥 침을 받아두는 게 제일이다.」

여기서 타면자건(唾面自乾)이란 말이 나왔으며, 이는 처세에 인내가 얼마나 중요한 미덕인가를 말해 준다.

— 《십팔사략(十八史略)》

■ **즐풍목우(櫛風沐雨)** : 장자의 천하(天下) 편에는 묵자(墨子)에 대

한 다음과 같은 비판이 실려 있다. 묵자는 자신의 도(道)에 대하여 이렇게 말하고 있다.

「옛날 우(禹) 임금은 홍수를 막아 양자강과 황하의 흐름을 터서, 사방의 오랑캐들의 땅과 온 나라에 흐르게 하여, 큰 강 삼백 개와 작은 강 삼천 개를 만들었으며, 작은 물줄기는 셀 수 없다. 그 때 우임금은 자기 몸소 삼태기와 보습을 가지고 천하의 작은 강들을 모아 큰 강으로 흘러들게 하였다. 그 때문에 장딴지의 살은 떨어지고, 종아리의 털이 다 닳아 없어지고, 쏟아지는 비로 머리를 감으며 거센 바람을 맞으면서 모든 나라의 자리를 정하였다(腓無胈脛無毛 沐甚雨櫛疾風, 置萬國). 그래서 우임금은 성인(聖人)이다. 그러면서 천하를 위하여 자기의 몸을 힘들게 한 것이 이러하였다.」

─《장자》천하편

■ 이것을 참는다면 무엇을 못 참으랴(是可忍 孰不可忍也) : 계씨가 자기 집 뒤뜰에서 팔일무를 추는 것을 보고 공자가 한 말이다. 천자(天子)는 8명씩 8줄로 늘어선 64명의 8일무로 하고, 제후(諸侯)는 6명씩 6줄로 늘어선 36명의 6일무, 대부(大夫)는 4명씩 4줄로 늘어선 16명의 4일무, 사(士)는 2명씩 2줄로 늘어선 4명의 2일무로 춘다. 공자(孔子)는 노나라 정경(正卿) 계평자(季平子)가 집에서 감히 천자(天子)의 제향(祭享) 때 추는 춤을 추게 한 데 대해 신분에 맞지 않은 예절을 나무란 것이다.　　　─《논어》팔일

【에피소드】

■ 영국의 해군장교 제임스 홀맨은 스물네 살 때 양쪽 눈을 모두 실명하였으나 역사상 가장 바쁜 장님의 한 사람이 되었다. 그는 40년 동안에 프랑스, 이탈리아, 독일, 스위스, 네덜란드, 오스트리아, 러시아, 시베리아 등으로 여행하고, 다시 배를 타고 세계 일주를 시작하여 아프리카, 브라질, 성지 팔레스티나와 지중해 주변의 여러 나라를 혼자서 돌아다녔다. 그는 몇 편의 우수한 여행기를 내어 날카로운 관찰력을 이 세상에 보였다. 그의 생애는 가장 심각한 고난을 극복하는 인간의 참을성과 정신력을 영구히 보인 것이었다.

【成句】

■ 견인불발(堅忍不拔) : 의지・절조(節操)가 굳고, 괴로움도 꿋꿋이 참고 견디며 마음을 움직이지 않는 것. 불발은 의지나 계획이 단단히 뭉쳐 있어서 변하지 않는 모양.

■ 은인자중(隱忍自重) : 마음속으로 참으며 몸가짐을 신중하게 함. 좋게 말하면 신중, 나쁘게 말하면 소극적임. 반대말로는 경거망동(輕擧妄動), 부화뇌동(附和雷同).

■ 고진감래(苦盡甘來) : 고생 끝에 반드시 낙이 찾아온다는 뜻으로, 고난을 참고 견딤을 권장할 때 쓰는 말.

■ 인지위덕(忍之爲德) : 매사에 잘 참는 것이 아름다운 덕임을 이르는 말.

■ 빈마지정(牝馬之貞) : 암말의 절개란 뜻으로, 암말과 같이 유순(柔

順)한 덕이 있고 인내심이 강하여 일에 성공함을 이름. /《역경》

■ 심두멸각(心頭滅却) : 심두는 마음, 심중(心中). 멸각은 없애버리다. 「심두를 멸각하면 불 또한 시원하다」는 뜻으로, 기분 상으로 어떤 고난도 참고 견뎌내는 마음가짐. 잡념을 떨쳐버리고 무념무상(無念無想)의 경지에 도달하면 뜨거운 불 속에 있어도 뜨거움을 느끼지 않고 오히려 시원함을 느끼는 것이다. /《두순학(杜荀鶴)》

■ 간두과삼년(竿頭過三年) : 장대 끝에서도 3년을 견딘다 함이니, 역경에 처하여 참고 견디라고 가르치는 말. /《순오지》

■ 후조지절(後凋之節) : 간난(艱難)을 참고 견디며 굳게 지조를 지킴. 또 역경에 처해서 비로소 지조가 높은 사람을 알 수 있음. 후조(後凋)는 다른 나무들이 다 말라도 아직 마르지 않는 나무라는 뜻으로, 상록수를 가리킨다. /《논어》

■ 남방지강(南方之强) : 인내의 힘으로 사람을 이겨낸다는 뜻이니, 곧 군자의 용기를 말함. /《중용》

■ 인지일자중묘지문(忍之一字衆妙之門) : 참을 忍(인)이란 한 글자는 만사(萬事)에 성공할 요결(要訣)이다. /《송원통감》

■ 서인자일백(書忍字一百) : 가정의 화목은 서로가 인내하는 데 있다는 뜻으로, 장공예(張公藝)가 참을 인자 백 자를 썼다는 고사. /《당서》 장공예전.

■ 채신급수(採薪汲水) : 일상의 잡다한 일에 몸을 아끼지 않는 것. 땔나무를 하거나 물을 길어오는 일은 결코 쉬운 일이 아니다. 거기

서 일상생활에서 일어나는 온갖 힘든 일을 견디고 참는다는 뜻도 있다. /《송사》

▣ 척확굴구신(尺蠖屈求信) : 자벌레가 몸을 구부리는 것은 장차 다시 펴기 위해서라는 뜻으로, 후일의 성공을 위해서는 한때의 굴욕은 참아야 함을 비유하는 말. /《역경》

▣ 투생(偸生) : 삶을 훔친다는 뜻으로, 치욕을 치욕으로 여기지 않고 목숨을 부지하는 것. 하는 일 없이 그저 부질없이 살아 있는 것. 또 억지로 꾹 참고 살아가는 것, 구차하게 사는 것. 투생(媮生)이라고도 쓴다. /《초사》

▣ 불승분노(不勝憤怒) : 분노를 참지 못함.

신념 belief 信念

(의지)

【어록】

■ 남이 나를 속일까 미리 짐작하지 않고, 남이 나를 믿어주지 않을까 억측하지 말라(不逆詐 不億不信). ― 《논어》 헌문

■ 나는 (내 의지에 의한 것이 아니라) 무언가에 의해 움직이고 있는 지도 모른다(吾有待而然者也). ― 《장자》

■ 적을 치러 가면서 배를 타고, 물을 건너고 나서는 그 배를 태워버린다(濟河焚舟 : 살아 돌아가기를 기약하지 않는 굳은 의지를 보임을 이르는 말). ― 《좌전》

■ 하지 못하는 것이지, 할 수 없는 것이 아니다(不爲也 非不能也). ― 《맹자》

■ 늙어질수록 장한 뜻 더더욱 장해가거니, 어찌 백발노인이 웅심 버릴쏘냐. 곤궁할수록 의지는 더욱 굳어만 가나니, 하늘 찌를 듯한 큰 포부 잃지 않는다(老當益壯 寧知白首之心 窮且益堅 不附靑雲之志). ― 왕발(王勃)

■ 지성이면 쇠와 돌도 녹는다(至誠則金石爲開 : 강한 의지로 전력을 다하면 어떤 일에도 성공할 수 있다).　　　　　　— 유흠(劉歆)

■ 큰일을 성사할 사람에게는 세상에 뛰어난 재능이 있어야 할 뿐만 아니라 반드시 견인불발의 의지가 있어야 한다(立大事者 不惟有超世之才 亦必有堅忍不拔之志).　　　　　　— 소식(蘇軾)

■ 나아가고 물러섬에 시세를 따르지 않는다(卷舒不隨乎時 : 나아가고 물러나는 것은 자기주장에 따라 행동하면 되므로 시세를 따를 필요가 없다. 이것이 대장부의 태도다).　　　　— 《문장궤범》

■ 아무리 여러 사람의 반대가 있어도 너의 양심에 옳다고 느껴지거든 단연코 하라! 남이 반대한다고 자기의 신념을 꺾지는 말라! 때로는 그와 같은 의지와 용기가 필요한 것이다. 그러나 또 자기 의견과 다르다고 남의 생각을 함부로 물리쳐서는 안된다. 옳은 말은 누구의 말이고 귀를 기울이며 그 의견을 채택할 만한 아량이 있어야 한다. 그리고 자기에게 올 이익이나 은혜를 미끼삼아 대의명분과 커다란 이익을 희생해서는 안된다. 또 여론을 이용해서 자기의 감정이나 기분을 만족시키는 방향으로 기울어지지 말아야 한다.
　　　　　　　　　　　　　　　　　　　　　　— 《채근담》

■ 사랑은 거짓이라도 오만한 얼굴을 해서는 안 된다. 그러나 자기가 가장 훌륭한 것이라고 믿는 것은 신으로부터의 명령으로 생각하고 고집하여야 한다. 그리하여 그것을 견고하게 지킨다면 이전에 그를 조소한 사람들도 나중에는 그를 칭찬할 것이다. — 에픽테토스

■ 자유 의지는 도둑의 손이 미칠 수 없는 재보다.　— 에픽테토스

■ 의지가 있는 자에겐 힘이 있다. — 메난드로스

■ 신념이 고통이 되는 경우에는 여간해 믿지 않으려고 한다.
— 오비디우스

■ 나는, 의지가 정당하다면, 하고 붙여 말할 생각은 없다. 왜냐하면 만일 의지가 정당하다면 그것은 항상 하나로 있기가 불가능하기 때문이다. — L. A. 세네카

■ 방탕한 길에서 몸을 망치는 것은 육체가 아니라 의지다.
— 푸블릴리우스 시루스

■ 그대의 길을 가라. 남들은 뭐라고 하든 내버려두어라.
— A. 단테

■ 의지는 기억의 노예에 지나지 않는다. 의좋게 탄생하지만 성장하기가 어렵다. — 셰익스피어

■ 인간의 의지는, 말하자면 하느님과 악마 사이에 있는 짐승과 같다.
— 마르틴 루터

■ 가령 악마의 수가 많다 하더라도 나는 갈 것이다.
— 마르틴 루터

■ 세계는 지혜보다 의지를 더 잘 따른다. — 헨리 F, 아미엘

■ 자기 자리에 앉으라. 그러면 아무도 너를 일어서게 만들지 않을 것이다. — 세르반데스

■ 우주의 근저가 의지인 이상 인생을 지배하는 것 또한 의지가 아니면 안 된다. — 쇼펜하우어

■ 마음은 물건보다 강하다. 마음은 물건의 창조자로서 형성자이다.

이 세상의 왕자는 물력이 아니고, 다만 신념과 신앙이다.

— 토머스 칼라일

▣ 인생이란 단지 기쁨도 아니고 슬픔도 아니며, 그 두 가지를 지양하고 종합해 나가는 과정에서 파악되어야 할 것이다. 커다란 기쁨도 커다란 슬픔을 불러올 것이며, 또 깊은 슬픔은 깊은 기쁨으로 통하고 있다. 자기의 할 일을 발견하고 자기의 하는 일에 신념을 가진 자는 행복하다.　　　　　　　　　　　— 토머스 칼라일

▣ 사람에게는 두 가지의 의지가 있다. 하나는 위로 올라가는 의지이고, 하나는 아래로 내려가는 의지이다. 이 두 가지는 우리 내부에서 서로 싸우고 있다. 한편에서는 모든 향락을 좇으라고 소리치고, 한편에서는 마음껏 향락을 즐기라고 유혹한다. 오른쪽엔 숲이 있고 왼쪽에는 아름다운 새가 노래하고 있다. 그리고 아름다운 꿈과 미녀의 웃음과 휘황한 불빛이 당신의 주위를 둘러싸고 있다. 당신은 위로 향하는 의지를 물을 것인가, 아래로 떨어지는 의지에 몸을 맡길 것인가? 그것을 결심하는 것은 당신 자신이다.

— 앙리 베르그송

▣ 신념은 정신의 양심이다.　　　　　　　　　— S. 샹포르

▣ 신념이 강하면 사치한 회의에 빠질 수 있다. — 프리드리히 니체

▣ 너의 신념을 행동으로 옮겨라. 그리고 일구이언하지 마라.

— 랠프 에머슨

▣ 사람을 가장 아름답게 인도하는 힘은 의지력에 달려 있다. 기둥이 약하면 집이 흔들리듯 의지가 약하면 생활도 흔들린다.

— 랠프 에머슨

■ 인간은 일할 수 있는 동물이다. 이런 작은 사람이라도 일하려고 생각하면 무한한 힘이 끓어올라온다! 믿어야 한다. 이런 작은 사람이라도 해보려는 의지만 있으면 어떤 일이든지 할 수 있다는 것을!

— 막심 고리키

■ 살찐 돼지가 되기보다는, 야윈 소크라테스가 돼라. (인간은 자기의 신념을 버리고 평온한 생활에 자만한다면, 가령 생활이 궁해도 신념을 관철시키는 편이 보다 인간적이다)   — 존 스튜어트 밀

■ 너의 의지만을 위한 격솔(格率 : 주관적인 행동규칙)이 언제든지 동시에 일반적인 법칙을 세우기 위한 원리로서 통용되도록 행동하라.   — 임마누엘 칸트

■ 신념은 인간으로서 가장 중요한 것이다. 그러나 아무리 굳은 신념이 있더라도, 다만 침묵으로써 가슴 속에 품고만 있으면 아무 소용이 없다. 여하한 대가를 치르더라도, 죽음을 걸고서라도 반드시 자신의 신념을 발표하고 실행한다는 용기가 필요한 것이다. 여기에 처음으로 그가 가지고 있는 신념이 생명을 띠는 것이다.

— 토스카니니

■ 의지가 있는 곳에 길은 통한다.   — 헨리 허드슨

■ 나에게도 신념을 갖기 위한 거점이 없다.   — 보들레르

■ 모든 타락 가운데 가장 경멸해야 할 것은—자기의 의지에 의존하지 않고 타인에게 의존해 사는 것이다.   — 도스토예프스키

■ 신념을 잃고 명예가 사라질 때 인간은 죽은 것이다.

                                              ― J. G. 위터

■ 나의 신념은 옳은 일을 하고, 결과는 그 처분을 맡은 사람에게 일
  임한다는 것이다.   ― 토머스 제퍼슨

■ 인간 의식과 의지를 지닌 이 왜소한 인간은 근원적인 위대한 힘에
  복종하고 동시에 이를 이겨내야만 한다.   ― D. H. 로렌스

■ 난 낡은 의미에서는 신을 찾을 수 없습니다. 만약 찾을 수 있는 체
  한다면 그건 센티멘털리즘이죠. 하지만 인간성이니, 인간의 의지
  니 하는 것에는 이젠 구역질이 날 정도입니다. 나 자신의 의지에
  대해서도 마찬가지입니다. 내 의지란 내가 아무리 현명할지라도
  내가 일단 그것을 행사하기 시작하자, 그건 지구의 표면에 발생한
  또 하나의 귀찮은 일거리에 불과하다는 것을 난 깨달았습니다. 타
  인의 의지에 이르러서는 설상가상이구요.   ― D. H. 로렌스

■ 인생에 대해서는 분명하고 단호한 신념을 가질 것이 필요하다. 모
  순된 여러 관념에 사로잡히고 지배되어서는 안 된다. 현대인의 하
  나의 습성은 합리적인 것을 상식적이라고 배격하는 경향에 있는
  데, 합리적인 생활이 이 사회와 자기를 조화시키는 길이며, 또 이
  조화를 벗어나서는 행복이란 얻기 어려운 것이다.

                                              ― 버트런드 러셀

■ 인생에 있어서 기회가 적은 것은 아니다. 그것을 볼 줄 아는 눈과
  붙잡을 수 있는 의지를 가진 사람이 나타나기까지 기회는 잠자코
  있는 것이다. 재난이라 할지라도 그것을 휘어잡는 의지 있는 사람
  앞에서는 도리어 건설적인 귀중한 가능성을 품고 있는 것이다. 부

모의 유산도 자식의 행복을 약속해 주지는 않는다. 우리는 우리가 상상하는 이상으로 우리 자신의 힘 속에 자기의 운명의 열쇠를 가지고 있는 것이다.   — R. 굴드

■ 신념은 우리 정신의 소산이다. 그러나 우리는 우리의 기호에 따라 그것을 자유로이 수정하지 못한다. 신념은 우리가 만들어낸 것이다. 그러면서도 우리는 그것을 알지 못한다. 신념은 인간적인 것이면서도 우리는 신을 신봉한다. 또 그것은 우리들의 힘의 소산이지만, 또한 우리들보다 힘센 것이다.   — F. 드쿠랑주

■ 사람들은 재주나 수단을 찾지만, 가장 중요한 재주와 수단이 신념이란 것을 모르고 있다. 신념이 강하면 그것으로 충분한 것이다.
    — 노먼 빈센트 필

■ 인간관계의 분야에 있어 신념이란 어떤 중요한 우의관계나 애정관계에 있어서 불가결한 특질이다. 남을 「신뢰한다는 것」은 자신의 기본적인 태도와, 자신의 인격의 핵심과, 자신의 사랑의 핵심에 대하여 성실과 불변성을 확인하고 있음을 의미한다.
    — 에리히 프롬

■ 의지의 억압 중에서 가장 큰 어려움은 아마 성(sex)에 관한 것일 것이다.   — 에리히 프롬

■ 고귀한 인류의 역사를 회고해 본다면, 신념은 그것이 경험에서 배운 것보다 훨씬 많은 것을 경험에 가르쳐 왔다는 것을 우리는 알게 될 것이다.   — 로버트 린드

■ 내가 비난을 받을까 두려워서 나와 가장 가깝고 또 친한 사람들이

수난을 당하고 있을 때, 공개적으로 나의 신념을 천명하지 않는다면 나는 진실하지 못하고 비겁한 사람이 되어버릴 것이다.

— 마하트마 간디

■ 난관에 부딪쳤을 때 우선 확신을 가지고 절대로 굴복하지 않는다는 신념으로 정면충돌하라. 이 신념이야말로 패배하지 않는 중요한 재질이다. — 윈스턴 처칠

■ 장래를 이룩하기 위해서는 용기가 필요하다. 노력을 해야 한다. 그러나 신념도 필요하다. — 피터 드러커

■ 내일의 성취에 대한 유일한 방해는 오늘의 의심입니다. 우리는 강하고 적극적인 신념을 가지고 전진합시다. — 프랭클린 루스벨트

■ 그럼에도 우리의 조상들이 이미 싸워 온 혁명적인 신념은 아직도 세계 도처에서 쟁점으로 남아 있습니다. 인간의 권리는 국가의 너그러움에서 비롯되는 것이 아니라 하느님이 주신 것이라는 믿음입니다. (대통령 취임사 중) — 존 F. 케네디

■ 신조(信條)라는 것은 우리들이 자신의 생활과 행동을 그 위에 쌓아 올리지 않는 한 아무런 값어치도 없다. — 데일 카네기

■ 우리들의 신념은 수의 무게에 압도되어 버리는 경우가 많다. 많은 사람의 반대에 부딪치면 우리들은 확실한 자기의 판단력을 가지고 있으면서도, 자신을 잃든가 아니면 자신감 부족에 떨어진다.

— 데일 카네기

■ 돈만이 재산이 아니다. 지식도 재산이다. 건강도 재산이다. 재능도 재산이다. 그리고 의지는 다른 어떤 재산보다도 훌륭한 재산이다.

누구든지 굳은 의지를 가지고 있으면 자기 마음대로 사용할 수 있기 때문이다. 쌓아 놓은 재물보다 굳은 의지에서 얻는 행복이 사람에게는 훨씬 크다.   ― 찰스 슈와브

▣ 잘되고 못되고, 죄를 범하고 안 범하고는 모두 그대 자신에게 달린 일이다. 다만 신은 길을 가리킬 뿐이다. 그 길을 향해서 가고 못 가고는 오직 그 사람의 의지에 달린 일이다. 뜻이 굳으면 죄악의 좁은 길을 벗어나 넓은 길로 나서게 된다. 뜻이 굳지 못하면 사람은 그 길을 잃는다.   ― 찰스 슈와브

▣ 신념을 그대의 밥으로 알라! 배고픈 것보다 신념을 잃었을 때의 인간이 가장 불쌍하다. 실패하고 낙오하는 사람들을 보면 대개 참을성이 부족하거나, 그렇지 않으면 종시일관한 신념을 갖지 못하고 이리저리 흔들렸던 것이다.   ― 중국의 명언

▣ 신념이 없는 위정자는 머리털을 깎인 삼손처럼 불쌍하다.
     ― 김동명

▣ 각 사람의 신념이 강하고 약한 것은 그 신념을 세우는 데 들인 노력이 많고 적음에 의해 다른 것이다.   ― 백낙준

▣ 참 믿음은 제 속에서 일어나는 것이지, 남에게서 가르침을 받아 얻는 것이 아니다.   ― 함석헌

▣ 나는 미국의 보수주의가 결코 단순한 기질의 집합이 아니고 프런티어를 성공적으로 개척해 나간 그들의 성과를 증거로써 다짐한 신념의 소산이라고 본다.   ― 이병주

▣ 자기가 확고한 소신을 가졌으면 그 소신을 위해서 생명을 버려 가

며 싸워도 좋을 일이다.   — 손우성

▣ 사람의 의지란 무섭게 외로운 것이란다.   — 김남조

▣ 사람이 사람답게 될 수 있는 힘은 오직 그 의지력에 있다. 깨진 물바가지로는 물을 뜰 수가 없다. 의지력이란 한 개의 물바가지에다 비유할 수 있다. 물을 온전히 뜨려면 물바가지가 튼튼해야 한다. 생활력이 없고 세상에 적응하지 못하는 사람의 대부분은 의지력이 약한 까닭이다. 늘 자기를 명령하고 자기를 통제해 나갈 때 운명은 절로 굴복될 것이다.   — 미상

【속담 · 격언】

▣ 빠른 바람에 굳센 풀을 안다. (굳은 의지와 절개는 어떤 시련을 겪고 난 후에야 더욱 뚜렷하게 나타난다)   — 한국

▣ 부처님이 파리하고 살찌기는 석수(石手)에게 달렸다. (일의 성과는 당사자의 의지 여하에 달려 있다)   — 한국

▣ 나귀는 샌님만 섬긴다. (보잘것없는 사람도 제가 지닌 신념은 지킨다)   — 한국

▣ 칠팔월 수수 잎. (신념이 약하여 번복하기 쉬운 사람)   — 한국

▣ 사람의 일념(一念)이 하늘로 통한다.   — 일본

▣ 일념(一念)은 이어가도 이념(二念)을 일으키지 말라. (한 가지 일을 시작하면 다른 생각은 하지 말라)   — 일본

▣ 신념은 산도 움직인다.   — 영국

▣ 사랑의 의지는 하늘을 움직인다.   — 영국

■ 모든 것에는 이 세 가지 것이 필요하다. 힘과 지혜와 의지.

— 노르웨이

■ 자신의 의지의 주인이 되고 자신의 양심의 노예가 돼라.

— 유태인

【시 · 문장】

이 몸이 죽고 죽어 일백 번 고쳐 죽어

백골(白骨)이 진토(塵土) 되어 넋이라도 있고 없고

임 향한 일편단심(一片丹心)이야 가실 줄이 있으랴.

— 정몽주

이 몸이 죽어 가서 무엇이 될꼬 하니

봉래산(蓬萊山) 제일봉에 낙락장송(落落長松) 되어 있어

백설(白雪)이 만건곤(滿乾坤)할 제 독야청청(獨也靑靑)하리라.

— 성삼문

낙락장송들아 너는 어이 홀로 서

바람 비 눈서리에 어이하여 푸르렀난

우리도 창천(蒼天)과 한빛이라 변할 줄이 있으랴.

— 무명씨

좌절과 고뇌에 싸인 안개 속에서

반짝거리는 불꽃에 볼 수 있는 사상(事象)의 광채가
어떻게 의지를 마비시키고 결의를 머뭇거리게 하고
인간의 허깨비를 무섭게 여기도록 하는 것일까
그것은 눈을 사로잡아 나를 가두는
수정처럼 투명한 세계의 책략(策略).

― G. 바커 / 배터씨 공원

눈 속에서는 생존본능이 모두 없어지고 마네. 이틀, 사흘, 나흘 동안을
걷고 나면 자고 싶은 생각밖에는 없단 말이야. 나도 그게 원이었어.
그러나 나는 나 자신에게 말했지. 내 아내가 만일 내가 살아 있는 줄
로 생각한다면 내가 걷고 있는 줄로 생각한다. 동료들도 내가 걷고 있
는 줄로 생각한다. 그들은 모두 나를 믿는다. 그러니 만약에 내가 걸
음을 걷지 않는다면 나는 망할 것이다.

― 생텍쥐페리 / 人間의 大地

【중국의 고사】

■ 채미가(采薇歌) : 고사리 캐는 노래라는 뜻으로, 절의지사(節義之
士)의 노래를 이르는 말. 백이(伯夷)와 숙제(叔齊) 두 형제가, 불의
로 천하를 얻은 무왕의 주(周)나라 곡식을 먹을 수 없다 하여, 수양
산에 숨어 고사리를 캐먹다가 굶어 죽었다는 이야기는 너무도 유
명하다. 《사기》 백이열전에서 사마천(司馬遷)은 이렇게 쓰고 있
다.

공자는 말하기를,「백이와 숙제는 지나간 잘못을 생각에 두지 않았다(不念舊惡). 그래서 사람들이 그들을 원망하는 일이 적었다」라고 하고, 또 말하기를,「어진 것을 바라고 어진 일을 했으니(求仁得仁) 무슨 원망이 있었겠는가.」라고 했다. 그러나 나는 백이 숙제가 겪은 일들을 슬퍼하고 있으며, 기록에 없이 전해 오고 있는 그의 시를 읽어 보고 공자가 한 말에 의심을 품지 않을 수 없다. 그들의 전기에 보면 이렇게 말했다.

백이와 숙제는 고죽(孤竹) 임금의 두 아들이었다. 아버지는 숙제에게 나라를 물려주려 했다. 아버지가 죽자, 숙제는 형인 백이에게 뒤를 이으라고 했다. 백이는 아버지의 명령이라면서 피해 숨어버렸다. 숙제도 임금 자리에 앉기가 달갑지 않아 피해 숨었다. 그래서 신하들은 가운데 아들로 임금을 세웠다. 그러자 백이와 숙제는 서백(西伯 : 뒷날의 文王)이 늙은이 대우를 잘한다는 말을 듣고 주나라로 갔다.

그런데 서백이 죽자, 그의 아들 무왕이 주(紂)를 쳤다. 두 형제는 무왕의 말고삐를 잡고 옳지 못하다는 것을 말했다. 좌우의 시신들이 그들을 죽이려고 했으나, 총대장인 태공(太公)이「이들은 의로운 사람이다.」하고 붙들어 돌려보냈다. 무왕이 주를 무찌르자, 온 천하가 주나라를 종주국으로 떠받들었다.

백이와 숙제는 반역과 살육으로 천하를 차지한 무왕의 지배 아래 사는 것이 부끄러운 생각이 들었다. 그래서 도의상 주나라의 곡식을 먹을 수 없다 하고, 수양산에 숨어 고사리를 캐먹었다. 그들이 굶주려 죽을 무렵 노래를 지었는데, 그 가사에 말하기를,「저 서산에 올라 고사리를 캐도다(登彼西山兮 采其薇矣). / 모진 것으로 모진 것을 바꾸고도(以暴易暴兮), / 그것이 잘못인 줄 모르도다(不知其非矣). / 신농의 소박함과 우.하의 사람이(神農虞夏) / 하루아침에 없어지고 말았으니(忽然沒兮), / 나는 어디로 돌아갈 거나(我安適歸矣)? / 아아, 슬프다. 이젠 가리라(于嗟徂兮), / 운명의 기박함이여(命之衰矣)!」라고 했다. 그리고 마침내 수양산에서 굶어 죽었다.

이 시로 미루어 볼 때 과연 원망이 없었다고 볼 수 있겠는가. 혹은 또 말하기를,「하늘은 항상 착한 사람의 편을 든다」고 한다. 그렇다면 백이 숙제는 과연 착한 사람일 수 있겠는가. 이상이 사마천의 백이 숙제에 대한 비평이다. 여기에는 사마천 자신의 세상에 대한 울분이 깃들어 있다.

우리나라에선 또 이런 시화(詩話)가 전해지고 있다. 성삼문(成三問)이 중국에 갔던 길에 백이 숙제의 무덤 앞에 찬양의 비문이 새겨진 비석에다 다음과 같은 시를 지어 불렀다.「대의는 당당히 해와 달처럼 밝아 / 말을 잡던 당년에 감히 잘못을 말했다. / 풀과 나무도 또한 주나라 비와 이슬을 먹고 자란다. / 당신들이 여전히 수양산 고사리를 / 먹은 것을 나는 부끄러워한다.」

그랬더니 비석에서 땀이 비 오듯 흘렀다는 것이다. 따지고 보면 곡식이나 고사리나 별 차이가 없는 물건이다. 형식에 불과한 공연한 좁은 생각이요, 위선이기도 하다. 그래서 백이 숙제의 영혼이 바로 죽지 못하고 고사리로 연명을 한 자신들의 소행이 너무도 안타까워 땀을 흘렸다는 이야기가 되었다.

사육신(死六臣)의 주동 인물인 성삼문이니만큼 가히 있음직한 이야기다. 그러나 청대(淸代)의 유명한 고증학자 고염무(顧炎武)의 고증에 의하면, 무왕이 주를 치러 갔을 때는 백이 숙제는 이미 죽고 세상에 없었다 한다. 결국 후세 사람들이 만들어 붙인 이야기에 불과하다고 주장했다. ─《사기》백이열전

■ **광인기여여하**(匡人其如予何) : 광 지방 사람들이 나를 어찌할 수 있겠는가? 운명에 대한 자신감이나 맡은 사명에 대한 떳떳한 신념을 표현할 때 쓰는 말이다. 《논어》 자한편에 다음과 같은 이야기가 나온다.

공자가 광이라는 지방을 지나가다가 봉변을 당한 적이 있었다. 전에 광 지방 사람들은 양호(陽虎)라는 관리로부터 가혹한 통치를 받은 적이 있는데, 우연찮게 공자가 그와 외모가 비슷했기 때문이었다. 원수를 자기 손으로 때려잡겠다며 광 지방 사람들은 공자를 찾아다녔다. 일이 이쯤 되자 공자의 제자들도 덜컥 겁이 났다. 힘으로 맞서 이길 수 있는 상대가 아니었기 때문이었다. 그러나 공자는 조용히 자세를 가다듬으며 제자들을 향해 말했다.

「걱정들 하지 마라. 문왕께서는 이미 세상을 떠나셨으니 문화의 핵심은 모두 나에게 있는 셈이다. 하늘이 이 문화를 장차 없애고자 했다면 미래에 죽을 사람들이 이 문화를 얻지 못하게 될 것이다.

하늘이 장차 이 문화를 없애지 않을 것이라면 저 광 사람들이 나를 어찌할 수 있겠느냐(子畏於匡 曰 文王旣沒 文不在玆乎 天之將喪斯文也 後死者 不得與於斯文也 天之未喪斯文也 匡人其如予何).」

이렇게 공자는 자신에게 주어진 역사적 임무에 대해서 무거운 책임감을 느끼며 살았다. 그가 「책임은 막중한데 갈 길은 멀기만 하구나(任重而道遠).」(《논어》 태백편)라며 탄식 아닌 탄식을 했던 심정도 이해할 수 있을 듯하다. 송(宋)나라의 환퇴(桓魋)로부터 생명의 위험을 느낄 때에도 「하늘이 내게 덕을 낳게 하셨거늘 환퇴가 나를 어떻게 하겠느냐?」(《논어》 술이편)라며 끝까지 진리에 대한 믿음을 버리지 않았던 공자의 꿋꿋한 자세가 새삼 이 시대에 그리워진다. ── 《논어》 자한편(子罕篇)

■ 중국 송(宋)나라의 정이천(程伊川)이라면 누구라도 아는 유명한 학자요 현인이었다. 하루는 정이천이 몇 명의 동반자와 같이 배를 타고 강을 건너가게 되었는데, 현순백결(懸鶉百結)의 납의(衲衣)를 입은 걸승(乞僧) 한 사람이 같은 배를 타게 되었다. 배가 중류에 이르자 홀연히 풍파가 대작(大作)하여 배가 능히 진퇴를 못하고 방향 없이 표류하여 거의 복선(覆船) 지경이 된지라, 동선한 사람이 다 경겁 황망하여 거의 의식을 잃고 포복전도(匍匐顚倒)하며 사공까지도 당황실조하였다.

정이천은 물론 상당히 수양이 있는지라 타인과 같이 경겁망조하지는 아니하나 다소의 공포를 느껴서 궤슬단좌(跪膝端坐)의 의범

(儀範)을 지키지 못하였다. 그런데 동선한 걸승은 그러한 풍랑으로 복선의 위경에 이름에도 불구하고 돈연 무관심의 태도로 발랑(鉢囊)에 의지하여 가수(假睡)하고 있는지라, 아무라도 그의 초인적 행동을 볼 때에 이상한 느낌을 가지지 아니할 수가 없었다. 하물며 모든 것이 비범한 정이천으로서는 그 행동을 범연히 간과치 아니하여 내심으로 많은 억측을 하여서 그는 지인(至人)이 아니면 천치(天痴)라고 추상하였다.

그리하다가 다행히 그 배가 피풍랑으로 전도 위구에 제회(際會)하여 거의 무감각이라고 할 만큼 태연자약하여 가수에 취하던 이유를 물었다. 그 걸승은 미소하면서 말하되,「아무 이상한 것이 없느니, 나는 배를 타고 올 때에 처음부터 강물을 보지 못하고 또한 배를 보지 못하였노라. 강물과 배를 보지 못하였거니 어찌 풍랑을 보았으리요. 강물과 배와 풍랑을 보지 못하였으므로 나의 생사를 잊었노라. 생사를 잊었거니 무슨 위구의 관심이 있으리오. 태연자약하여 가수에 취함이 또한 마땅치 아니하리오.」하였다. 정이천은 그 말을 듣고 스스로 반성한 바 있었다 한다.

— 한용운 / 禪과 人生

【成句】

▣ 백절불굴(百折不屈) : 아무리 꺾어도 굽히지 않는다는 뜻으로, 절조(節操), 신념이 강함의 비유.

▣ 용장약졸(勇將弱卒) : 용감하고 강한 대장의 부하에게는 약하고 비

겁한 병사는 없다. 즉 지도자의 용기나 신념이 그 집단·조직의 힘을 크게 좌우한다는 의미. / 소식 《연공벽제사(連公壁題詞)》

■ 도모시용(道謀是用) : 길옆에 집을 짓는데, 길 가는 사람과 어떻게 짓는 것이 좋은가 상의하면 그들의 생각이 구구하여 일치되지 않아 집을 지을 수 없다는 뜻으로, 일정한 주견이 없이 타인의 말만 좇아서는 성사(成事)할 수 없음을 비유한 말. /《시경》소아.

■ 강류석부전(江流石不轉) : 흐르는 물속에서도 돌은 움직이지 않는다는 말로, 유행이나 대세에 좀체 휩쓸리지 않는다는 뜻.

■ 불부요(不膚撓) : 타인으로부터 비록 내 몸을 칼로 찔릴망정 그 때문에 조금도 굴하여 흔들리지 않음을 이름. /《맹자》공손추.

용기 courage 勇氣

【어록】

■ 자애심이 두텁기 때문에 자연히 용기가 생기는 것이다(慈故能勇 : 자비라고 하면 항상 부드럽고 온유한 것으로 생각되나 가장 온유한 자비에서 가장 큰 용기가 나오는 것이다). —《노자》 제67장

■ 용기의 감행은 곧 죽음이요, 용기의 절제는 곧 삶이다(勇於敢則殺 勇於不敢則活 : 용기에는 두 종류가 있다. 그 하나는 감(敢), 즉 어떠한 곤란이 있어도 과감하게 해낸다는 용기. 다른 하나는 불감(不敢), 즉 어떠한 일이 있어도 절대로 하지 않는다는 용기다. 감(敢)의 용기는 잘못하면 사람을 죽이고 자기도 죽이게 된다. 불감(不敢)의 용기는 사람을 살리고 또 자기도 살린다. 보다 귀중한 것은 불감의 용기다}. —《노자》 제73장

■ 지혜로운 이는 미혹되지 않고, 어진 이는 근심하지 않으며, 용기 있는 이는 두려워하지 않는다(知者不惑 仁者不憂 勇者不懼). —《논어》 자한

■ 어진 사람에게는 반드시 용기가 있지만, 용기 있는 사람에게 반드시 어짊이 있는 것은 아니다(仁者必有勇 勇者不必有仁).

— 《논어》 헌문

■ 용기만 있고 의가 없으면 세상을 어지럽히게 된다(有勇而無義爲亂).

— 《논어》 양화

■ 의(義)를 보고도 행하지 않는 것은 용기가 없는 것이다(見義不爲無勇也).

— 《논어》 위정

■ 죽음을 삶과 같이 보는 자는 열사(烈士)의 용기다. 궁(窮)에 처해도 목숨 있음을 알고, 통하는 때가 있음을 알고, 대난(大難)에 임해도 무서워하지 않는 것은 성인의 용기다(곤경에 처해도 천명이라 생각하고, 그것을 벗어나는 데에도 때가 있다고 침착한 것이 참된 용기다).

— 《장자》

■ 용기에도 큰 용기와 작은 용기의 구별이 있다.　　— 《맹자》

■ 이기겠다고 마음먹은 자가 이긴다(兵戰其心者勝 : 필승의 용맹심이 가슴에 용솟음칠 때 비로소 그 싸움에 이기는 것이다).

— 《한비자》

■ 한 명의 비장한 전사는 열 명의 적에 대항할 수 있다(一人奮死 可以對十).

— 《한비자》

■ 죽음을 가벼이 하고 날뛰는 것은 소인의 용기다. 죽음을 소중히 여기고 의로써 마음을 늦추지 않는 것은 군자의 용기다.

— 《순자》

■ 어지러움은 다스림에서 생겨나고, 비겁은 용기에서 생겨나며, 약함

은 강함에서 생겨난다(亂生於治 怯生於勇 弱生於强). —《손자》

■ 싸움에 진 장수는 용기를 말하지 않는다(敗軍之將 不可以言勇).
　　　　　　　　　　　　　　　—《사기》회음후열전(淮陰侯列傳)

■ 죽음을 가벼이 함으로써 예(禮)를 행하는 것을 용(勇)이라 한다.
폭(暴)을 무찌르고 강(强)을 피하는 것을 역(力)이라 한다.
　　　　　　　　　　　　　　　　　—《한시외전(韓詩外傳)》

■ 난(難)을 극복하는 데 용기로써 하고, 난(亂)을 다스리는 데 지(智)
로써 한다.　　　　　　　　　　　　　　　　—《전국책》

■ 가난하고 천할 때는 가난하고 천한 그대로, 고난을 당할 때는 고난
그대로 행하면 근심이 없다. 허세부리는 사람이 용기가 있거나, 용
기 있는 사람이 허세부리는 일은 드물다는 것을 알아야 한다.
　　　　　　　　　　　　　　　　　　　　　　—《중용》

■ 떨쳐 일어나야 할 때 일어나지 않고, 젊음만 믿고 힘쓰지 아니하고,
나태하며 마음이 약해 인형처럼 비굴하면 그는 언제나 어둠 속을
헤매리라.　　　　　　　　　　　　　　　　—《법구경》

■ 나는, 늘씬한 다리로 멋있게 걸으며 코밑을 깨끗이 다듬고 머리털
의 결을 자랑하는 그런 위인은 질색이다. 자그마하고 다리는 구부
러졌더라도 두 발로 꿋꿋이 걸어가는 용기 있는 사내가 좋다.
　　　　　　　　　　　　　　　　　　　— 아르킬로코스

■ 노여움은 가끔 도덕과 용기의 무기가 된다.　 — 아리스토텔레스

■ 겁쟁이는 용감한 사람을 망나니라고 하고 망나니는 용감한 사람을
겁쟁이라고 한다.　　　　　　　　　　　　— 아리스토텔레스

■ 때때로 용기는 정복자의 마음마저 움직인다.   — 베르길리우스

■ 행운의 신은 용감한 자에게 호의를 보인다.   — 테렌티우스

■ 필요에 몰리면 겁쟁이도 용감해진다.   — 살루스티우스

■ 운명은 우리에게서 부귀를 빼앗을 수 있어도 용기는 빼앗을 수 없
다.   — L. A. 세네카

■ 금(金)은 불에 의해서 시험되고, 용기 있는 자는 역경에 의해서 시
험된다.   — L. A. 세네카

■ 용기란 다른 사람들 같으면 전율을 느끼는 것을 억제시키는 일이
다.   — L. A. 세네카

■ 용기는 사람을 번영으로 이끌고, 공포는 사람을 죽음으로 이끈다.
— L. A. 세네카

■ 때로는 살아있는 것조차도 용기가 될 때가 있다.
— L. A. 세네카

■ 용기는 극복함으로써 증대하고, 공포는 주저함으로써 길어진다.
— 푸블릴리우스 시루스

■ 재산에 기대는 것보다 용기를 믿는 것이 좋다.
— 푸블릴리우스 시루스

■ 어차피 죽어야 한다면 용감히 운명에 따라야 한다. — 타키투스

■ 용기가 있는 곳에 희망이 있다.   — 타키투스

■ 불행의 공포만으로 많은 자들은 가장 큰 위험 속에 투신하였다. 실
로 용감한 자는 자기가 위험에 맞부딪칠 때에 언제든지 당해 낼 각
오이며, 가능하면 그것을 피할 줄 아는 자이다.

─ 마르쿠스 루카누스

▣ 견고한 도읍은 돌담이 아니라 용기로 방비되어야 한다.

─ 《플루타르크 영웅전》

▣ 전 세계가 공정하다면 용기가 필요 없다.

─ 《플루타르크 영웅전》

▣ 미덕 중에서 가장 강력하고 고매하며 훌륭한 것은 용기다.

─ 몽테뉴

▣ 용기 있는 고백은 힐책의 칼날을 무디게 하고, 모욕의 총구(銃口)를 비켜나게 한다. ─ 몽테뉴

▣ 현명하고 용감한 사람은 자신의 행운의 건축가이다. ─ T. 타소

▣ 참된 용기는 극단적으로 약한 마음과 저돌성의 중간에 있다.

─ 세르반테스

▣ 용기 있는 사람은 모두 약속을 지키는 인간이다.

─ 피에르 코르네유

▣ 만인이 모두 생명을 귀히 여긴다. 그러나 용자(勇者)는 생명보다 명예를 중히 여긴다. ─ 셰익스피어

▣ 겁쟁이는 여러 번 죽지만, 용감한 자는 단 한 번 죽음을 맛본다.

─ 셰익스피어

▣ 돈을 잃는 것은 가벼운 손실, 명예를 잃는 것은 중대한 손실, 용기를 잃는 것은 보상받을 수 없는 손실이다. ─ 괴테

▣ 비겁한 자는 잔인하지만, 용자(勇者)는 자비(慈悲)를 사랑하고 구조를 기뻐한다. ─ 괴테

■ 대담한 인간을 적절하게 쓰는 것은, 그를 두목으로서 지휘하는 것이 아니고 부하로서 다른 지휘를 받도록 하는 데 있다.

　　　　　　　　　　　　　　　　　― 프랜시스 베이컨

■ 이탈리아인의 용기는 분노의 발작이고, 독일인의 용기는 일순의 도취이고, 스페인인의 용기는 자존심의 표현이다.　　― 스탕달

■ 위기에 맞서 보지 못한 사람은 자신의 용기를 장담할 수 없다.

　　　　　　　　　　　　　　　　　― 라로슈푸코

■ 진정한 용기란 자기가 모든 세상 사람들 앞에서 행할 수 있는 것을 아무도 안 보는 데서 하는 것이다.　　　　― 라로슈푸코

■ 행운을 지속하기 위해서는 액운을 견디어 가는 이상의 큰 용기가 필요하다.　　　　　　　　　　　　― 라로슈푸코

■ 우리가 희망하고 존중하는 용기는, 보기 흉하지 않은 죽음을 맞이하는 그런 용기가 아니고 씩씩하게 살아가는 용기이다.

　　　　　　　　　　　　　　　　　― 토머스 칼라일

■ 사려(思慮) 분별은 최상의 용기다.　　　　　　― 존 플레처

■ 우리들이 선택해야 할 길은 용감한 저항뿐이며, 그렇지 않으면 가장 비천한 굴종밖에 없다.　　　　　　― 조지 워싱턴

■ 좋은 선장은, 육지에 앉아서 될 수가 있는 것이 아니다. 바다에 나가서 무서운 폭풍을 만난 경험이 유능한 선장을 만든다. 격전의 들판에 나서야만 전쟁의 힘을 이해할 수 있다. 사람의 참된 용기는 인생의 가장 곤란한, 또는 가장 위험한 위치에 섰을 때 비로소 나타난다.　　　　　　　　　　　　　　　― 새뮤얼 다니엘

▣ 신은 용감한 자를 돕는다.   ― 프리드리히 실러

▣ 용감한 사나이는 자기 자신의 일은 최후에 생각한다.

                       ― 프리드리히 실러

▣ 희망은 강한 용기이며 새로운 의지다.   ― 마르틴 루터

▣ 용기―공격하는 용기는 최선의 살육자다. 죽음조차도 살육한다.

                       ― 프리드리히 니체

▣ 용기의 다음가는 훌륭한 일은 자신의 비겁함을 고백하는 일이다.

                       ― 엘베시우스

▣ 세계 인류의 경애탄상(敬愛嘆賞)을 받을 자격이 있는 사람은 용기 있는 인물이다. 악마를 대면해서 그대는 악마다, 라고 갈파할 수 있는 인물이다.   ― 윌리엄 글래드스턴

▣ 용기는 남자의 덕에 적합하며, 자선은 여자의 덕에 적합하다.

                       ― 쇼펜하우어

▣ 무서움을 알고, 그런데도 그것을 무서워 않는 자만이 참다운 대용자(大勇者)이다.   ― 아서 웰링턴

▣ 여보게, 자네 용기란 것은 살아 있는 물건이야. 한 개의 조직체거든. 그렇기 때문에 총포를 손질하는 것과 마찬가지 이치로 용기도 손질을 해주어야 하네.   ― 앙드레 말로

▣ 용기는 역경에 있어서의 빛이다.   ― 보브나르그

▣ 용기의 최고 단계는 위험에 처했을 때의 대담성이다.

                       ― 보브나르그

▣ 큰 위기에 큰 용기를 알게 된다.   ― 쥘 르나르

▣ 권리를 용감하게 주장하는 자가 권리를 갖는다.

— 존 로널드 로얼

▣ 나는 부에나 비스터(1849년 멕시코 전쟁 때 격전지의 하나)의 전
선에서 반시간을 버틴 용사들의 용기보다도 제설 기관차를 겨울의
막사로 삼고 사는 사람들의 꾸준하고도 쾌활한 용기에 더 감동을
받는다. 그들은 나폴레옹 보나파르트가 가장 드문 용기라고 생각
했던 새벽 세 시의 용기를 가졌을 뿐 아니라, 그들의 용기는 그렇
게 일찍 눕는 용기도 아니며, 그들은 눈보라에 잠들거나 철마의 근
육이 얼어붙을 때만 잠자리에 눕는다. — 헨리 소로

▣ 용감한 사람이 있는 곳에 가장 치열한 전투가 있고 명예를 지킨
자리가 있다. — 헨리 소로

▣ 도주하는 것이 무서웠던 겁쟁이들을 사람들은 용감한 자로 여겼다.

— T. 풀러

▣ 용감한 행위는 결코 승리를 바라지 않는다. — T. 풀러

▣ 마음 약한 자는 죽음을 무서워하지만, 용기 있는 자는 촛불이 탄
찌꺼기가 되어 살면서 얻는 것보다도 사라지는 편이 낫다고 생각
한다. — 월터 롤리

▣ 내게 가장 필요한 것은, 내가 할 수 있는 일을 하게시리 용기를 불
어넣어 주는 바로 그것이다. — 랠프 에머슨

▣ 용기에는 여러 가지가 있다. 호랑이의 용기가 있고, 말의 용기가
있다. — 랠프 에머슨

▣ 지식과 용기는 위대한 일을 성취한다. 이 두 가지가 인간을 영원한

존재로 만든다.　　　　　　　　　　　　　— 랠프 에머슨

■ 지식은 면학하는 자에게, 부유함은 조심성 있는 자에게, 권력은 용감한 자에게, 하늘나라는 덕행이 있는 자에게 있다.
　　　　　　　　　　　　　　　　　　　— 벤저민 프랭클린

■ 타인의 불행을 함께 짊어지기 위하여 사람들은 누구나 용기를 가지고 있으며, 그것은 불행한 자에게 나누어줄 수 있을 만큼 충분하다.　　　　　　　　　　　　　　　　　— 벤저민 프랭클린

■ 용맹은 혈기에서 나오고, 용기는 사유(思惟)에서 우러나온다.
　　　　　　　　　　　　　　　　　　　— 나폴레옹 1세

■ 죽는 것보다도 괴로워하는 편이 오히려 용기를 필요로 한다.
　　　　　　　　　　　　　　　　　　　— 나폴레옹 1세

■ 진짜의 적으로부터는 한없이 많은 용기가 너에게로 흘러 들어온다.
　　　　　　　　　　　　　　　　　　　— 프란츠 카프카

■ 인생이 죽음보다 무서운 곳에서는 적어도 산다는 것이 참되고, 제일 큰 용기이다.　　　　　　　　　　　　　　— 로버트 브라운

■ 마냥 슬픔에 잠긴다는 것은 위험한 짓이다. 용기를 앗아갈 뿐더러 회복하려는 의욕마저 잃게 하기 때문이다.　　— 헨리 F. 아미엘

■ 행복은 신과 함께 있는 것, 거기에 미치는 힘은 혼의 울림인 용기이다.　　　　　　　　　　　　　　　　　　— 야코프 그림

■ 만약 우리들이 인류가 한층 좋은 미래에 접근할 수 있도록 진심으로 바란다면, 그 제일의 조건은 용기를 갖는 것이다.
　　　　　　　　　　　　　　　　　　　— 프리드쇼프 난센

■ 신은 용기 있는 자를 결코 버리지 않는다.   ― 헬렌 켈러

■ 용감한 사람은 죽음을 당할 뿐만 아니라 또한 죽음에 대한 보다 훌륭한 기회를 갖게 된다.   ― 존 스타인벡

■ 뒤쫓는 자가 있으면 사자 같은 용기가 생기는 법이다.
        ― 미구엘 아스투리아스

■ 가장 믿을 만한 쓸모 있는 용기란 직면한 위험을 올바르게 인식하는 데서 일어난다. 그러므로 조금도 겁을 모르는 사람은 겁쟁이보다 더욱 위험한 자이다.   ― 허먼 멜빌

■ 용기는 모든 미덕 중에서도 가장 흔하고 일반적인 것이다.
        ― 허먼 멜빌

■ 용기란 공포에 대한 저항이고 공포의 정복이지, 공포의 결여는 아니다.   ― 마크 트웨인

■ 걱정에 대한 가장 좋은 대책은 인내와 용기다.   ― 카를 힐티

■ 때로 용기의 시련은 죽는 것이 아니고 사는 것이다.
        ― 아베 피에르

■ 죽으려고 하는 것보다 살려고 하는 편이 대개는 훨씬 용기를 필요로 하는 시련인 것이다.   ― 아베 피에르

■ 자기의 운명을 짊어질 수 있는 용기를 가진 자만이 영웅이다.
        ― 헤르만 헤세

■ 인생의 오욕(汚辱)에 대항하는 최선의 무기로서는, 용기와 제 멋과 인내입니다. 용기는 강하게 하고, 제 멋은 농담을 지껄이게 하고, 인내는 차분함을 부여합니다.   ― 헤르만 헤세

▣ 용기와 양심의 문제는 이 나라의 모든 관리, 공인—지위 고하를 막
론하고—에게 걸려 있는 문제이다.   — 존 F. 케네디

▣ 용기의 의미는 정치적 동기와 마찬가지로 때때로 오해를 받는다.
     — 존 F. 케네디

▣ 용기에 대한 가장 큰 시련은 비통에 빠지지 않고 패배를 견뎌내는
일이다.   — 잉거솔

▣ 죽기를 무서워하느니 차라리 죽겠다. (1963년 암살당한 케네디 전
대통령 장례식장에 안전 상 영구를 따라 걷지 말고 차편을 이용하
라는 경호원의 말에)   — 린든 B. 존슨

▣ 돌이킬 수 없는 일이라면 받아들이는 잔잔한 마음과, 바꿔야 하는
일이라면 바꾸는 용기와, 분간을 할 줄 아는 지혜를 주시옵소서.
     — 라인홀드 니버

▣ 마지막으로 그러나 결코 무시할 수 없는 것이 용기입니다—그것은
도덕적인 용기, 확신을 갖는 용기, 꿰뚫어 보는 용기입니다. 세상
은 항상 용기 있는 자를 모함하려고 하고 있습니다. 그러나 군중의
고함에 맞서는 양심의 목소리가 있는 것입니다. 그것은 역사만큼
오랜 싸움입니다. (84회이자 마지막 생일날에 있었던 발표문 중에
서)   — 더글러스 맥아더

▣ 용기란 행하기 두려운 일을 하는 것을 말한다. 겁에 질리지 않는
한 용기라는 것도 없다.   — 에디 리켄바커

▣ 진정한 용기는 평화를 위하여 활동하는 데 있다.
     — 요한 바오로 2세

■ 두려움이 아니라 두려움의 극복이 칭찬받을 만한 일이고, 인생을 산 보람이 있게 해주는 것이다. 어떤 재주나, 더군다나 영감 같은 것이 아닌 용기야말로 겨자씨 같아도 성장해서 거목이 된다. 용기가 있으면 있을수록 그만큼 삶과 죽음이 연관성을 갖는다. 그러나 남이 용기가 없다는 것을 간파하였다고 해서 자신에게 용기가 생기는 것은 아니다.　　　　　　　　　　　　　　— 비트겐슈타인

■ 용기라는 것은 항상 독창적인 것이다.　　　　　　— 비트겐슈타인

■ 신념을 가지는 데는 용기가 필요하다. 이 용기란 위험을 감수할 수 있는 능력이요, 고통과 실망까지를 받아들일 수 있는 준비를 말한다.　　　　　　　　　　　　　　　　　　　　— 에리히 프롬

■ 용기란 자진해서 복종하든가, 고뇌를 참고 견디어 가는 일이지 결코 권력에 반대하여 개성을 극단적으로 주장하는 일은 아니다.

　　　　　　　　　　　　　　　　　　　　　— 에리히 프롬

■ 어느 일본인 친구가,「대나무는 번영을, 소나무는 장수를, 매화는 용기를」상징한다고 설명을 한다.「매화가 왜 용기인가요?」용기를 가시나무 거목에 느끼면서 나는 반문했다.「매화가 용기인 것은 당연하죠. 눈이 아직 땅에 깔려 있는데 꽃을 피웁니다.」

　　　　　　　　　　　　　　　　　　— R. M. 란드버그

■ 나에게 사랑할 수 있는 최상의 용기를 주소서. 이것이 나의 기도입니다. 말할 수 있는 용기, 행동할 수 있는 용기, 당신의 뜻을 따라 고난을 감수할 수 있는 용기, 일체의 모든 것을 버리고 홀로 남을 수 있는 용기를 주옵소서.　　　　　　　　　　— 마하트마 간디

▣ 용기야말로 모든 근대 철학자의 미덕 가운데서도 가장 구하기 힘
든 것이 아닐까?   ― 임어당

▣ 용기 있는 그만큼밖에 기쁨은 더 오지 않는 것이다.
                                                 ― 방정환

▣ 언제나 국민의 용기는 그 국가의 부강에 정비례하는 것이 아닙니
까?   ― 유치환

▣ 세상에는 갖가지 용기가 있지만 나는 고립과 고독을 이겨내는 용
기야말로 참으로 어렵고 소중한 것이라고 생각한다. 말하자면 정
신적인 용기이다. 이에 반하여 가장 쉽고 쓸모없는 용기는 물리적
인 용기라고 생각한다.   ― 이건호

▣ 남을 때려눕히는 힘만이 용기가 아니다. 자신의 치부를 들춰내는
것도 충분한 용기가 있어야 되는 일이다.   ― 차범석

▣ 용기엔 두 얼굴이 있다고 말하리라. 하나는 서슴없이 부딪쳐 깨어
지는 일이요, 다른 하나는 인욕(忍辱) 가운데의 긴 묵상이다.
                                                 ― 김남조

▣ 저와 함께 계셔 주십시오. 하느님, 밤은 어둡고 밤은 냉정합니다.
내 조그만 용기의 불꽃도 사라졌습니다. 밤은 기나기니, 하느님,
저와 함께 계시어 저를 강하게 만들어 주십시오.   ― 미상

【속담 · 격언】

▣ 덜미에 사자 밥을 짊어졌다. (목숨을 내걸고 위험한 일을 한다)
                                                 ― 한국

■ 첫째는 배짱, 둘째는 돈, 셋째는 남자 생김새.　　　　　— 일본

■ 용기를 내어 배를 타지 않는 사람은 결코 바다를 건너지 못한다.
　　　　　　　　　　　　　　　　　　　　　　— 인도네시아

■ 행운은 용감한 자의 편을 든다. (Fortune favours the brave.)
　　　　　　　　　　　　　　　　　　　　　　　　— 영국

■ 마음 약한 자 미인을 차지한 일 없다. (Faint heart never won
　 fair lady.)　　　　　　　　　　　　　　　　　　— 영국

■ 용기는 불운을 부숴 버린다.　　　　　　　　　　　　— 영국

■ 용감한 자가 아니고는 미녀를 차지할 수 없다. (None but the
　 brave deserve the fair.)　　　　　　　　　　　　　— 영국

■ 용기는 가끔 공포에 의하여 생긴다.　　　　　　　　　— 영국

■ 모험을 무릅쓰지 않고는 손에 넣는 것이 없다. (Nothing venture,
　 nothing have.)　　　　　　　　　　　　　　　　　— 영국

■ 신중함은 용기의 태반이다. (Discretion is the better part of
　 valour. : 만용을 경계)　　　　　　　　　　　　　　— 영국

■ 용감한 퇴각은 용감한 공훈이다.　　　　　　　　　　— 영국

■ 용기야말로 남자도 여자도 아름답게 보이도록 만든다.　— 영국

■ 절망은 비겁한 자에게 용기를 가져다준다.　　　　　　— 영국

■ 제 집 문 앞에서는 개도 용감하다.　　　　　　　　　— 영국

■ 항상 공포에 떠는 것보다도 오히려 위험에 부딪치는 것이 낫다.
　　　　　　　　　　　　　　　　　　　　　　　　— 영국

■ 돈이 있으면 용기를 잃는다.　　　　　　　　　　　　— 독일

- ■ 처음은 모두 어렵지만, 시작하지 않으면 끝도 없다.　　— 독일
- ■ 사업을 완수하는 것은 용기이지 시간이 아니다.　　　— 프랑스
- ■ 허세 부리는 자가 용기 있는 자이거나, 용기 있는 자가 허세 부리
  는 일은 드문 일이다.　　　　　　　　　　　　— 스웨덴
- ■ 검이 짧으면 한 발짝 내디뎌서 앞을 찌르라.　　　　— 헝가리
- ■ 젖어 있는 자는 비를 두려워하지 않고, 벌거벗은 자는 도둑을 두려
  워하지 않는다.　　　　　　　　　　　　　　— 러시아
- ■ 돈이 떨어졌을 때는 인생의 반을 잃는 것이다. 용기가 떨어졌을 때
  는 인생의 전부를 잃는 것이다.　　　　　　　　— 유태인

【시】

청년의 가장 고귀한 사명은 이것입니다!
세계는 내가 창조하기 전까지는 존재하지 않았습니다.
태양은 내가 바다에서 끌어 올렸습니다.
달이 차고 기우는 것도 내가 시작했으며,
낮은 내가 걸어가는 길을 단장하고,
대지는 나를 맞이하여 푸른빛을 띠고 꽃을 피웁니다.
나의 눈짓으로 그 첫날밤에
모든 별이 하늘 가득히 빛나기 시작했습니다.
세속적인 옹졸한 사상의 굴레에서
내가 아니면 누가 당신들을 해방시키겠습니까?
한편 나 자신은 자유로이 내 정신의 소리에 귀 기울여

즐거이 내면의 빛을 추구합니다.

그리고 더없는 환희에 잠기면서,

광명을 가슴에 안고, 어둠을 등지고, 거침없이 나아가는 것입니다.

— 괴테 / 파우스트

오오 주여, 내게 힘과 용기를 주소서,

내 살과 내 마음을 혐오의 생각 없이 보기 위하여.

— 보들레르 / 惡의 꽃

【중국의 고사】

■ **당랑지부**(螳螂之斧) :「당랑(螳螂)」은 버마재비, 혹은 사마귀라고 하는 곤충이다. 「부(斧)」는 도끼로, 버마재비의 칼날처럼 넓적한 앞다리를 말한다. 당랑지부, 즉 버마재비의 도끼란 말은, 강적 앞에 분수없이 날뜀을 비유하는 말이다. 구체적인 뜻으로는「당랑거철(螳螂拒轍)」이란 말이 더 많이 쓰인다. 당랑이 수레바퀴 앞을 가로막는다는 말이다. 사실 버마재비는 피할 줄을 모르는 어리석다면 어리석고 용감하다면 용감한 그런 성질의 곤충이다. 《회남자》 인간훈편에 이런 이야기가 있다.

　제(齊)나라 장공(莊公)이 사냥을 나갔을 때, 벌레 하나가 장공이 타고 가는 수레바퀴를 발을 들어 치려했다. 장공은 수레를 모는 사람에게 물었다.

　「저게 무슨 벌레인가?」

「저놈이 이른바 당랑이란 놈입니다. 저놈은 원래 앞으로 나아갈 줄만 알고 뒤로 물러날 줄을 모르며, 제 힘도 헤아리지 않고 상대를 업신여기는 놈입니다.」

「그래, 그놈이 만일 사람이라면 반드시 천하의 용사가 될 것이다.」 하며 장공은 수레를 돌려 당랑을 피해 갔다는 것이다.

여기에는 당랑의 도끼란 말은 나오지 않는다. 그러나 발을 들어 그 수레바퀴를 치려했으니, 그 발이 곧 도끼 구실을 하고 있었음을 알 수 있고, 또 이른바 당랑이라고 했으니 벌써 당시부터 당랑의 성질에 대한 이야기와 당랑의 도끼란 말 등이 쓰이고 있었음을 알 수 있다. 다음에 《문선》에 실려 있는 진림(陳琳)의 원소(袁紹)를 위한 예주(豫州) 격문에는 「당랑지부」란 말이 씌어 있다.

「……그렇게 되면 조조의 군사는 겁을 먹고 도망쳐 마침내는 오창을 본거지로 하여 황하로 앞을 막고, 당랑의 도끼로 큰 수레가 가는 길을 막으려 할 것이다.」

여기에서 우리는 자기 힘을 헤아리지 않고 강한 적과 맞서 싸우려는 것을 비유해서 「당랑지부」라고 한 것을 볼 수 있다.

또 《장자》 인간세편(人間世篇)에는, 「그대는 당랑을 알지 못하는가. 그 팔을 높이 들어 수레바퀴를 막으려 한다. 그것이 감당할 수 없는 것임을 모르기 때문이다.」

《장자》 천지편(天地篇)에도 똑같은 대목이 나오는데, 여기서 「당랑거철」이란 말이 생겨난 것 같다. 아무튼 타고난 성질은 고치기 어렵다는 것을 당랑을 통해 우리는 배울 수 있을 것 같다. 뻔히 안

될 줄 알면서 사나이의 의기를 앞세우는 어리석음을 어쩌지 못하는 것이 인간이니까 말이다. ―《회남자》인간훈편(人間訓篇)

■ **필부지용**(匹夫之勇) : 지략도 없이 혈기만 믿고 내보이는 용기를 이르는 말이다. 양혜왕(梁惠王)이 맹자에게 물었다.

「선생, 이웃나라와의 국교는 어떻게 해야 한다고 생각하십니까?」

맹자가 제국 유세를 시작한 후 맨 먼저 양(梁)나라를 찾아갔을 때의 일이다. 때는 전국시대, 약육강식의 세상이라 조금이라도 빈틈을 보이면 타국에게 침공을 당하고 만다. 그래서 혜왕은 이 고명한 학자의 의견을 구했던 것이다.

「대국은 소국을 섬긴다는 기분으로, 겸허한 태도로 사귀지 않으면 안됩니다. 이것은 인자(仁者)로서 비로소 가능한 극히 어려운 일이나, 은(殷)의 탕왕(湯王)이나 주(周)의 문왕(文王)은 그것을 해냈습니다. 또 소국은 대국을 섬기지 않으면 안됩니다. 이것도 쉬운 일이 아니어서 지자(智者)라야 비로소 가능한 일입니다. 그러나 문왕의 조부 대왕은 그것을 실행했기에 주(周)가 뒷날 대국이 될 수 있었던 것입니다. 또 월왕 구천은 최후에 숙적인 오(吳)나라에 승리를 얻을 수가 있었던 것입니다. 소가 대를 섬긴다는 것은 하늘의 도리로서 당연한 일입니다. 그것을 인식하면서 대국의 입장으로서 소국을 섬긴다는 것은 『하늘을 즐긴다』고도 할 수 있겠습니다. 또 이 하늘의 도리에 거스르지 않도록 대국을 섬기는 소국은 『하늘을 두려워하는』것입니다. 하늘을 즐기는 자는 천하를 보전할 수가 있고, 하늘을 두려워하는 자는 나라를 보전할 수가 있습니다. 그래서 《시경(詩經)》에도, 『하늘의 위세를 두려워하여, 여기 이것을 보지한다.』라는 말이 있는 것입니다.」

「정말 훌륭한 말씀입니다!」

혜왕은 맹자의 대답을 듣고 자신도 모르게 외쳤다. 도리로서는 참으로 훌륭하다. 하나 내 자신의 일로서 생각하면, 그래서는 어떤 나라에 대해서도 섬기고만 있어야 한다. 혜왕으로서는 그것이 너무나도 체면이 서지 않는 일이라 느껴져 도저히 참을 수가 없을 것 같은 생각이 들었다.

「훌륭한 말씀임에는 틀림없으나」하고 혜왕은 말을 계속했다. 「저로서는 좋지 않은 일인지는 모르지만 용(勇)을 좋아하는 성질이 있어서…….」

맹자는 대답했다. 「왕이시여, 소용(小勇)을 좋아해서는 안됩니다. 검(劍)을 어루만지며 눈을 부릅뜨고 네놈 같은 것은 나의 적이 될 수 없다, 라고 하는 것 등은 『필부의 용기(匹夫之勇)』로서 기껏해야 한 인간을 상대하는 것밖에는 되지 않습니다. 왕이시여, 부디 좀 더 커다란 용기를 갖도록 하십시오.」

이것은 《맹자》양혜왕 하에 있는 대화다.

또 《사기》회음후열전에도 한신이 항우를 평해, 「항왕(項王)이 대성질타(大聲叱咤)하면 천인(千人)이 다 겁을 먹고 주저앉아 버립니다. 그러나 그로선 현장(賢將)에게 맡겨버리지를 못합니다. 결

국 이것은 『필부의 용기(匹夫之勇)』에 지나지 않습니다.」라는 말
이 기록되어 있다.　　　　　　　　　　　—《맹자》양혜왕하

■ **포의지교**(布衣之交) : 조나라 혜문왕 때, 왕은 초(楚)나라 화씨벽
(和氏璧)을 손에 넣었다. 진나라 소왕(昭王)이 이 말을 듣자 사신
을 파견하여 조나라 왕에게 말했다.

「청하건대 열다섯 개의 성과 화씨벽을 바꾸고 싶습니다.」

조나라 왕은 대장군 염파와 뭇 신하를 모아놓고 상의했는데, 진
나라에 화씨벽을 주더라도 아마 열다섯 성을 얻을 수 없을 것이며,
그렇다고 주지 않게 되면 진나라의 공격을 받을 우려가 있으므로
좀처럼 방침을 세울 수가 없었다. 또 진나라에 회답을 보낼 만한
사신을 찾았건만 적임자가 좀처럼 나타나지 않았다.

그 때 환관령 무현이 인상여를 추천하여 인상여는 화씨벽을 가지
고 진나라로 가게 되었다. 그러나 이야기 끝에 진왕이 화씨벽과 맞
바꾸자는 열다섯 성은 아무래도 조나라에 줄 것 같지 않다고 생각
한 인상여는 진왕에게 이렇게 말했다.

「그 구슬에는 작은 흠이 하나 있는데, 대왕께 그것을 보여드리겠
습니다.」

왕이 구슬을 건네주자, 인상여는 구슬을 손에 쥐고 뒤로 물러나
서 기둥을 등지고 일어나 노한 얼굴로 진나라 왕을 꾸짖었는데, 그
때 인상여는 머리카락이 곤두서 갓이 벗어질 정도였다.

「대왕은 구슬을 손에 넣으려고 조나라 왕에게 편지를 보냈습니

다. 조나라 왕은 뭇 신하를 불러놓고 의논을 했습니다. 그러자 모두 『진나라는 욕심이 많은데다가 나라의 힘을 믿고 거짓말을 한 것인즉 성을 주지는 않을 것이다.』라고 말했습니다. 그래서 모두의 의견은 진나라에 구슬을 주지 말자는 데로 기울었지만, 저는 『필부 (匹夫)의 교제에도 거짓은 없는 법입니다. 하물며 대국의 교제에 그런 일이 있겠습니까(布衣之交 尙不相欺 況大國乎)? 어쨌든 조나라로서는 구슬 한 개로 강한 진나라를 거역하지 말아야 하며, 그 환심을 손상시키지 말아야 합니다.』라며 반대했습니다. 그리하여 조나라 왕은 재계(齋戒)하기 닷새, 저에게 명하여 구슬을 바치게 하고 편지를 진나라 조정에 드리도록 했습니다. 그렇게 한 것은 대국의 위광(威光)을 두려워하여 경의를 표하려는 뜻이 있기 때문입니다. 그런데 이제 와서 보니 대왕은 뭇 신하와 함께 저를 인견하시고, 그 의례는 심히 오만하셨습니다. 더구나 구슬을 손에 넣으시자마자 이것을 미인(美人 : 女官의 관명)들 손에 건네주시고 희롱하며 노셨습니다. 저로서는 대왕께서 그 구슬의 값으로 성을 떼어 조나라 왕에게 주시려는 생각이 없으심을 알아차리게 되었기 때문에 다시 구슬을 돌려받은 것입니다. 만약 대왕께서 끝까지 저를 강박하시면서 구슬을 빼앗으려고 하신다면 제 머리는 지금 이 구슬과 함께 기둥에 부딪쳐 깨져버리고 말 것입니다.」

결국 인상여는 보물을 온전히 하여 조나라로 돌아왔다.

—《사기》염파인상여열전

■ **패군지장불언용(敗軍之將不言勇)** : 싸움에 진 장수는 병법을 말하지 않는다는 뜻으로, 아무리 용기가 있다 해도 싸움에 진 이상 자랑할 조건이 되지 못한다. 실패한 사람은 나중에 그 일에 대해 구구하게 변명하지 않는다는 말. 《사기》 회음후열전에 있는 이야기다.

한(漢)나라 고조(高祖)의 명에 따라 한신(韓信)이 대군을 이끌고 조(趙)나라 군사와 결전을 치를 때의 일이다. 위(魏)나라를 치고 그 기세를 몰아 조나라 공략에 나선 한신은 하북성의 정경(井陘)까지 진격한 후, 커다란 난관에 부딪쳤다. 그것은 대군을 이끌고 어떻게 정경의 협도(狹道)를 통과할 것인가 하는 문제였다. 협도를 통과할 때 공격을 받는다면 병력이 분산되어 속수무책으로 당할 것이 분명했기 때문이었다. 더욱이 조나라에는 뛰어난 전략가인 광무군(廣武君) 이좌거(李左車)가 있어 요새인 협도에서의 공격을 모를 리 없었다.

과연 이좌거는 조나라의 성안군(成安君) 진여에게 협도 공격을 진언하였다. 그런데 성안군은 「군자는 불의(不義)의 방법으로 싸워서는 안 된다」며 이좌거의 진언을 듣지 않았다. 성안군 때문에 협도를 무사히 통과한 한신은 조나라 군사를 손쉽게 격파하고 이좌거를 생포하였다.

한신은 이좌거를 극진히 예우하며 연(燕)과 제(齊)를 쉽게 공략할 수 있는 전략을 가르쳐달라고 했다. 그러자, 이좌거는 「싸움에 패한 장수는 병법을 논하지 않는 법(敗軍之將不語兵)」이라며 입을 열지 않았다. 이에 한신은 다음과 같이 말했다.

　「내가 들으니, 백리해(百里奚)라는 현인이 우(虞)나라에 있었을 때 우나라는 망했지만 그가 진(秦)나라에 있을 때에는 진나라가 패자(覇者)가 되었다고 합니다. 그것은 백리해가 우나라에 있을 때에는 어리석었다가 진나라로 가서는 현명해졌기 때문이 아닙니다. 그 임금이 그를 등용했는가의 여부에 달려 있을 뿐인 것입니다. 만약 성안군이 당신의 계책을 따랐다면 지금쯤은 내가 당신의 포로가 되었을 것입니다. 다행히 당신의 계책을 쓰지 않았으므로, 이렇게 당신에게 가르침을 청할 기회를 얻게 된 것입니다. 진심으로 당신의 가르침을 따를 각오이니, 사양하지 마십시오.」

　이좌거는 한신의 태도에 감복하여 그의 참모가 되어 연나라와 제나라의 토벌 방법을 제시했고, 한신은 그것을 받아들여 일을 이룰 수 있었다. 이좌거의 말에서 「패군지장불어병(敗軍之將不語兵)」이란 말이 유래하였으며, 「패군장불가이언용(敗軍將不可以言勇)」과 같은 말이다.　　　　　　　　　　　― 《사기》 회음후열전(淮陰侯列傳)

■ **포호빙하**(暴虎馮河) : 포호(暴虎)는 맨주먹으로 범을 잡는 것을 말하고, 빙하(馮河)는 헤엄쳐 강을 건너는 것을 말한다. 즉 무모한 용기를 말한다. 《시경》 소아 소민편(小旻篇)에 나오는 말이다.

　「감히 맨손으로 범을 때려잡지 않고(不敢暴虎) / 감히 맨몸으로 강을 헤엄쳐 건너지 않지만(不敢馮河) / 사람은 그 하나만을 알고(人知其一) / 그 밖의 것은 알지 못한다(莫知其他).」

　이 시는 악정(惡政)을 개탄해서 지은 시인데, 그런 엄청나게 무모한 것은 하지 않지만, 눈앞의 이해에만 정신이 팔려 앞으로 어떤 결과가 온다는 것을 생각지 못하는 위정자(爲政者)의 안타까운 태도를 말한 것이다.

　이「포호빙하」란 말은《논어》술이편에도 나와 있다. 공자가 안자(顔子)를 크게 칭찬하자, 자로(子路)가 옆에 있다가,「선생님께서 삼군(三軍)을 움직여 전쟁을 하게 되면 누구와 함께 하시겠습니까?」하고 물었다. 안자만을 칭찬하는 것이 속으로 불만이었던 것이다. 용기와 결단성이 있기로 알려진 자로는 전쟁만은 자기만큼 해낼 사람이 없다고 자부하고 있었던 것이다. 그러나 공자는 자로의 그 같은 경솔한 태도를 항상 꾸짖어 오곤 했다. 이번에도 역시 공자는 이렇게 말했다.

　「맨손으로 범을 잡고, 헤엄쳐 황하를 건너 죽어도 후회가 없는 사람을 나는 함께 하지 않는다. 반드시 일을 하는 데 있어서 두려운 생각을 갖고 꾀를 쓰기를 좋아하여 일을 성공시키는 사람과 함께 할 것이다(暴虎馮河 死而無悔者 吾不與也 必也臨事而懼 好謀而成者也).」

　이렇게 모든 일은 용기만으로 되는 것이 아니고, 용기 이전에 신중한 검토와 그에 대한 대책이 앞서야 한다는 것을 타일렀다.「포호빙하」와「호모이성(好謀而成)」은 좋은 대조가 되는 말이다. 자로는 결국 포호빙하 하는 성질로 인해 뒷날 자진 난(亂)에 뛰어들어 죽고 만다. 　　　　　　　　　　　　　—《시경》소아(小雅)

■ **함지사지**(陷地死地) : 함지사지는 「함지사지이후생(陷地死地而後 生)」의 줄인 말로서, 죽을 마당에 이르러야 용기를 내서 다시 살아 나게 된다는 뜻이다. 사람이 세상을 살아가는 데는 무엇보다 용기 와 결심과 노력이 필요하다. 그러나 참다운 용기와 결심과 노력은 죽느냐 사느냐 하는 최후 단계에서 볼 수 있는 것이다. 불리한 외 형적인 조건을 극복하려면, 이를 타개해 나갈 수 있는 정신력만이 필요하다. 그것을 유발할 수 있는 동기는 「이제 꼼짝없이 죽었구 나」 하는 막다른 골목에 다다랐을 때에 이루어지는 것이다. 「함지 사지이후생」은 바로 이 원리를 말한 것이다.

《사기》 회음후열전의 「배수진(背水陣)」 고사에 나오는 한신 (韓信)이 인용한 병법에 있는 말이다. 한신은 얼마 안 되는 군사로 조나라의 20만 대군을 맞아 싸울 때 배수진을 이용하여 승리를 거 두게 되었던 것이다. 이때 부하 장수들이 한신에게 물었다. 「병법 에 말하기를, 산과 언덕을 뒤로 하고 물과 들을 앞으로 하라고 했 는데, 지금 장군께선 배수진으로 조나라 군사를 깨뜨렸으니 이것은 도대체 무슨 전법입니까?」

그러자 한신은 「이것도 역시 병법에 있는 거요. 그것을 제군들 이 미처 깨닫지 못했을 뿐이지. 왜 이런 말이 있지 않은가? 『죽을 땅에 빠뜨린 뒤에 살고, 망할 땅에 놓은 뒤에 다시 일어난다(陷之 死地而後生 置之亡地而存).』고 말이다. 더구나 이 한신은 아직 간 부들과 한마음 한뜻이 되지 않은 이른바 시장바닥 사람들을 몰고 와서 싸우고 있는 터이므로. 자연 그들을 죽을 땅에 두어, 각자가 자진해서 싸우게 만들지 않으면 안 되었던 거지. 만일 살 땅을 주게 되면 전부가 다 달아나 버릴 것이니 어떻게 그들을 데리고 싸울 수 있겠는가?」

이 말에 모든 장수들은, 「과연 그렇겠습니다!」 하고 탄복을 했다는 것이다. 전쟁만이 아니고 세상 모든 일에 이 원리가 적용되고 있는 것이다.　　　　　　　　　　　　　──《사기》 회음후열전

【에피소드】

■ 쾨니히스베르크의 현자 칸트는 어질 뿐만 아니라 화사한 몸맵시에 비하여 대단히 용감하였다. 어느 날, 가로수 그늘 아래를 걷고 있을 때 미친 고기장수가 칼을 들고 달려오더니 칸트를 찌르려고 하였다. 그러나 용기 있는 칸트는 도망가려고도 않고 침착하게 말하였다. 「여보게, 오늘이 도살일인가? 내가 알기에는 내일일 텐데!」

■ 고대 이스라엘 시대의 일이다. 어느 군사령관한테 급사(急使)가 달려와 적에게 중요한 요새를 빼앗겼다고 보고해 왔다. 사령관은 당황하여 표정에 뚜렷이 나타냈다. 그러자 사령관의 아내가 사령관을 자기 방에 맞아들여 말했다. 「저는 당신보다도 지금 더 지독한 꼴을 당했습니다.」 「도대체 어찌되었단 말이오?」 「저는 당신의 표정으로 당신이 당황하고 있다는 것을 알아차렸습니다. 요새는 빼앗겼더라도 다시 찾을 수가 있습니다. 하지만 용기를 잃는다는 것은 당신의 군대를 전부 잃는 것보다도 나쁜 일입니다.」

【成句】

■ 용(勇) : 甬(물솟을 용)자 아래에 力(힘 력)자를 받친 글자. 힘이 용솟음쳐서 원기가 왕성하며 행동이 날래고 용감하다는 뜻.

■ 고무(鼓舞) : 북을 쳐서 춤을 추게 한다는 뜻으로, 용기를 북돋아 줌. /《양자법언》

■ 고취(鼓吹) : 북을 치고 피리를 불며 사기를 북돋움. /《세설》

■ 발산거정(拔山擧鼎) : 항우(項羽)의 일화에서, 산을 뽑고 솥을 들어 올린다는 뜻으로, 용기와 힘이 남보다 뛰어남을 비유한 말. /《사기》 항우본기.

■ 백인가도(白刃可蹈) : 용기를 가지고 하면 곤란한 일도 가능하다는 말. 칼날도 밟을 수 있을 정도의 용기를 말한다. 백인(白刃)은 칼집에서 뽑은 시퍼런 칼날이라는 뜻. /《중용》

■ 일당백(一當百) : 한 사람이 백 사람을 당해 낸다는 뜻으로, 용맹한 사람을 뜻함.

■ 용장약졸(勇將弱卒) : 용감하고 강한 대장의 부하에게는 약하고 비겁한 병사는 없다. 즉 지도자의 용기나 신념이 그 집단·조직의 힘을 크게 좌우한다는 의미. / 소식《연공벽제사(連公壁題詞)》

■ 지자불혹 용자불구(知者不惑 勇者不懼) : 지혜가 있는 사람은 도리를 알고 사물을 꿰뚫어보는 힘이 있으므로 사물에 대하여 미혹하는 일이 없고, 용기 있는 사람은 과감하게 행동하므로 어떠한 사태에도 기가 죽지 않는다는 것. 지덕(知德)·인덕(仁德)·용기 그 각각의 덕의 의의를 간명하게 서술한 말의 한 구절이다. /《논어》

■ 절인지용(絕人之勇) : 남보다 훨씬 뛰어난 힘.

■ 소인지용(小人之勇) : 사려가 얕은 자의 어리석은 용기. 필부지용 (匹夫之勇). /《순자》

■ 저돌희용(猪突豨勇) : 멧돼지가 돌진하는 것과 같은 힘차고 박력 있는 용기. 앞뒤를 생각지 아니하고 무조건 적한테 돌진하는 용사 를 말함. /《한서》

■ 용이무례즉란(勇而無禮則亂) : 용기만 있고 예의를 모르면 난폭하 게 된다는 뜻으로, 사람이 예의를 숭상할 것을 강조하는 말. /《논 어》 태백편.

■ 유용무의위란(有勇無義爲亂) : 오직 용기만 있고 의리를 모르면 세 상이 어지러워진다는 뜻. /《논어》 양화편.

■ 명목장담(明目張膽) : 눈을 밝게 뜨고 담을 크게 펼친다는 뜻으로, 담력으로 배짱을 두둑이 가지고 용기를 내어 일하는 것을 말한다. 원래 대담하고 과감하게 일하는 것을 뜻하는 이 말은, 조금도 거리 낌 없이 노골적으로 나쁜 일을 하는 것을 비유하는데 쓰인다. / 《송서》

■ 남방지강(南方之强) : 인내의 힘으로 사람을 이겨낸다는 뜻이니, 곧 군자의 용기를 말함. /《중용》

■ 북방지강(北方之强) : 중국 북방 사람들의 강인함. 북방 사람들은 사리(事理) 여하를 불문하고 조금도 죽음을 두려워하지 않아 용강 (勇剛)한 것. 남방지강의 대(對). /《중용》

■ 도구과두(跿跔科頭) : 도구(跿跔)는 맨발. 과두(科頭)는 투구 따위

를 쓰지 않은 맨머리, 즉 맨발과 맨머리라는 뜻으로, 용기 있는 병
사를 비유하는 말. /《사기》장의전.

■ 대용불기(大勇不忮) : 큰 용기를 가진 자는 함부로 남을 해치지 않
음을 말함. /《장자》재물론편.

■ 일신시담(一身是膽) : 온몸이 담덩어리라는 뜻으로, 사람이 대단히
용기 있는 것을 이르는 말. /《삼국지》촉지 조운전.

■ 여용가고(餘勇可賈) : 남이 따를 수 없는 용기를 가짐을 말함. /
《좌씨전》

충고 advice 忠告

(칭찬)

【어록】

■ 생각지 못한 칭찬을 받을 수도 있고, 온전하기를 바라다가 뜻밖의 비방을 당할 수도 있다(有不虞之譽 有求全之毀). —《논어》이루

■ 임금을 섬기는 데 있어 간언(諫言)이 잦으면 욕을 보게 되고, 친구와 사귀는 데 충고가 잦으면 사이가 멀어진다.　　　—《논어》

■ 앞에서 칭찬하기 좋아하는 자는 배후에서 헐뜯기도 잘한다(好面譽人者 亦好背而毀之).　　　　　　　　　　—《장자》

■ 영예에 유혹되지 않고 비방에 두려움이 없다(不誘於譽 不恐於誹).　　　　　　　　　　　　　　　　　　　—《순자》

■ 의로움을 행한다는 것은 남의 비방을 피하고 명예를 얻기 위한 것이 아니다(爲義非避毀就譽).　　　　　　　—《묵자》

■ 추위를 막는 데는 갖옷보다 나은 것이 없고, 비방을 막는 데는 자기수양보다 나은 것이 없다(救寒莫如重裘 止謗莫如自修)

— 《삼국지》

■ 군자는 범을 무서워하는 것이 아니라 유독 비방자의 입을 무서워 한다(君子不畏虎 獨畏讒夫之口). — 《논형(論衡)》

■ 너를 비방하는 말이 매일 나의 귀에 들어온다(毁言日至). — 《십팔사략》

■ 천 명의 아부하는 소리가 한 명의 정직한 충고만 못하다(千人諾諾 不如一士之諤諤). — 소식(蘇軾)

■ 앞에서 칭찬을 받는 것이 뒤에서 비난받느니만 못하고, 몸이 편안 함은 마음에 근심이 없느니만 못하다(與其有譽於前 孰若無毁於其 後 與其有樂於身 孰若無憂於其心). — 한유(韓愈)

■ 명망이 높으면 훼방의 과녁이 되고, 교묘한 중상은 지혜로운 자도 방비하기 어렵다(名高毁所集 言巧智難防). — 유우석(劉禹錫)

■ 사람들의 칭찬은 백 마디라도 헛될 수 있지만, 사람들의 비방은 반 마디라도 족할 수 있다(人或譽之 百說徒虎 人或排之 半言有餘). — 유우석

■ 위기가 닥쳐오면 냇물이 넘쳐나듯 비방소리가 일고, 간교한 말들 이 별나게도 들어맞으니 변명을 하려 해도 할 길조차 없다(駁機一 發 浮謗如川 巧言奇中 別白無路). — 유우석

■ 바른말로 간언하는 신하가 있으면 나라가 창성하고, 말없이 아첨 만 하는 신하가 있으면 그 나라는 망한다(有諤諤爭臣者 其國昌 有 默默諛臣者 其國亡). — 《한시외전(韓詩外傳)》

■ 백 사람이 그를 칭찬해도 더 가까이하지 않고, 백 사람이 그를 헐

뜯어도 멀리하지 않는다(百人譽之不加密 百人毁之不加疏).

— 소순(蘇洵)

▣ 세상 사람들의 칭찬을 받을 수 있는 일은, 남들의 질투를 받을 수 있는 일이기도 하다(其所以見稱於世者 亦所以取嫉於人).

— 구양수

▣ 뭇 사람이 내는 소문은 쇠도 녹이고, 계속되는 비방은 뼈를 부순다(衆口鑠金 積毁銷骨).　　　　　—《문장궤범》

▣ 명성이 나면 비방이 뒤따르고, 착함이 드러나면 악이 뒤따른다(譽見卽毁隨之 善見卽惡從).　　　　　—《문자(文子)》

▣ 분한 마음을 징계하는 것을 다정한 친구를 충고하는 것같이 하고, 욕심스러운 마음을 막는 것을 물을 막는 것같이 하라.

—《근사록》

▣ 차라리 소인의 미워하고 비방하는 바가 될지언정 소인의 아첨하고 기뻐하는 바가 되지는 말라(寧爲小人所忌毁 毋爲小人所媚悅).

—《채근담》

▣ 착한 사람이라도 급히 친할 수 없거든 미리 칭찬하지 말라. 간사한 사람의 이간이 올까 두렵다. 몹쓸 사람일지라도 쉽게 내칠 수 없거든 미리 발설치 말라. 뜻 아닌 재앙을 부를까 두렵다.

—《채근담》

▣ 「어려운 일은 어떤 것인가?」「자기 자신을 아는 것이다.」「그러면 쉬운 일은 어떤 것인가?」「남에게 충고하는 것이다.」

— 탈레스

■ 인생의 아침에는 일을 하고, 낮에는 충고하며, 저녁에는 기도한다.
— 헤시오도스

■ 사냥꾼은 개로써 토끼를 잡고, 아첨하는 자는 칭찬으로써 어리석은 자를 잡는다.
— 소크라테스

■ 재능 있는 사람은 찬사에 우쭐하지 않는다. — 소포클레스

■ 유순하면 벗을 얻지만, 직언하면 미움을 산다. — 테렌티우스

■ 어려운 일을 당해서는 남의 충고를 믿지 말라. — 이솝

■ 남에게 칭찬을 받아도 자신의 판단을 잊지 말라. — M. 카토

■ 최악의 적은 칭찬하는 자이다. — 타키투스

■ 꿀을 바른 입, 쓸개즙과도 같은 마음이다. — 플라우투스

■ 칭찬은 우리들이 남의 덕행에 입는 부채이다. — 플라우투스

■ 자기 자신보다 더 현명한 충고를 줄 수 있는 사람은 없다.
— M. T. 키케로

■ 너를 칭찬하는 사람들의 가치에 무게를 둘 일이다. 악에서 칭찬되지 않은 일이야말로 참된 가치이다. — L. A. 세네카

■ 충고자는 아무리 신랄하여도 결코 해를 끼치지는 않는다.
— 푸블릴리우스 시루스

■ 충고를 받으려 하지 않는 자는, 도움을 청하는 것마저 너무 늦다.
— 푸블릴리우스 시루스

■ 많은 사람이 충고를 받지만, 그로 인하여 이득을 보는 것은 현명한 자뿐이다. — 푸블릴리우스 시루스

■ 칭찬을 받는 것보다 칭찬받을 만한 것인가가 더 중요하다.

— 푸블릴리우스 시루스

■ 충고는 남이 모르게, 칭찬은 여러 사람 앞에서.

— 푸블릴리우스 시루스

■ 꿀을 상처에 바르면 아프고 쑤시듯이, 진심에서 우러나온 건전한 충고는 부드럽게 위로하지 않는다면 불행한 사람들을 분개시킨다. 단것은 입에 맞고 거슬리지 않으므로 달갑다고 시인은 말하지만, 백성에 대한 충고는 그와 같이 해야 한다. 염증이 생긴 눈이 어두운 것을 좋아하고 강한 빛을 싫어하듯이, 불행을 당한 도시는 그것이 가장 필요한 때에도, 또는 자칫하면 돌이킬 수 없는 과오를 범하기 쉬운 때에도 솔직한 충고를 듣는 고통을 참는 힘이 없다.

— 플루타르코스

■ 바보도 때로는 좋은 충고를 한다. — 겔리우스

■ 농부의 모자 아래에는 왕에 대한 충고가 있다. — 겔리우스

■ 어리석은 사람은 자신의 행실만이 옳다고 여기지만, 지혜로운 사람은 충고에 귀를 기울인다. — 잠언

■ 자화자찬하지 말고 남에게 칭찬을 받도록 하여라. 칭찬은 남이 해주는 것이지 제 입술로 하는 것이 아니다. — 잠언

■ 모든 사람에게 칭찬을 받는 사람들아, 너희는 불행하다. 그들의 조상들도 거짓 예언자들을 그렇게 대하였다. — 누가복음

■ 여자의 충고에 따르는 자는 지옥에 떨어진다. —《탈무드》

■ 너의 친구의 일부는 너를 비난하고, 또한 일부는 너를 칭찬한다. 너를 비난하는 사람들을 가까이하고 칭찬하는 사람들을 멀리하라.

— 《탈무드》

▣ 훌륭한 충고보다 값진 선물은 없다.　　　　— 에라스무스

▣ 충고해 달라고 하기 전에는 충고하지 말라.　　— 에라스무스

▣ 아무도 칭찬을 해주지 않을 때 스스로 칭찬을 하는 것은 당연하다.
　　　　　　　　　　　　　　　　　　　— 에라스무스

▣ 자기 자신의 충고에 따르는 자는 훌륭한 목사(牧師)이다.
　　　　　　　　　　　　　　　　　　　— 셰익스피어

▣ 사람이 창피당하는 일은 두려워하면서 가난에 대하여서는 태평일 때, 이발장이의 면도날 사이에서는 움찔움찔하면서 적의 칼날에 대하여서는 용맹(勇猛)할 때, 그 행위는 칭송할 만하지만, 그 사람은 칭찬할 수가 없다.　　　　　　　　— 몽테뉴

▣ 여성은 결혼 의상을 입을 때까지는 충고를 받아들이지 않는다.
　　　　　　　　　　　　　　　　　　　— 조지프 애디슨

▣ 칭찬은 생명이 짧은 정열이다. 길이 듦에 따라 삽시에 사라진다.
　　　　　　　　　　　　　　　　　　　— 조지프 애디슨

▣ 노인의 충고는 겨울 햇빛과 같아서 과열하지 않고 비춰 준다.
　　　　　　　　　　　　　　　　　　　— 보브나르그

▣ 마음이 후한 사람은 충고보다는 구원의 손길을 내민다.
　　　　　　　　　　　　　　　　　　　— 보브나르그

▣ 사람은 때때로 거짓말인 줄 알면서도 칭찬을 즐긴다.
　　　　　　　　　　　　　　　　　　　— 보브나르그

▣ 칭찬을 받는 것보다 자진해서 충고를 받으라.　— 니콜라 부알로

▣ 재능은 칭찬하는 말 쪽으로 향한다. 칭찬하는 말은 재능을 어리둥
  절하게 하는 언어다. ― 조제프 주베르

▣ 우린 친한 사람의 솔직한 말을 고맙게 받는다. 다른 사람의 솔직한
  말은 거만하다고 불린다. ― 앙드레 모루아

▣ 사람과 사람이 접촉함에 있어서 가장 큰 신뢰는 충고를 주고받는
  신뢰이다. ― 프랜시스 베이컨

▣ 친구의 충고는 자기 자신의 아첨에 대한 최선의 처방이다.
  ― 프랜시스 베이컨

▣ 자기 자신을 칭찬하는 것은 극히 드문 경우를 제외하고는 흉한 일
  이다. 그러나 자기의 임무나 직업을 칭찬하는 일은 점잖고 일종의
  아량을 보이는 것이 된다. ― 프랜시스 베이컨

▣ 나는 행위를 칭찬하지 않는다. 내가 칭찬하는 것은 인간의 정신이
  다. 행위는 정신의 겉옷에 지나지 않는다. 역사는 인간 정신의 낡
  은 탈의장에 지나지 않는다. ― 하인리히 하이네

▣ 충고를 주는 것보다도, 그 충고를 쓸모 있게 하는 편이 더 한층 지
  혜를 필요로 한다. ― 앤서니 콜린스

▣ 충고를 요구하는 것은 십중팔구 칭찬을 기대하기 때문이다.
  ― 앤서니 콜린스

▣ 공허한 칭찬은 저주하라. ― 알렉산더 포프

▣ 여자에게서는 영감(靈感)을 구할 것이며, 충고를 구하지 말라.
  ― 지라르댕 夫人

▣ 모든 사람을 칭찬하는 자는 어느 누구도 칭찬하지 않는다.

─ 새뮤얼 존슨

■ 칭찬도 다이아몬드도 희귀하여야 값이 나간다. ─ 새뮤얼 존슨

■ 충고는 눈과 같아, 조용히 내리면 내릴수록 마음에 오래 걸리고, 마음에 먹혀 들어가는 것도 깊어진다. ─ 카를 힐티

■ 칭찬하는 비난도 있고 헐뜯는 칭찬도 있다. ─ 라로슈푸코

■ 우리들은 항상 우리를 칭찬하는 사람들을 사랑하지만, 우리들은 우리들이 칭찬하는 사람을 반드시 사랑하지는 않는다.

─ 라로슈푸코

■ 충고는 하되, 행동하게 할 수는 없다. ─ 라로슈푸코

■ 사람은 보통 칭찬받기 위해서 칭찬한다. ─ 라로슈푸코

■ 겸손은 남의 칭찬을 싫어하는 것같이 보이지만, 실은 훨씬 더 완곡하게 칭찬받고 싶은 욕망에 지나지 않는다. ─ 라로슈푸코

■ 좋은 충고로써 잘못을 돌이킬 수 있다면 이것은 곧 자기 자신이 한 것과 다름이 없다. ─ 괴테

■ 남에게서 훌륭하다는 칭찬을 받기 위해서 살지 말라. 자기가 자기를 훌륭하다고 생각할 수 있게 살라. 남이 그대의 흉을 보는 것을 두려워하는 것은 허영에 지나지 않는다. ─ 류시 마로리

■ 마음이 약한 사람에게 있어서는 성공이 무엇보다도 필요하다. 칭찬이 교훈이 되고, 찬탄이 강장제가 된다. ─ 헨리 F. 아미엘

■ 칭찬 받을 자격이 없는 것을 알면서도 칭찬 받고 기뻐하는 자처럼 천박한 가면을 쓴 위선자는 없다. ─ 아담 스미스

■ 사람들은 좋은 의견은 말하지만, 훌륭한 행동은 보여주지 않는다.

― 벤저민 프랭클린

■ 칭찬은 고매한 정신의 소유자에겐 자극이 되지만, 심약한 사람에게는 그 자체가 목적이 되고 목표가 된다. ― C. C. 콜턴

■ 찬사―찬사라는 것도 배워야 할 예술이다. ― 프리드리히 뮐러

■ 가정에서나 친구 간에나 상대방의 나쁜 상태를 일부러 지적하지는 말 것이다. 이왕이면 나쁜 상태보다 좋은 상태, 희망적인 상태를 얘기해 주는 것이 옳다. 나쁜 상태는 좋은 상태가 발전하면 저절로 자취를 감추는 법이다. 특히 젊은이들에 대해서 가혹한 비평을 가하기보다는 인도를 해줄 필요가 있다. 젊은 사람들은 현재는 미완성이지만, 그 내부에는 많은 가능성을 가지고 있으니, 그 가능성에 불을 켜 주는 것이 필요하다. ― 알랭

■ 충고는 좀처럼 환영받지 못한다. 더욱이 충고를 가장 필요로 하는 사람이 항상 그것을 경원(敬遠)한다. ― 필립 체스터필드

■ 충고, 가장 보잘것없는 유통 화폐. ― 앰브로즈 비어스

■ 칭찬―남이 자기 자신을 닮아 있다는 것을 예의 바르게 인정하는 것. ― 앰브로즈 비어스

■ 자네 충고란 것이 어떤 건지 알지 않나. 사람들은 그 충고가 자기의 의도와 일치할 때만 그걸 필요로 한단 말이야. ― 존 스타인벡

■ 물질의 힘을 깨우려면, 찬양이 절대적이다. 찬양이 마술적인 작용을 한다는 것을 기억하자. 그것은 인간 심리학에서 뚜렷이 드러난다. ― 가스통 바슐라르

■ 나는 평생 동안 어떠한 문제에 봉착하게 될 때마다 그 문제에 가장

해박한 사람을 찾으려고 노력했습니다. 그리고는 그분의 자문을 구했습니다. 얻을 수 있는 가장 훌륭한 자문을 얻은 후에는 거기에 따르려고 노력했습니다.　　　　　　　　　　　― 린든 B. 존슨

▣ 칭찬은 고래도 춤추게 한다.　　　　　　　― 케네스 블랜차드

▣ 바로 간하고 허물을 바로잡는 것은 괴로운 듯하면서도 실제로는 달가운 일이며, 등창을 빨아주고 치질을 핥아주며 아첨하여 뜻을 받들어 모시는 것은 편안한 듯 하면서도 끝내는 위태로운 것이다.
　　　　　　　　　　　　　　　　　― 김시습(金時習)

▣ 칭찬만 받고 좋아하는 것은 못난이의 일이지마는 잘난 이도 칭찬하면 좋아하는 법이오. 그러니까 여러분도 당국자를 공격만 말고 칭찬도 하여 주시오.　　　　　　　　　　　― 안창호

▣ 세상에서 칭찬을 많이 받으면 천국에 들어갈 자리가 없다.
　　　　　　　　　　　　　　　　　　　― 김수환

▣ 칭찬은 인간을 교만하게도, 또 겸손하게도 할 수 있다.
　　　　　　　　　　　　　　　　　　　― 조향록

▣ 결국 조언이란 무의미한 것. 사람에게 조언할 자격이 있는 사람은 없다. 하느님만이 조언할 수 있지만, 그도 지금은 지쳤다.
　　　　　　　　　　　　　　　　　　　― 최인훈

【속담 · 격언】

▣ 좋은 약은 입에 쓰고 바른 말은 귀에 거슬린다.　　　― 한국

▣ 나를 칭찬하는 자는 나의 적이다. (칭찬하는 사람을 조심하라)

　　　　　　　　　　　　　　　　　　　　　　　　　　— 한국

■ 바른말 하는 사람 귀염 못 받는다. (남의 잘못을 따지고 드는 사람
　은 호감을 받지 못한다)　　　　　　　　　　　　　　— 한국

■ 고슴도치도 제 새끼가 함함하다면 좋아한다. (칭찬받지 못할 것도
　칭찬만 해주면 좋아한다)　　　　　　　　　　　　　　— 한국

■ 기둥을 치면 대들보가 운다. (넌지시 알아듣도록 말하다)

　　　　　　　　　　　　　　　　　　　　　　　　　　— 한국

■ 동헌(東軒)에서 원님 칭찬한다. (칭찬하지 않아도 스스로 추켜진
　자리에서 칭찬함)　　　　　　　　　　　　　　　　　— 한국

■ 꿀도 약이라면 쓰다. (자기에게 이로운 충고는 싫어한다)

　　　　　　　　　　　　　　　　　　　　　　　　　　— 한국

■ 버릇 배우라니까 과붓집 문고리 빼어 들고 엿장수 부른다. (남에게
　훈계와 충고를 받고도 오히려 나쁜 짓을 함)　　　　　— 한국

■ 할 일이 없으면 속히 집으로 가라.　　　　　　　　　— 중국

■ 올바른 충고는 현자의 마음속 깊이 스며들지만, 악인들의 귀는 스
　치고 지나갈 뿐이다.　　　　　　　　　　　　　　　— 중국

■ 칭찬을 하는 사람에게 방심하지 말라.　　　　　　　— 일본

■ 신에게도 축사(視詞). (말에 따라서 효험이 달라진다)　— 일본

■ 현명한 자의 말을 충고로 받아들여라. 진심으로 그 말을 마음속에
　넣어두면 그것은 그 속에서 싹이 난다.　　　　　　　— 몽고

■ 좋은 약은 입에 쓰다. (Good medicine tastes bitter.)

　　　　　　　　　　　　　　　　　　　　　　　　— 서양속담

■ 아버지의 충고에 필적할 충고는 없다. (No advice to father's.)

　　　　　　　　　　　　　　　　　　　　　　　— 서양격언

■ 목욕물과 함께 아기를 쏟아버리지 마라. (Don't throw out the baby with the bath water. : 무엇에 지나치게 열중하거나, 한눈을 팔다가는 뜻하지 않은 실수를 저지르게 마련이다)

　　　　　　　　　　　　　　　　　　　　　　　— 서양속담

■ 어차피 교수형을 당할 바엔 새끼 양보다는 어미 양을 훔쳐라. (As good be hanged for a sheep as a lamb. : 도둑에게 대한 충고가 아니라, 이왕 모험이나 위험을 무릅쓰려거든 통이 크게 일을 저질러라)

　　　　　　　　　　　　　　　　　　　　　　　— 서양속담

■ 천우신조를 믿더라도, 화약을 적시지 마라. (Put your trust is God, but keep your powder dry. : 과신은 금물)　　— 서양격언

■ 듣지 않으려 하는 자만큼 지독한 귀머거리는 없다. (None so deaf as those who will not hear. : 충고나 조언을 묵살하고 자기주장 대로만 하려는 외골수)

　　　　　　　　　　　　　　　　　　　　　　　— 서양격언

■ 병아리가 어미닭에게 충고한다.　　　　　　　　　— 영국

■ 바보를 칭찬해 보라. 그러면 훌륭하게 쓸 수 있다.　　— 영국

■ 칭찬받는 것보다 푸딩이 낫다.　　　　　　　　　— 영국

■ 칭찬받고 싶어서 착한 일을 하는 것은 그 마음이 천하다.

　　　　　　　　　　　　　　　　　　　　　　　— 영국

■ 어리석은 자라도 때로는 현명한 자에게 충고를 한다.　— 영국

■ 현명한 사람은 그가 없는 때에 칭찬하라. 그러나 여성은 맞대 놓고

　칭찬하라. 　　　　　　　　　　　　　　　 — 영국

▣ 여자의 충고는 대수롭지는 않다. 그러나 충고를 받아들이지 않는
　남자는 바보다. 　　　　　　　　　　　　 — 영국

▣ 올바른 칭찬은 비난보다 어렵다. 　　　　　 — 영국

▣ 충고를 줄 수는 있으나 행위를 줄 수는 없다. 　 — 영국

▣ 당신 아내의 최초의 충고에는 귀를 기울여라. 그러나 두 번째 충고
　는 듣지 마라. 　　　　　　　　　　　　 — 영국

▣ 잔소리를 듣고 싶거든 결혼을 해라. 칭찬을 듣고 싶거든 죽어라.
　　　　　　　　　　　　　　　　　　 — 아일랜드

▣ 아내의 충고는 쓸데없는 것이지만, 그것을 받아들이지 않는 남편
　에게는 재앙이 온다. 　　　　　　　　 — 스코틀랜드

▣ 좋은 충고를 따르는 것은 충고를 하는 것만큼 어렵다. 　 — 독일

▣ 이웃을 사랑하되, 그렇다고 울타리를 제거하지는 마라. 　 — 독일

▣ 토끼는 개로, 여자는 돈으로, 바보는 칭찬으로 수중에 넣을 수 있
　다. 　　　　　　　　　　　　　　　　 — 독일

▣ 충고를 하는 것은 좋은 일이나, 구제해 주는 것은 더 좋은 일이다.
　　　　　　　　　　　　　　　　　　 — 프랑스

▣ 늙은 개가 짖을 때는 반드시 좋은 충고를 해주는 것이다.
　　　　　　　　　　　　　　　　　　 — 스페인

▣ 보다 나은 충고는 늙은이에게 들으라. 　　 — 포르투갈

▣ 충고는 황당무계한 일이 저질러졌을 때 받아들여진다. — 프랑스

▣ 소금과 충고는 요구하는 사람에게만 주어진다. 　 — 이탈리아

▣ 바보를 칭찬해 주어서 유용하게 부려라.   — 덴마크

▣ 말은 내일, 아들은 수염이 난 뒤에, 딸은 시집을 보내고 나서 칭찬을 해줘라. 그러나 자기 자신은 언제가 돼도 칭찬을 해서는 안 된다.   — 핀란드

▣ 여자의 충고를 가볍게 여겨서는 안 된다. 행복은 아주 작은 도움에도 즐겁게 받아들이려 하는 것이다.   — 노르웨이

▣ 좋은 충고는 언제나 뒤에서 온다.   — 그리스

▣ 남의 충고를 구하되, 스스로 결정하라.   — 러시아

▣ 아이들을 마음으로 사랑하되 손으로 훈련하라.   — 러시아

▣ 다 쓰러져 가는 담에 기대지 마라.   — 체코

▣ 말(馬)은 한 달 후에야 칭찬할 수 있다. 아내는 일 년이 지나서 비로소 칭찬할 수 있다.   — 체코

▣ 황소처럼 참을성 있고, 사자처럼 용감하고, 벌처럼 부지런하고, 새처럼 즐거워하라.   — 유고

▣ 충고는 약과 같아서 쓸수록 좋다.   — 세르비아

▣ 위험 앞의 충고는 술, 위험 후의 충고는 빈 술잔.   — 라트비아

▣ 환약은 씹지 말고 삼켜야 한다. (당연한 비난은 인정하고 그 쓴맛을 되새기지 말라)   — 중세 라틴

▣ 칭찬받지 못하는 사람으로부터 칭찬받는 것은 수치다.   — 중세 라틴

▣ 현자에 충고를 구한다는 것은 이미 당신도 그의 반만큼은 현명하다는 증거다.   — 이스라엘

【시】

오늘 저녁 무엇을 말하리, 가엾고 외로운 넋이여.

내 전에 시든 가슴, 무엇을 말하리.

그 성스런 시선이 어느 날 그대를 다시 환하게 한

너무나 아름답고, 지극히 어질고,

가장 사랑스런 그녀에게!

그녀를 칭송함에 우리는 자랑으로 삼으리.

그녀의 유연함만한 것은 이 세상에 없으리라.

그녀의 정신에 싸인 육체는 천사의 향기를 지니고

그녀의 눈길은 우리를 광명으로 감싸주네.

어둠 속에서나 외로움 속에서나

거리에서나 군중 가운데서나

그녀의 환상은 횃불처럼 빈 하늘에서 너울거리네.

그 환상이 가끔씩 부탁하기를,

「나는 아름다워 명하노니, 오직 나를 위해 아름다움만을

사랑하라. 나는 수호천사요, 뮤즈이자 마돈나이나니!」

우리 자랑삼아 그녀를 찬양하여 노래 부르자.

그녀 어엿함의 감미(甘美)를 아무도 못 당하리.

　　　　　　　　　　― 보들레르 / 이 밤에 너 무얼 말하려느냐

【중국의 고사】

▣ 노자(老子)는 기원 전 510년경의 인물로, 도가사상의 시조이며 중

국사상사에서 가장 신비로운 인물이다. 사마천의 《사기》에 보면, 노자는 초(楚)나라 고현 여향 곡인리(曲仁里) 사람으로 성은 이(李), 아름은 이(耳), 자는 백양(伯陽), 세호는 담(聃)이며, 주나라 장서고의 기록관으로 있었다.

공자(孔子, BC 551~BC 479)가 주나라에 갔을 때 예(禮)에 관하여 노자에게 대답을 얻고자 하였다. 이에 노자는 이렇게 대답했다.

「그대가 말하는 옛날의 성인도 그 육신과 골육이 이미 썩어 지금은 다만 그가 남긴 말만이 남았을 뿐이다. 군자가 때를 얻으면 수레를 타는 귀한 몸이 되지만, 그렇지 못할 때는 떠돌이신세가 되고 만다. 훌륭한 장사치는 물건을 깊이 간직해 밖에서 보기에는 빈 것같이 보이지만 속이 실하다. 이와 같이 군자는 덕을 몸에 깊이 갖추어 얼핏 보기에는 어리석은 것같이 보이지만 사람됨이 풍성하다고 들었다. 그대는 몸에 지니고 있는 교만한 것과 욕심과 근사하게 보이고자 하는 것과 산만한 생각 따위를 모두 버려라. 그것들이 그대를 위하여 무슨 소용이 되겠는가. 내가 그대에게 하고자 하는 것은 다만 이것뿐이다.」

공자는 이 말을 듣고 나서 제자에게 말하였다.

「새는 날고, 물고기는 헤엄치고, 짐승은 달리는 것임은 나도 알고 있다. 달리는 것은 그물을 쳐서 잡고, 헤엄치는 것은 낚시를 드리워서 낚고, 나는 것은 주살을 쏘아서 떨어뜨릴 수 있지만, 용(龍)은 바람과 구름을 타고 하늘에 오른다고 하니 나로서는 실체를 알 수 없다. 나는 오늘 노자를 만났으나 용 같다고나 할까 전혀 잡히는 것이 없었다.」

■ **양약고구**(良藥苦口) : 좋은 약은 입에 쓰다는 말이다. 공자가 말했다.「좋은 약은 입에 써도 병에 이롭고, 충성된 말은 귀에 거슬려도 행하는 데 이롭다. 탕(湯)임금과 무왕은 곧은 말 하는 사람으로 일어나고, 걸(桀)과 주(紂)는 순종하는 사람들로 망했다. 임금으로 말리는 신하가 없고, 아비로 말리는 아들이 없고, 형으로 말리는 아우가 없고, 선비로 말리는 친구가 없으면 과오를 범하지 않는 사람이 없다.」

　원래는 여기 나와 있는 대로「좋은 약은 입에 써도 병에 이롭다.」고 해 오던 것을, 뒷부분은 약해 버리고 앞부분만 쓰게 된 것이다.「바른 말이 귀에 거슬린다」는 말도 역시 마찬가지다. 그것이 다시 보편화되어 지금은「좋은 약은 입에 쓰다」는 말만으로「바른 말이 귀에 거슬린다」는 말까지를 다 포함한 뜻으로 통용되고 있다.

　《사기》에도 장양이 유방을 달랠 때 같은 내용의 말을 하고 있다.「충성된 말은 귀에 거슬려도 행하는 데 이롭고, 독한 약은 입에 써도 병에 이롭다(忠言逆耳 利於行 毒藥苦口 利於病) 했습니다.」
여기에서 말한 독한 약이란 물론 약효가 강하다는 뜻이다.

―《공자가어》 육본편(六本篇)

■ **소시료료**(小時了了) : 어린아이가 아주 총명하다는 말. 후한 말년 북해지방에 아주 박식한 사람이 살고 있었는데, 이름을 공융(孔融,

153~208)이라고 하였다. 그는 공자의 20세손이었다. 그는 어려서부터 아주 총명하였고, 더욱이 손님을 응대하는 말에 능해 어린 나이에도 이미 사람들 사이에서 이름을 떨치고 있었다.

공융이 열 살 되는 해, 그는 아버지와 함께 낙양에 간 적이 있었다. 당시 낙양의 하남태수는 유명한 이원례(李元禮)였다. 그의 남다른 명성 때문에 태수부를 드나드는 사람들은 그의 친척을 제외하고는 대부분이 저명한 인물들이었다. 때문에 문지기도 찾아온 사람이 명사가 아니면 기별을 전하지도 않았다. 그런데 이제 겨우 열 살인 공융은 대담하게도 태수를 방문하기로 하고 태수부의 문전에 가서 문지기에게 말하였다. 「우리 가문과 태수님의 가문은 세교(世交)가 있는 사이이니 어서 기별을 전하게나.」

다소 어처구니가 없었지만 워낙 공융의 태도가 당당했는지라 문지기도 별 수 없이 안에 기별을 전했다. 들어오라는 통보를 받은 공융은 태수의 방으로 들어가 공손하게 절을 한 뒤 좌정하였다. 공융을 만난 태수는 그가 어떤 가문의 자손인지 생각이 나지 않아 물었다. 「그대는 우리 가문과 대대로 교제한 집안 자손이라고 하던데, 그래 부친의 함자가 어떻게 되는가?」

그러자 공융이 공손하게 대답하였다.

「옛날에 저의 선조 중니(仲尼 : 공자의 자)와 태수님 집안의 선조이신 백양(伯陽 : 노자의 자)께서는 사제지간이었으니, 저와 당신은 대대로 교분이 있는 사이가 아니겠습니까?」 당시 방안에는 많은 손님들이 있었는데, 태수와 좌중에 있던 손님들은 공융의 총명함에 무릎을 치며 감탄하였다. 그때 중대부 진위(陳煒)가 태수를 방문했다가 많은 사람들이 어린아이를 칭찬하는 소리를 듣고 영문을 몰라 다른 사람에게 까닭을 물었다.

자초지종을 들은 진위는 별일 아니라는 듯 코웃음을 치며 말했다. 「어려서 똑똑한 아이가 커서도 반드시 똑똑한 것은 아닙니다(小時了了 大未必佳).」

공융이 이 말을 듣더니 진위에게 공손하게 말하였다.

「제가 생각하기에 진대부께서도 어렸을 때는 총명했으리라 여겨집니다.」

진위는 공융의 이 말에 말문이 막혀 한 마디도 대꾸하지 못했다고 한다.

후세 사람들은 이 이야기에서 「소시료료」를 어린아이가 어릴 때부터 총명해서 많은 일에 박식한 것에 비유하였다. 그러나 이어진 문장인 「대미필가(大未必佳)」 때문에 이 말의 뜻이 변해서 어려서 총명한 아이가 커서도 꼭 좋은 재목이 되지는 못한다는 말로 변했다. 때문에 비록 칭찬의 말 같지만 속뜻에는 남을 조롱하고 경멸하는 의미가 있으니 조심해서 사용해야 할 것이다.

― 《세설신어》

■ **천인지낙낙 불여일사지악악**(千人之諾諾不如一士之諤諤) : 천 명의 아부하는 소리가 한 명의 정직한 충고만 못하다는 뜻. 이것은 《사기》 상군열전에 나오는 조양(趙良)이 상앙(商鞅)에게 준 말 가운

데 있는 문자다. 상앙은 위(衛)나라 임금의 후궁 소생으로 공손(公孫)으로 행세했고, 조국을 떠난 뒤부터는 위앙(衛鞅)으로 행세를 했었다. 그 뒤 진효공(秦孝公)의 재상으로 크게 공을 세워 상군(商君)에 봉해짐으로써 상앙이라 부르게 되었다.

상앙이 임금의 신임 아래 일인독재를 10년 동안 계속하자, 살얼음 같은 공포 분위기 속에 나라만은 부강해지고 있었다. 하루는 옛날 친구의 소개로 알게 되었던 조양이란 사람이 찾아왔다. 상앙은 자기의 공로를 자랑하며 백리해(百里奚)와 비교해서 어느 쪽이 나으냐고 물었다.

백리해는 진목공(秦穆公)을 도와 패천하(覇天下)를 한 어린 재상이다. 조양은,「천 마리 양의 가죽이 한 마리 여우의 겨드랑이 가죽만 못하고, 천 사람의 네, 네 하는 것이 한 선비의 아니 라고 하는 것만 같지 못합니다.」라고 전제한 다음 그의 잘못된 정치와 그릇된 망상을 낱낱이 지적하고, 곧 선후책을 강구하여 머지않아 밀어닥칠 화를 미연에 방지하라고 충고했다.

그러나 상앙은 조양의 충고대로 벼슬과 봉지를 나라에 도로 바칠 생각은 없었다. 조양이 다녀간 다섯 달 후에 효공이 죽고 태자가 뒤를 잇자 원수진 사람들이 상앙을 반역자로 고발했다. 이리하여 그는 함양 시가에서 다섯 마리 소가 끄는 수레에 머리와 사지가 찢기어 죽는 참혹한 형을 받아 최후를 마치게 된다.

─《사기》상군열전

■ **위인설항**(爲人說項) : 남을 칭찬하거나 남을 위해 부탁하는 것을 비유하는 말. 당나라 때 강남땅에 시문에 능하고 인품과 풍채가 당당한 항사(項斯)라는 사람이 살고 있었는데, 처음에는 그를 잘 알아주는 사람이 별로 없었다. 항사는 자가 자천(子遷)이고 강동 사람이다.

일찍이 자기가 쓴 시를 가지고 당시 지위가 있는 문관 양경지(楊敬之)를 찾아가 지도해 줄 것을 부탁한 적이 있다. 이미 항사의 일부 시를 읽어 보고 높이 평가한 바 있던 양경지는 이 만남을 통해 인상이 더욱 깊어져 즉석에서 그를 칭찬하는 시 한 수를 항사에게 써주었다고 한다.

「여러 번 읊어 본 그대의 시 구절구절 모두 아름답고 / 오늘 처음 보는 그대의 인품 시보다도 더 고상하도다. / 남의 미덕 찬양하는 일 내 잘 모르지만 / 가는 곳 어디서나 그대를 위해 노래하리라 (到處逢人說項斯).」

이렇게 해서 그 후 양경지의 추천과 소개로 항사의 시는 도성 안에 널리 전파되기 시작했으며 그의 이름도 널리 알려지게 되었다. 이와 같이 양경지가 이르는 곳마다 항사의 자랑을 하게 됨으로써 「위인설항」이라는 말이 나오게 되었다.

— 《당시기사(唐詩紀事)》 항사편

【成句】

■ **목종승즉정**(木從繩則正) : 굽은 나무도 먹줄을 놓아 깎아내면 바르

게 된다는 뜻으로, 학문을 하거나 충고를 따르면 훌륭한 사람이 될 수 있음을 비유하는 말. /《서경》열명(說命).

■ 격절탄상(擊節嘆賞) : 무릎을 치면서 탄복하여 칭찬함. 격절칭상(擊節稱賞).

■ 섭족부이(躡足附耳) : 남몰래 상대방에게 주의·충고를 주는 것. 남이 알아차리지 않도록 상대방의 발을 밟아서 주의를 끈 뒤 귀에 입을 대고 살짝 귀띔한다는 뜻. /《사기》

■ 만구성비(萬口成碑) : 만인의 입이 비(碑)를 이룬다 함이니, 여러 사람이 칭찬하는 것이 송덕비(頌德碑)를 세우는 것과 같다는 말.

■ 호질기의(護疾忌醫) : 병에 걸렸으면서도 의사에게 치료받기를 꺼린다는 뜻으로, 스스로 잘못이 있으면서도 남의 충고를 싫어함을 비유하는 말. /《주자통서(周子通書)》

■ 일미지언(溢美之言) : 너무 지나치게 칭찬하는 말. /《장자》인간세편.

■ 역이지언(逆耳之言) : 귀에 거슬리는 말이란 뜻으로, 충고를 이르는 말. /《사기》

■ 칭지불용구(稱之不容口) : 극구 칭찬하는 것을 이름. /《한서》원앙전.

■ 요고순목(堯鼓舜木) : 요임금은 궐문 밖에 북을 달아놓고 간(諫)할 사람이 있으면 북을 치게 했고, 순임금은 잠목(箴木)을 세워 놓고 경계의 말을 쓰게 한 데서 남의 충고를 잘 받아들임을 비유한 말. /《구당서》

- ■ 비예재속(誹譽在俗) : 비방당하는 것과 칭찬받는 것은 세속(世俗)에 달려 있음. /《회남자》
- ■ 구각춘풍(口角春風) : 수다스런 말로 남을 칭찬하여 즐겁게 해준다는 뜻으로, 남을 칭찬하는 말.
- ■ 면예불충(面譽不忠) : 눈앞에서 칭찬하는 사람은 성신이 부족하다는 뜻.
- ■ 무훼무예(無毁無譽) : 욕할 것도 칭찬할 것도 없음.
- ■ 봉명조양(鳳鳴朝陽) : 봉새가 산의 동쪽에서 운다는 뜻으로, 천하가 태평할 길조. 또는 뛰어난 행위를 칭찬하는 말. /《시경》
- ■ 영형아(寧馨兒) : 뛰어난 아이. 재지(才知) 넘치는 아이. 기린아(麒麟兒). 영형(寧馨)은 이와 같은 이라는 뜻으로, 아(兒)는 남아. 곧 이와 같은 남아의 뜻. 현재는 주로 남의 자식을 칭찬하는 말로 쓰인다. /《진서》
- ■ 옥곤금우(玉昆金友) : 옥 같은 형과 금 같은 아우라는 뜻으로, 남의 형제를 칭찬하는 말. /《남사》
- ■ 월장성구(月章星句) : 달과 별과 같은 문장이라는 뜻으로, 글월이 아름다움을 칭찬하는 말.
- ■ 일자지포폄(一字之褒貶) : 글자 하나의 씀씀이의 중요성을 말한다. 한 자의 씀씀이 여하로, 칭찬도 하고 깎아내리기도 하는 것. 포폄(褒貶)은 칭찬과 헐뜯음. 전(轉)하여 비평(批評)의 뜻.
- ■ 일창삼탄(一倡三歎) : 한 사람이 먼저 노래를 하면 세 사람이 그 뛰어남에 몇 번이나 감탄한다. 곧 한 번 시문(詩文)을 읽고 여러

번 탄상한다는 뜻으로, 썩 훌륭한 시문을 칭찬하여 이르는 말. /
소식(蘇軾) 답장문잠서(答張文潛書).

■ 자화자찬(自畫自讚) : 자기가 그린 그림을 스스로 칭찬함. 전(轉)
하여 제 일을 제 스스로 자랑함. 자기가 그림을 그린다면 그 찬(讚
: 칭찬)은 타인에게 써 받는 것이 에티켓인데도 그것까지 스스로
써버리는 것.

■ 정건삼절(鄭虔三絶) : 당(唐)나라의 정건(鄭虔)이 시(詩)·서(書)·
화(畫)의 삼예(三藝)에 절묘했던 데서 유래한 말로, 남의 산수화를
칭찬할 때 쓰는 말.

■ 팔두재(八斗才) : 송(宋)나라의 사령운(謝靈運)이 위(魏)나라의 조
식(曹植)을 칭찬하여 이른 말로, 시문(詩文)을 짓는 재주가 뛰어남
을 이르는 말. /《남사》

■ 하동삼봉(河東三鳳) : 당나라 하동의 설수(薛收)와 그의 조카인 원
경(元敬), 조카의 형 덕음(德音) 셋이 이름난 데서, 형제가 나란히
어짊을 칭찬하는 말. /《당서》

■ 훼예포폄(毀譽襃貶) : 칭찬·비방·시비(是非)·선악(善惡)을 평
정(評定)함. 훼(毀)는 구멍을 파서 부수는 것. 또는 욕하다의 뜻도
있다. 폄(貶)은 떨어뜨리다, 비방하다의 뜻.

승부 rivalry 勝負

(경쟁)

【어록】

■ 배움이란 날로 더해지는 과정이요, 도를 행한다는 것은 날로 덜어내는 과정이다(爲學日益 爲道日損 : 경쟁에서 이기기 위해 날카로운 무기를 만들고, 영토를 서로 차지하기 위해 피 흘리는 전쟁을 통해 창고를 채우고, 땅을 넓히고, 지위를 높이고, 권력을 높이기 위해 무한경쟁을 강요하는 시대에 노자의 「날마다 비우라.」고 하는 가치를 다시 한번 생각하게 된다. 고집과 편견을 버리고, 내가 이룬 부와 명예를 나누고, 내가 쌓은 성공에서 한 발짝 물러나는 것이 채우고 쌓는 일보다 위대할 수 있는 것이다).

— 《노자》 제48장

■ 전쟁의 요체는 이기는 데 있지, 오래 끄는 데 있지 않다(兵貴勝 不貴久 : 전쟁에서 가장 중요한 것은 이기는 것이다. 그것도 속전속결이 중요하다. 질질 끌어서는 피폐해지고 마는 것이다).

— 《손자병법》

■ 병법에 통달한 사람은 무기를 쓰지 않고도 적을 이기는데, 그 제일 책략은 적의 모략을 타파하는 것, 다음은 적국과 타국과의 교제를 단절시키는 것이다(上兵伐謀 其次伐交).　　　　—《손자병법》

■ 백전백승은 최선이 아니요, 싸우지 않고 적을 굴복시키는 것이 최선의 방법이다(百戰百勝 非善之善者也 不戰而屈人之兵 善之善者也).　　　　—《손자병법》

■ 용병을 잘하는 자는 먼저 적이 이길 수 없도록 준비해 두고서 적과 싸워 이길 수 있는 기회를 기다린다.　　　　—《손자병법》

■ 전쟁을 잘한다는 것은 승리를 취하되 쉽게 이기는 것을 일컫는다(善戰者 勝於易勝者也).　　　　—《손자병법》

■ 용병의 방법은 적국을 온전하게 두고 이기는 것이 최상책의 용병이고, 적을 파괴하여 이기는 것은 차선책의 용병이다(用兵之法 全國爲上 破國次之).　　　　—《손자병법》

■ 싸울 경우를 아는 자는 이긴다.　　　　—《손자병법》

■ 상대를 알고 나를 알면 백 번 싸워도 위태롭지 않다. 상대를 알지 못하고 나만 알면 승부의 비율은 1대 1이 될 것이다. 상대도 알지 못하고 나도 알지 못하면 싸우는 대로 패배하기 마련이다(知彼知己 百戰不殆 不知彼而知己 一勝一負 不知彼不知己 每戰必殆).
　　　　—《손자병법》

■ 알고서도 과감히 공격하지 않거나 알지 못하면서도 공격하는 자는 패배한다.　　　　—《위공병법(衛公兵法)》

■ 일시의 강약은 힘에 좌우되지만, 궁극의 승부는 결국 순리에 의해

결정된다(一時之强弱在力 千古之勝負在理).
— 《동주열국지(東周列國志)》

■ 참으로 한 번 던져 하늘과 땅을 걸게 만들었던가(眞成一擲賭乾坤
:「건곤일척(乾坤一擲)」은 승패와 흥망을 걸고 마지막으로 결행하
는 단판승부를 말한다). — 한유 / 과홍구(過鴻溝)

■ 지혜로 싸우지, 힘으로 싸우지 않는다(寧鬪智 不鬪力 : 대진(對陣)
해 있던 항우가 싸움을 걸어 왔을 때 한고조 유방이 한 말).
— 《십팔사략》

■ 약한 자의 고기를 강한 자가 먹는다(弱之肉 彊之食 : 약한 자는 강
한 자에게 먹힘이란 뜻으로, 생존경쟁의 살벌함을 말한다. 「약육
강식(弱肉强食)」의 출전}. — 《문장궤범》

■ 뽐내고 오만함은 객기(客氣) 아닌 것이 없다. 객기를 극복한 뒤에
라야 정기(正氣)가 자라난다(矜高倨傲 無非客氣 降伏得客氣下 而
後正氣伸 : 객기란 남과 경쟁하는 생각이다. 이에 대해 정기(正氣)
는 정정당당하게 자립하는 정신으로 천지정대(天地正大)의 기(氣)
다}. — 《채근담》

■ 도자기 장수는 도자기 장수를, 직공은 직공을, 거지는 거지를, 가수
는 가수를 각각 시기한다. — 헤시오도스

■ 뚜벅뚜벅 걷는 것이 경쟁에 이긴다. — 이솝 우화

■ 승자가 즐겨 쓰는 말은「다시 한 번 해보자」이고 패자가 즐겨 쓰는
말은「해봐야 별 수 없다」이다. — 《탈무드》

■ 승자는 과정을 위해 살고 패자는 결과를 위해 산다. — 《탈무드》

■ 승자는 꼴찌를 해도 의미를 찾지만 패자는 오직 일등했을 때만 의미를 찾는다. ─《탈무드》

■ 승자는 다른 길도 있으리라 생각하지만 패자는 오직 한길뿐이라고 고집한다. ─《탈무드》

■ 승자는 문제 속에 뛰어들고 패자는 문제의 변두리에서만 맴돈다 ─《탈무드》

■ 승자는 「예 / 아니오」를 확실히 말하고, 패자는 「예 / 아니오」를 적당히 말한다. ─《탈무드》

■ 승자는 일곱 번 쓰러져도 여덟 번 일어서고 패자는 쓰러진 일곱 번을 낱낱이 후회한다. ─《탈무드》

■ 승자는 자기보다 우월한 자를 보면 존경하고 배울 점을 찾고, 패자는 질투하고 그 사람의 갑옷에 구멍 난 곳이 없는지 찾으려 한다. ─《탈무드》

■ 승자의 입에는 솔직이 가득차고 패자의 입에는 핑계가 가득 찬다. ─《탈무드》

■ 승자의 주머니 속에는 꿈이 있고 패자의 주머니 속에는 욕심이 있다. ─《탈무드》

■ 승자의 하루는 25시간이고 패자의 하루는 23시간밖에 안 된다. ─《탈무드》

■ 경쟁 상대의 장점을 시인하고 들어가면 최대의 이익을 얻을 수 있다. ─ 괴테

■ 나는 인간이다. 그것이 경쟁하는 자라는 것을 의미한다. ─ 괴테

- ■ 운명이 카드를 섞고 우리가 승부를 겨룬다. ― 쇼펜하우어
- ■ 아무런 위험 없이 승리하는 것은 영광 없는 승리일 뿐이다.
  ― 피에르 코르네유
- ■ 정치적 경쟁은, 군사적 연습이 그러하듯이 자유와 재산을 보호하는 기술을 가르치고, 연습과 실천의 기회를 제공한다는 점에서 필요한 것이다. ― 제임스 매디슨
- ■ 어떤 겁쟁이라도 그가 승리할 것을 확신할 때에는 싸울 수 있다. 그러나 질 것을 알면서도 용감하게 싸우는 사람을 보여 달라. 그리고 패배보다 더 못한 승리도 많다. ― 조지 엘리엇
- ■ 인생은 영원한 현재의 싸움터이다. 거기에서는 과거와 미래가 끝없이 싸우고 있다. ― 로맹 롤랑
- ■ 선망과 경쟁심의 차이는 악덕과 미덕의 차이와 같다.
  ― 라브뤼예르
- ■ 나무는 다른 나무와 섞여질 때 한층 더 잘 탄다. ― M. 사디
- ■ 경쟁심은 재능의 양식이고, 질투는 마음의 독극물이다.
  ― 볼테르
- ■ 닭들이 먹이를 놓고 다투다 멈출 때는 충분한 모이가 있음을 깨달았을 때임을 알 수 있다. 인간도 마찬가지가 아니겠는가 하고 생각해 본다. ― 돈 마키스
- ■ 승리하면 조금은 배울 수 있고, 패배하면 모든 것을 알게 된다.
  ― 크리스티 매튜스
- ■ 언제나 남과 경쟁하는 마음은, 자칫하면 습관성이 되어 본래 경쟁

은 전혀 필요 없는 분야에까지 쉽게 파고 들어간다.

― 버트런드 러셀

▣ 진정한 뜻에서의 경제적인 동기 중에서 자기보존의 본능을 제외한
다면, 경쟁심이 가장 예민하고 집요한 것이다.

― 소스타인 베블런

▣ 승리엔 우연이란 없다.   ― 미야모토 무사시

▣ 경쟁은 인생의 법칙이다.   ― 리처드 버튼

▣ 경쟁적 요인이 많은 사회일수록 좋은 사회요 탄력성이 있는 사회
다.   ― 신일철

▣ 승부를 다투는 경쟁의 세계는 피도 눈물도 없는 비정(非情)의 세계
다. 그것이 아무리 비정하다고 하더라도, 그렇다고 경쟁이 없는 세
계, 승부를 다투는 일이 없는 세계는 얼마나 무미건조할 것인가.

― 신일철

▣ 경쟁의 세계에는 단 두 마디 말밖에는 없다―이기느냐, 지느냐.

― 이어령

【속담 · 격언】

▣ 평택(平澤)이 무너지나 아산(牙山)이 깨어지나 해 보자. (끝까지
승부를 겨뤄 보자)   ― 한국

▣ 두꺼비씨름 누가 이길지? (승부의 결말이 나지 않는다)   ― 한국

▣ 장군이야, 멍군이야. (양쪽이 엇비슷해 승부를 가리기 힘들다)

― 한국

▣ 기는 놈 위에 나는 놈 있다.   ─ 한국

▣ 승부에 강한 사람도 패배해 버리면 그만이다.   ─ 영국

▣ 승부를 구경하는 자는 승부를 겨루고 있는 자보다 잘 보인다.
                ─ 영국

▣ 아무리 수염을 잘 깎아도 다른 이발사가 흠을 못 잡는 일은 없다.
                ─ 영국

▣ 승부는 끝나 봐야 안다.   ─ 영국

▣ 남자는 남자에게 늑대이고, 여자는 여자에게 그 이상으로 늑대이
 고, 승려는 승려에게 완전한 늑대이다.   ─ 라틴

▣ 악마조차 여자하고 맞서면 승부에 지고 만다.   ─ 폴란드

▣ 고기잡이는 멀리서도 재빨리 다른 고기잡이의 모습을 발견한다.
               ─ 러시아

【시】

남이 해할지라도 나는 아니 겨루리라
참으면 덕(德)이요 겨루면 같으리니
굽음이 제게 없거니 겨룰 줄이 있으랴.

           ─ 이정신(李廷藎)

흑돌 백돌이 진을 치고 에워싸며
잡아먹고 버리기로 승부가 결판난다.
그 옛날 사호*는 바둑으로 세상 잊고

나무꾼은 신설놀음 구경하다 도끼자루 썩었다네.

꾀를 써서 요석 잡아 유리하게 돌아가니

잘못 뒀다 물러 달라 손을 휘휘 내젓는다.

한나절 승부하고 다시 한판 시작하니

돌 놓는 소리는 쩡쩡하여 석양까지 기울었네.

縱橫黑白陳如圍　勝敗專由取舍機

四皓閑枰忘世坐　三淸仙局爛柯歸

詭謨偶獲鼇頭點　誤着還收擧手揮

半日輪瀛更挑戰　丁丁然響到斜輝

*중국 진(秦)나라 말기 난리를 피하여 상산(商山)에 살던 동원공(東圓公), 하황공(夏黃公), 녹리선생(甪里先生), 기리계(綺里季)를 가리킴. 이들이 모두 눈썹과 머리카락이 희었다는 데서 상산사호라고 불리었다.

　　　　　　　　　　　　　　　── 김삿갓(金笠) / 바둑(棋)

【중국의 고사】

■ 건곤일척(乾坤一擲) : 승패와 흥망을 걸고 단판걸이로 승부나 성패를 겨룸. 당나라 때 문장으로 첫손을 꼽는 한유(韓愈 : 자는 퇴지, 768~824)의 칠언절구로 된 「과홍구(過鴻溝)」라는 제목의 시가 있다. 「용은 지치고 범도 고달파 강과 들을 나누니 / 억만창생의 목숨이 보전케 되었네. / 누가 임금의 말머리를 돌리게 하여 / 참으로 한번 던져 하늘 땅을 걸게 만들었던가.」

한유가 홍구라는 지방을 지나가다가 초·한(楚漢) 싸움 때의 옛일이 생각나 지은 시다.

진시황이 죽자 폭력에 의한 독재체제는 모래성 무너지듯 무너지고, 몸을 피해서 숨어 칼을 갈고 있던 무수한 영웅호걸들은 벌 떼처럼 들고 일어났다. 마침내 천하는 항우와 유방 두 세력에 의해 양분되었는데, 그 경계선이 바로 이 홍구였다. 홍구는 지금 가로하(賈魯河)로 불리며 하남성 개봉(開封) 서쪽을 흐르고 있다. 항우와 유방은 이 홍구를 경계로 해서 동쪽을 항우의 초나라로 하고, 서쪽을 유방의 한나라로 하기로 결정을 보았던 것이다.

이리하여 일단 싸움은 중단이 되고 억만창생들도 숨을 돌리게 되었는가 했는데, 유방의 부하들은 서쪽으로 돌아가려는 유방의 말머리를 돌려, 항우와 천하를 놓고 최후의 승부를 결정짓는 도박을 하게 되었던 것이다. 「건곤」은 하늘과 땅이란 뜻이고, 「일척」은 한 번 던진다는 뜻이다. 다시 말해서, 이기면 하늘과 땅이 다 내 것이 되고, 지면 하늘과 땅을 다 잃게 되는 도박을 한다는 뜻이다.

유방이 걸고 한 것은 사실 글자 그대로 하늘과 땅이었지만, 지금에 와서 우리들이 쓰고 있는 뜻은, 무엇이든 자기의 운명(모든 것)을 걸고 흥망 간에 최후의 모험 같은 것을 하는 것을 「건곤일척」이라고 한다. 또 원문은 하늘과 땅을 걸고 한 번 던진다는 뜻이었는데, 하늘과 땅을 직접 내던지는 것 같은 강한 뜻을 풍기기도 한다.

― 한유 / 과홍구(過鴻溝)

■ **백발백중**(百發百中) : 총·활 같은 것이 겨눈 곳에 꼭꼭 맞음. 앞서 생각한 일들이 꼭꼭 들어맞음. 또 모든 일이 계산대로 다 맞아 들어가는 것을 가리켜 백발백중이라 한다. 이 말은 신전(神箭)이란 별명을 듣고 있던 양유기(養由基)에서 나온 말이다. 《사기》주기에 이런 기록이 있다.

「초나라에 양유기라는 사람이 있었는데, 활을 잘 쏘는 사람이었다. 버드나무 잎을 백 보 떨어진 곳에서 쏘면 백 번 쏘아 백번 맞혔다…….」

다른 기록에 보면, 양유기는 활을 잘 쏠 뿐만 아니라 막기도 또한 잘했으며, 힘도 또한 세어 화살이 소리보다 먼저 갔다고 한다. 투월초(鬪越椒)란 초나라 재상이 반란을 일으켰을 때 일이다.

외국으로 초장왕(楚莊王)이 출정나간 틈을 타서 반란을 일으킨 투월초는 장왕이 돌아오는 길을 막았다. 이리하여 양쪽은 강을 끼고 대처하게 되었다. 관군이 가장 무서워하는 것은 투월초의 뛰어난 활솜씨였다. 이때 양유기는 이름 없는 하급 장교였다. 투월초가 강 저쪽에서 활을 높이 들고, 나를 대항할 놈이 누구냐고 외쳤을 때 양유기가 나타났다. 양유기는, 많은 군사를 괴롭히지 말고 단 둘이서 활로 승부를 짓자고 제안했다.

투월초는 약간 겁이 났다. 그러나 먼저 큰소리를 친 끝이라 거절을 못하고, 각각 세 번씩 활을 쏘아 승부를 결정하는데, 자기가 먼저 쏘겠다고 했다. 먼저 쏘아 죽여 버리면 제아무리 명사수라도 무슨 소용이 있겠느냐는 생각에서였다. 그래서 먼저 투월초가 양유기를 향해 활을 쏘았다. 양유기는 처음은 활로써 오는 화살을 쳐서 떨어뜨리고, 두 번째는 몸을 옆으로 기울여 화살을 피했다.

투월초는 당황해서, 「대장부가 몸을 피하다니, 비겁하지 않으냐.」 하고 억지를 부렸다. 그러자 양유기는, 「좋습니다. 그럼 이번은 몸을 피하지 않겠소.」 하고 오는 화살 끝을 두 이빨로 물어 보였다. 그리고는 투월초에게 큰 소리로 외쳤다. 「세 번으로 약속이 되어 있지만, 나는 단 한 번만으로 승부를 결정하겠소.」 하고 먼저 빈 줄을 튕겨 소리를 보냈다.

투월초는 줄이 우는 소리에 화살이 오는 줄 알고 몸을 옆으로 기울였다. 그 순간 기울이고 있는 그의 머리를 향해 총알보다 빠른 화살을 쏘아 보냈다. 이리하여 투월초는 죽고 반란은 싱겁게 끝나고 말았다. 그러나 초나라 공왕(共王)은 그가 재주만 믿고 함부로 날뛴다 해서 항상 주의를 주며 활을 함부로 쏘지 못하게 했다. 그 뒤 양유기는 결국 화살에 맞아 죽고 말았다. 나무에 잘 오르는 사람은 나무에서 떨어져 죽는다는 속담처럼. ―《사기》주기(周紀)

■ **권토중래(捲土重來)** : 한 번 실패에 굴하지 않고 몇 번이고 다시 일어남. 패한 자가 세력을 되찾아 다시 쳐들어옴. 한번 싸움에 패하였다가 다시 힘을 길러 쳐들어오는 일, 또는 어떤 일에 실패한 뒤 다시 힘을 쌓아 그 일에 재차 착수하는 일을 비유하는 말이다. 만당(晚唐)의 대표적 시인이며, 두보에 대하여 소두(小杜)라고 불리던 두목(杜牧)의 칠언절구 「오강정시」에 있는 말이다.

승패는 병가도 기약할 수 없다.
부끄러움을 안고 참는 이것이 사나이.
강동의 자제는 호걸이 많다.
땅을 말아 거듭 오면 알 수도 없었을 것을.

勝敗兵家不可期　包羞忍恥是男兒　승패병가불가기 포수인치시남아
江東子弟多豪傑　捲土重來未可知　강동자제다호걸 권토중래미가지

오강은 지금의 안휘성 화현 동북쪽, 양자강 오른쪽 언덕에 있다. 이 시는 이 곳을 지나가던 두목이, 옛날 여기에서 스스로 목을 쳐 죽은 초패왕 항우를 생각하며 읊은 것이다. 항우를 모신 사당이 있어 「오강묘(烏江廟)의 시」라고도 한다.

항우는 해하(垓下)에서 한고조 유방과 최후의 접전에서 패해 이곳으로 혼자 도망쳐 왔다. 이때 오강을 지키던 정장(亭長)은 배를 기슭에 대놓고 항우가 오기를 기다려 이렇게 말했다. 정장은 파출소장과 비슷한 소임이다.

「강동 땅이 비록 작기는 하지만, 그래도 수십만 인구가 살고 있으므로 충분히 나라를 이룰 수 있습니다. 어서 배를 타십시오. 소인이 모시고 건너겠습니다.」

강동은 양자강 하류로 강남이라고도 하는데, 항우가 처음 군사를 일으킨 곳이기도 하다. 정장은 항우를 옛 고장으로 되돌아가도록 권한 것이다. 그러나 항우는, 「옛날 내가 강동의 8천 젊은이들을 데리고 강을 건너 서쪽으로 향했는데, 지금 한 사람도 남아 있지 않다. 내 무슨 면목으

로 그들 부형을 대한단 말인가?」했다.

항우는 타고 온 말에서 내리자, 그 말은 죽일 수 없다면서 이를 정장에게 주었다. 그리고는 뒤쫓아 온 한나라 군사를 맞아 잠시 그의 용맹을 보여준 뒤 스스로 목을 쳐 죽었다. 이때 항우의 나이 겨우 서른, 그가 처음 일어난 것이 스물넷이었으니까, 7년을 천하를 휩쓸고 다니던 그의 최후가 너무도 덧없고 비참했다. 두목은 그의 덧없이 죽어간 젊음과 비참한 최후가 안타까워 이 시를 읊었던 것이다.

「항우여, 그대가 비록 패하기는 했지만, 승패라는 것은 아무도 얘기할 수 없는 것이다. 한때의 치욕을 참고 견디는 것, 그것이 사나이가 아니겠는가. 더구나 강동의 젊은이들에게는 호걸이 많다. 왜 이왕이면 강동으로 건너가 힘을 기른 다음 다시 한 번 땅을 휘말 듯한 기세로 유방을 반격하지 않았던가. 그랬으면 승패는 아직도 알 수 없었을 터인데……」하는 뜻이다.　　　　　　　— 두목(杜牧) /「오강정시(烏江亭詩)」

■ **녹사수수**(鹿死誰手) : 사슴이 누구의 손에 죽는가라는 뜻으로, 세력이 서로 비슷하여 승부를 가리지 못하는 경우에 쓰이는 말이다.

　《진서》석륵재기(石勒載記)에 나오는 이야기다. 중국 오호십육국(五胡十六國)의 하나인 후조(後趙)의 제1대 황제 석륵(石勒, 재위 319~333)은 자부심이 강하고 유능한 통치자로 신하인 서광(徐廣)에게 자신을 역사상 어느 왕에 비교할 수 있는지 물었다.

　서광은 임금의 지혜가 한(漢)나라의 고조 유방(劉邦, 재위 BC 202~BC 195)을 앞지른다고 대답했다. 석륵은「내가 유방의 시대에 태어났다면 그의 부하로 지휘를 받았을 것이지만, 후한의 초대 황제 광무제(光武帝, 재위 25~57) 유수(劉秀)를 만나 중원에서 그와 겨루었다면 『사슴이 누구 손에 죽었을지 알지 못한다(不知鹿死 誰手).』고 말하였다고 전해진다.

양쪽의 실력이 비슷해 누가 이길지 모를 정도로 미리 승부를 짐작하기 어렵다는 말이다. 지위나 정권을 사슴에 비유하였는데, 천하가 누구에게 돌아갈 것인가라는 뜻에서 제위의 다툼을 비유하는 「중원 축록(中原逐鹿)」과 비슷한 말이다.   ―《진서(晉書)》

■ **승패병가상사(勝敗兵家常事)** : 이기고 지는 것에 크게 개의치 말고 최선을 다하는 것이 중요하다. 상대가 없는 싸움은 없다. 하나가 이기면 하나가 지기 마련이다. 승패는 동시에 성립된다. 승패가 없이 비긴다는 것은 드문 일이요, 또 정상이 되지 못한다. 전쟁을 직업처럼 알고 있는 병가(兵家)로서는 이기고 지고 하는 것을 당연한 것으로 알고 있어야 한다. 「승패는 병가의 상사」란 말은 바로 이것을 말하는 것이다.

전쟁이나 경쟁이나 경기나 그 밖의 모든 사회활동에 있어서 성공과 실패란 것은 언제나 따라다니기 마련이다. 그러므로 승리나 성공을 거두었다고 해서 과히 기뻐할 것도 없는 일이며, 또 패배나 실패를 맛보았다고 해서 절망하거나 낙심할 필요도 없는 것이다. 「승패는 병가상사」란 말은 옛날 역사적 기록에 자주 나오는 말이다. 특히 전쟁에 패하고 낙심하고 있는 임금이나 장군들을 위로

하기 위해 항상 인용되곤 하는 먼 옛날부터 전해진 말인 것 같다.

패배나 실패를 염두에 두지 않는 싸움처럼 무모한 싸움은 없다. 꼭 이긴다, 꼭 성공한다 하고 일을 시작하는 사람처럼 어리석은 사람은 없다. 성공했을 때와 실패했을 때를 똑같이 염두에 두고 그 다음의 대책을 강구해 두지 않는 사람은 비록 성공을 해도 그 성공을 성공으로 끝맺기가 어려운 법이다. 그러나 두 경우를 다 염두에 두고 만일의 경우에 대비한 사람이라면 비록 실패를 했더라도 그 실패는 성공의 밑거름이 되는 것이다.

결국 승패 자체가 문제가 아니라, 그 승패에 임하는 자세와 승패를 맛본 뒤의 마음가짐이 더욱 중요하다. 「승패는 병가상사」란 말은 위에 말한 여러 가지 뜻을 다 포함하고 있다. 기뻐하지도 낙심하지도 말고, 당연히 있을 수 있는 일이라는 태연한 생각과 앞으로의 대책에 보다 신중을 기하라는 뜻이다. 위로와 훈계와 격려와 분발을 모두 뜻하는 말이다.   ―《당서》배도전(裴度傳)

■ **지피지기백전불태**(知彼知己百戰不殆) : 적을 알고 나를 알면 백 번 싸워도 위태롭지 않다.《손자》모공(謀攻)편에 나오는 말이다. 손무(孫武)는 춘추시대 오왕(吳王) 합려의 패업(霸業)을 도운 불세출의 병법가로서 오늘날《손자병법》을 만든 유명한 인물이다. 그는 초(楚)나라의 병법가로서 전국시대에 활약한 오기(吳起 : 吳子)와 함께 병법의 시조로 일컬어진다. 그의 저서《손자》에 아래와 같은 글이 있다.「적의 실정을 알고 아군의 실정도 안 다음 싸운다면 백

번을 싸워도 결코 위태롭지 않다. 적의 실정은 모르고 아군의 실정만 알고 싸운다면 승패는 반반이다. 적의 실정을 모르고 아군의 실정까지 모르면 싸울 때마다 모두 질 것이다.」

　지금은 그저 「지피지기(知彼知己)면 백전백승(百戰百勝)」이라고 흔히 쓴다. ──《손자》모공편

【서양의 고사】

▣ 종전이 되자 카토는 모든 장병들에게 1파운드의 은을 나누어 주며 몇 사람이 금을 가지고 본국으로 돌아가는 것보다 많은 사람이 은을 가지고 가는 것이 더 좋다고 말하고, 그 자신은 먹고 마실 것을 제외하고는 전리품에 전혀 손을 대지 않았다. 그리고 그는,「그런 방법으로라면 부자가 되려는 사람을 탓하지 않는다. 그러나 나는 덕을 가장 많이 쌓은 사람과 덕을 겨루고 싶지, 재물이 가장 많은 사람과 재물을 겨루거나, 욕심이 가장 많은 사람과 욕심을 겨루고 싶지는 않다.」고 말하였다. ──《플루타르크 영웅전》

【成句】

▣ 각축(角逐) : 각(角)은 겨룬다는 뜻, 축은 쫓는다는 뜻. 서로 이기려고 경쟁함. 승부를 다툼. /《전국책》

▣ 지구지계(持久之計) : 승부를 단숨에 결판내지 않고, 농성을 하거나 또는 포위를 하여 오래 견뎌서 적을 약화시키고 압박하는 전술. /《삼국지》

▣ 해여산쟁수해필득지(海與山爭水海必得之) : 바다와 산이 싸우면

바다가 반드시 이긴다는 뜻으로, 바다는 여러 물이 모인 곳이므로 중력(衆力)이 과력(寡力)을 이김을 비유하는 말. 또는 승부가 뻔함의 비유. / 《신자(愼子)》

■ 팔년병화(八年兵火) : 옛날 중국의 항우와 유방이 8년 동안이나 싸움을 하였다 하여, 승패를 다투는 일이 오래 끌게 됨을 이름.

■ 차선차후(差先差後) : 앞서기도 하고 뒤서기도 한다는 뜻으로, 경쟁을 이름.

출세 advancement 出世

【어록】

▣ 몸뚱이와 머리카락 터럭은 부모님께 물려받은 것이니 감히 훼손하지 않는 것이 효도의 시작이요, 벼슬길에 나아가 이름을 떨친 후에 세상에 부모님을 빛내는 것이 효도의 마지막이다(身體髮膚 受之父母 不敢毀傷 孝之始也 立身行道 楊名於後世 以顯父母 孝之終也).

　　　　　　　　　　　　　　　　　　　　　　　　　　　—《효경》

▣ 출세를 해도 그 지위를 영광으로 생각하지 않고, 곤궁해도 그 처지를 부끄러워하지 않는다(不榮通 不醜窮).　　　　　　　　—《장자》

▣ 깊은 골짜기에서 나와 높은 나무로 옮겨간다(出於幽谷 遷于喬木 : 비천한 처지에서 고귀하게 출세하는 것을 말한다. 꾀꼬리가 교목에 옮겨 앉아도 옛 벗을 잊지 않는 것처럼 사람 역시 출세해도 옛 친구를 버리지 말라는 훈계다).　　　　　　　　　　—《맹자》

▣ 용의 비늘을 끌어 잡고 봉황의 날개를 붙잡는다(攀龍鱗 附鳳翼 : 용의 비늘을 휘어잡고 봉황의 날개에 붙어 높은 곳으로 오른다. 즉

지위가 높은 사람에게 붙어서 자기의 출세를 생각한다).

— 《십팔사략》

■ 빈천함을 근심하지 않고, 부귀에 급급하지 않는다(不戚戚於貧賤, 不汲汲於富貴 : 가난과 부귀에 초연한 마음 자세를 가리킨다).

— 도연명

■ 관리는 출세하면 게을러진다(官怠於宦成).　　　 — 《소학》

■ 효의 시작은 부모를 섬기는 것이요, 다음은 임금을 섬기는 것이며, 입신출세하는 것이 효도의 끝이 된다(孝始於事親 中於事君 終於立身).

— 《소학》

■ 사람에게는 세 가지의 불행이 있다. 첫째는 젊어서 과거에 급제하여 출세하는 것이고, 둘째는 부모 덕택으로 높은 관직에 임용되는 것이고, 셋째는 재능이 있고 문장이 능란한 것이다(人有三不幸 少年登高科 一不幸 席父兄之勢 爲美官 二不幸 有高才能文章 三不幸也 : 이상 세 가지는 일반적으로 대단히 영광스러운 일이지만, 실은 학문의 미숙, 남의 비방, 덕의 부족으로 인해 몸을 그르칠 위험이 있기 때문에 불행이라 한 것이다).　　　 — 《소학》

■ 인생은 계절에 베어진 수확이다. 출세에는 반드시 죽음이 뒤따른다.

— 에우리피데스

■ 형제는 같은 길을 같은 보조로 입신출세의 길을 개척해 나가야 하기 때문에 가끔 충돌을 피할 길이 없다.　　　 — 몽테뉴

■ 어느 날 아침 일어나 보니 유명해져 있었다.　　 — 조지 바이런

■ 출세에는 다만 두 가지 방법이 있다. 한 가지는 스스로의 근면에

의해서, 다른 한 가지는 남의 어리석음에 의해서. ― 라브뤼예르
▣ 출세하기 위해서는 정신보다도 습관이나 혹은 경험이 필요하다. 사람들은 그것을 너무나 늦게 깨닫게 된다. 그것을 깨달았을 때에는 이미 온갖 과실을 다하여 만회할 틈조차 없게 된다. 생각건대, 성공하는 자가 극히 드문 까닭도 이 때문이리라. ― 라브뤼예르
▣ 현세에서의 출세에는 실제 수입이 증대한다는 점과는 달리, 이 출세와 결부된 웃옷이나 조끼로부터 독특한 가치나 위엄을 낳는 것이 있다. ― 찰스 디킨스
▣ 연애를 위해서 출세를 모두 희생시키는 것은, 안쓰럽도록 영웅적일 경우도 있지만, 우행(愚行)일 것이다. 그러나 출세를 위해서 연애를 모두 희생시키는 것도 똑같은 우행으로서, 결코 영웅적은 아니다. ― 버트런드 러셀
▣ 출세욕이란 그렇게나 사람의 마음을 어둡게 하는 것일까.
― 정비석

【속담 · 격언】
▣ 뱀이 용(龍) 되어 큰소리한다. (천하던 사람이 갑자기 귀해지면 유난히 큰소리를 친다) ― 한국
▣ 미꾸라지 용 됐다. (변변치 못한 사람이 훌륭하게 되었다)
― 한국
▣ 닭 벼슬은 될망정 쇠꼬리는 되지 말라. ― 중국
▣ 은혜 갚음은 출세의 상(相), 은혜 모름은 구걸의 상. ― 일본

- ■ 고생은 출세의 사다리.   ― 영국
- ■ 악으로 출세하는 자도 있고 덕으로 망하는 자도 있다.   ― 영국

【시】

장부(丈夫)로 생겨나서 입신양명(立身揚名) 못할지면

차라리 다 떨치고 일 없이 늙으리라

이 밖에 녹록(碌碌)한 영위(營爲)에 거리낄 줄 있으랴.

― 김유기

【중국의 고사】

■ **청운지지**(青雲之志) : 높은 지위에 올라가고자 하는 뜻. 「청운(青雲)」은 푸른 구름을 말한다. 푸른 구름은 사람들이 잘 볼 수 없는 귀한 구름이다. 신선이 있는 곳이나 천자가 될 사람이 있는 곳에는 푸른 구름과 오색구름이 떠 있었다고 한다. 그래서 「청운에 뜻을 둔다」 하면 남보다 훌륭하게 출세할 뜻을 가지고 있다는 말이 된다. 장구령의 시를 소개한다.

「그 옛날 청운의 뜻이(宿昔青雲志) / 이루지 못한 백발의 나이에(蹉跎白髮年) / 뉘가 알리오, 밝은 거울 속(唯知明鏡裏) / 얼굴과 그림자가 절로 서로 안타까워함을(形影自相憐).」

장구령은 현종 때 어진 재상으로 이임보(李林甫)의 모략에 밀려나 초야에서 여생을 보낸 사람이다. 이 시는 재상의 자리를 물러났을 때의 감회를 읊은 것이다. 그 옛날 푸른 꿈을 안고 재상이 되어

나라를 위해 있는 힘을 다했으나 뜻대로 되지 못하고 늙은 나이에 미끄러져 물러나고 말았다. 거울 속에 비친 그림자와 서로 마주 보며 서글퍼하는 마음을 그 누가 알아 줄 사람이 있으리오 하는 내용이다.

　그러나 옛날에는 「청운」이란 말이 꼭 출세의 뜻으로만 쓰인 것은 아니었다. 《사기》 백이열전(伯夷列傳)에서 태사공(太史公)은 이렇게 말하고 있다. 「민간에 있는 사람들이 덕을 닦아 이름을 세우고자 청운의 선비(靑雲之士)의 힘을 빌지 않으면 어떻게 후세에 그 이름을 전할 수 있겠는가.」 즉 백이 숙제 같은 사람도 공자 같은 성인이 그를 위대하게 평해 주지 않았으면 그 이름이 세상에 전해질 수 없었다는 것을 개탄한 것으로, 여기서는 공자가 청운지사(靑雲之士)로 지적된 것이다. 주석에는 청운지사를 귀하고 위대한 사람이라고 풀이하고, 또 「청운지사」에는 세 가지 뜻이 있어서, 덕이 높은 사람, 지위가 높은 사람, 뜻이 높은 사람에게 두루 쓰인다고 했다.

　결국 푸른 뜻이니, 푸른 꿈이니 하는 것은 무엇이 됐든 높고 크게 한번 되어 보겠다는 원대한 포부의 뜻으로 풀이될 수 있을 것 같다. 왕발(王勃)의 「등왕각서(滕王閣序)」에도 청운지지(靑雲之志)란 말을 장구령의 시에 나오는 것과 같은 출세의 뜻으로 쓰고 있다. 왕발도 같은 시대의 사람이다. 당시는 「청운」의 뜻이 지금과 같이 출세의 뜻으로 쓰이고 있었던 것 같다.

── 장구령(張九齡) / 《조경견백발(照鏡見白髮)》

■ **등용문**(登龍門) : 입신출세(立身出世)에 연결되는 어려운 관문.「등용문」이란 말은 쉽게 생각할 때, 용이 되어 하늘로 올라가는 문이란 뜻으로 풀이될 수도 있다. 또한 그런 뜻이 없는 것도 아니다. 이 등용문이란 말의 출전은 대개 이런 것이다.

후한(後漢)은 환관에 의해 망했다고들 한다. 이 환관과 맞서 싸운 정의파 관료의 영수로 지목되던 사람이 이응(李膺)이었는데, 그의 자(字)는 원례(元禮)였다. 혼자 퇴폐한 기강을 바로잡으려고 애쓰는 이응은 그의 몸가짐이 또한 고결했다. 이리하여「천하의 모범은 이원례」라고까지 칭찬을 받게 되었는데, 특히 청년 관료들은 그와 알게 되는 것을 등용문이라고 부르며 몹시 자랑으로 알고 있었다는 것이다.

《후한서》이응전에 보면,「선비들로 그의 용접(容接)을 받는 사람이 있으면, 이름하여 등용문이라고 했다(士有被其容接者 名爲登龍門).」고 나와 있다. 여기 나오는 등용문은「용문(龍門)에 오른다」는 뜻인데, 여기에 인용된 이응전의 주해에 따르면, 용문이란 것은 황하 상류에 있는 산골짜기 이름으로, 이 근처는 흐름이 가파르고 빨라서 보통 고기들은 올라갈 수가 없었다. 그래서 강과 바다의 큰 고기들이 이 용문 밑으로 모여드는 것이 수천 마리에 달했지만 도저히 올라가지를 못했다. 만일 오르기만 하면 그때는 용이 된다는 것이다. 원문을 소개하면 이렇다.

「하진은 일명 용문인데, 물이 험해 통하지 못한다. 물고기나 자라의 무리는 오를 수가 없었다. 강과 바다의 큰 물고기가 용문 밑으로 모이는 것이 수천이었지만, 오르지는 못한다. 오르면 용이 된다(河律一名龍門 水險不通 魚鼈之屬莫能上 江海大魚薄集龍門下數千 不得上 上則爲龍也).」

즉 등용문은 물고기가 난관을 돌파하고 용이 될 수 있는 기회를 얻게 되는 것으로, 이것을 이응의 지우(知遇)를 얻는 것에 비유해 쓴 것이 처음이었는데, 당대(唐代)에 와서는 오로지 과거에 급제하는 것을 가리켜 말하게 되었다. 오늘날 고등고시나 그 밖의 시험에 합격하는 것을 「등용문」이라고 하는 것도 역시 출세의 관문이란 뜻이다.　　　　　　　　　　　　　　　　　　─《후한서》 이응전

■ **금의환향**(錦衣還鄕) :「금의(錦衣)」는 화려하게 수놓은 비단옷이라는 뜻이다. 옛날에는 왕이나 고관들이 입던 옷으로 출세의 상징이었다. 반면 평민들은 흰색의 베옷을 입었는데, 이것은 「포의(布衣)」라 하였다. 즉, 비단옷을 입고 고향에 돌아간다는 뜻으로, 출세하여 고향을 찾는 것을 뜻한다.

초(楚)나라와 한(漢)나라의 전쟁이 한창일 때의 이야기다. 유방(劉邦)이 먼저 진(秦)나라의 도읍인 함양을 차지하자 화가 난 항우(項羽)가 대군을 몰고 홍문(鴻門)까지 진격하였다. 이때 유방은 장량(張良)과 범증(范增)의 건의로 순순히 항우에게 함양을 양보하였다. 함양에 입성한 항우는 유방과는 대조적으로 아방궁을 불태우는가 하면 궁중의 금은보화를 마구 약탈하고 궁녀들을 겁탈했으며, 시황제의 묘까지 파헤쳤다. 항우는 스스로 망쳐놓은 함양이 마

음에 들지 않아 고향인 팽성에 도읍을 정하려 하였다.

신하들은 항우가 예로부터 패왕(覇王)의 땅이었던 함양을 버리고 보잘것없는 팽성으로 도읍을 옮기겠다고 하자, 모두 할 말을 잃었다. 이때 간의대부 한생(韓生)이 간언했지만 항우는 오히려 화를 내면서 이렇게 말하였다.

「지금 길거리에서『부귀하여 고향에 돌아가지 못하면 비단옷을 입고 밤길을 가는 것과 무엇이 다르리(錦衣夜行)!』라는 노래가 떠돌고 있다고 하더군. 이건 바로 나를 두고 하는 말이야. 그러니 어서 길일(吉日)을 택하여 천도하도록 하라.」

그래도 한생이 간언을 그치지 않자, 항우는 그를 기름 가마 속에 넣어 죽이고 말았다. 하지만 이 노래는 항우가 천하의 요새인 함양에 있는 한 유방이 승리할 수 없으므로 항우를 함양에서 내쫓기 위해 장량이 퍼뜨린 것이었다. 그렇지 않아도 함양을 싫어했던 항우는 그 노래가 하늘의 뜻이라고 판단하여 마침내 팽성으로 천도하게 되었다. 결국 항우는 함양을 차지한 유방에게 해하(垓下)에서 크게 패함으로써 천하를 넘겨주고 만다. 「금의환향」으로 자신의 공덕을 고향 사람들에게 널리 알리기는 하였지만 천하를 잃고 만 셈이다. ―《사기》항우본기

■ **연작안지홍곡지지**(燕雀安知鴻鵠之志) :「제비와 참새 같은 것이 어찌 하늘 높이 날려는 기러기의 마음을 알 수 있겠느냐?」하는 뜻으로, 조무래기들은 큰 인물의 원대한 이상을 알지 못한다는 말

이다. 멀리 하늘을 날아오를 포부를 가지고 있는 영웅호걸의 큰 뜻을 평범한 사람들이 어떻게 이해할 수 있겠느냐 하는 비유다.

군웅이 할거해서 해마다 수십만의 생명을 전쟁으로 죽게 한 긴 전국시대가 종막을 고하자 통일천하의 위대한 업적을 이룩한 진시황(秦始皇)은 전쟁을 영원히 없애기 위해 무기라는 무기를 다 거두어 불에 녹여 없애는 한편 사상과 이론을 통일할 목적으로 반체제적인 서적을 불사르고 사람들을 구덩이에 묻어 죽이는 이른바 「분서갱유(焚書坑儒)」를 감행했다. 그리고는 북쪽에 있는 이민족들의 침입을 막기 위해 만리장성을 쌓고, 자기 자손이 천만 대나 계속 황제노릇을 하게 된다는 전제 아래, 자기가 첫 황제, 즉 시황제가 되고 그 다음부터는 2세, 3세로 부르게 하는 새 제도를 창립했다.

그러나 시황의 그런 꿈은 그가 죽는 그 순간에 무너지고 겨우 2세 황제로서 진나라 제국은 멸망하고 만다. 이 진나라 제국을 멸망으로 몰고 가는 첫 봉화를 올린 것이 진승(陳勝)이었다. 「연작안지홍곡지지」 하고 탄식을 한 것은 바로 이 진승이다. 《사기》 진섭세가에는 그 첫머리에 이렇게 씌어 있다.

진승은 양성(陽城) 사람으로 자를 섭(涉)이라 했다.……진섭은 젊었을 때 사람들과 함께 남의 집 농사일을 도와주고 품삯을 받아 생활을 해야만 했다. 언젠가는 일을 마치고 언덕으로 올라가 쉬게 되었다. 멍하니 하늘을 바라보며 슬픈 표정에 잠겨 있던 그는 문득 주인을 돌아보며, 「우리 다 같이 이 뒷날 부귀를 하게 되거든, 오늘의 이 정리를 잊지 않기로 합시다.」 하고 말했다. 그러자 주인이

웃으며 대답했다. 「날품팔이하는 주제에 대체 부귀가 무슨 놈의 부귀인가?」

말한 본전도 못 찾게 된 진섭은 크게 한숨을 내쉬며 말했다. 「제비와 참새가 어찌 기러기의 마음을 알겠는가?」 「임금과 장군과 재상이 어찌 씨가 따로 있겠는가(王侯將相寧有種乎).」 하고 말한 것도 이 진승이다. ──《사기》 진섭세가(陳涉世家)

■ **왕후장상영유종호**(王侯將相寧有種乎) : 부귀영화는 실력만 있으면 누구나 차지할 수 있음의 비유. 이 말은 위인전기의 선전 광고 같은 데 흔히 쓰이는 문자다. 「왕이나 제후, 장수나 재상이 어찌 씨가 따로 있을 것인가?」 하는 뜻이다. 결국 부귀영화는 실력만 있으면 누구나 차지할 수 있다는 이야기다. 「제비와 참새가 어찌 기러기의 마음을 알겠느냐(燕雀安知鴻鵠之志)」고 한 진승(陳勝)의 말을 같은 제목에서 약간 비친 바 있지만, 그 다음 이야기에 진승의 이 같은 말을 우리는 또 보게 된다.

진시황이 죽고 2세가 천자가 된 것을 알자, 도처에서 반란이 요원의 불길처럼 번져 가고 있었는데, 그 불을 처음 지른 것이 진승이었다. 2세가 등극을 한 첫 해, 진승은 오광(吳廣)과 함께 징발을 당해 모두 9백 명의 장정이 수비병으로 북쪽으로 끌려가게 되었다. 그러나 마침 장마철을 만나 길이 끊기는 바람에 기한 내에 지정된 장소까지 갈 수 없게 되었다. 날짜를 어기면 진나라 법에는 무조건 사형을 당하게 되어 있다.

　진승은 오광과 상의하여 반란을 일으키기로 하고 먼저 인솔 책임
자인 두 장교를 죽였다. 그리고 9백 명의 장정들을 한자리로 모은
다음 진승은 한바탕 열변을 토했다. 「여러분은 나와 함께 비를 만
나 날짜에 대어 갈 수 없게 되었다. 시기를 놓치면 죽는 것은 누구
나가 아는 사실이다 설혹 사형을 면한다 해도 변방을 수비하는 사
람들은 열이면 일곱은 죽기 마련이다. 또 장부가 죽지 않으면 모르
되, 이왕 죽을 바엔 대의명분을 위해 죽어야 할 것이 아닌가. 여러
분! 왕후와 장상이 어떻게 씨가 따로 있을 수 있겠는가(王侯將相
寧有種乎).」

　그러자 사람들은 일제히 「옳소!」, 「옳소!」 하는 소리를 외치며
시키는 대로 할 것을 맹세했다. 이리하여 진승의 목숨을 건 모험은
성공을 보게 되었다. 가는 곳마다 성과 도시를 쳐서 이를 손아귀에
넣고, 군사를 점점 불러 진(陳)에 도달했을 때는 수레가 6, 7백 대
나 되었고, 말이 천 필에 보병이 수만을 헤아리게 되었다. 진을 함
락시킨 진승은 여기에 근거를 정하고 그 자신 왕위에 올라 나라 이
름을 장초(張楚)라 불렀다.

　마침내 그의 말대로 씨가 따로 없어 왕이 되어 부귀를 얻게 된
것이다. 진승이 성공했다는 소문이 한번 전해지는 순간, 각지의 호
걸들은 진나라 관리들을 죽이고 군사를 일으켜 진승에 호응했다.
그러나 복잡한 정세 속에 남을 의심한 진승은 사람을 올바로 쓰지
못하고 결국 남의 손에 죽고 만다. 그러나 그가 던진 씨는 마침내
진나라를 멸망시키는 결과로 나타났다.　　─《사기》 진섭세가

■ **목후이관**(沐猴而冠) : 원숭이가 관을 썼다는 뜻으로, 의관은 그럴
듯하지만 생각과 행동이 사람답지 못하다는 말. 홍문연(鴻門宴)의
회합으로 유방으로부터 진(秦)의 수도 함양을 넘겨받은 항우는 약
탈과 방화를 자행하여 함양을 폐허로 만들었다. 함양이 폐허로 변
하자, 금의환향하여 자기의 성공을 고향에서 뽐내기도 할 겸 해서
초(楚)의 팽성(彭城)으로 천도를 서둘렀다. 「부귀한 뒤에 고향에
돌아가지 않는 것은 비단옷을 입고 밤길을 가는 것과 같다(衣錦夜
行)」는 생각에서였다.

함양은 주(周)와 진(秦)이 일어났던 패업의 땅으로, 관중(關中)이
라고도 불리는 천혜의 요지이다. 그럼에도 항우가 천도를 고집하
자, 간의대부(諫議大夫) 한생(韓生)이 이를 간하였다. 「관중은 예
부터 천혜의 요지로 패업의 땅이었고, 토지 또한 비옥합니다. 여기
에 도읍을 정하고 천하의 왕이 되십시오. 지난 번 범승상(范丞相
: 범증)께서 떠날 때도 결코 함양을 버리지 말라고 하지 않았습니
까?」

하지만 이 말을 들은 항우는 화를 벌컥 내면서 한생의 말을 막았
다. 한생은 크게 탄식하며 물러나서는 혼잣말로 중얼거렸다.

「원숭이를 목욕시켜 관을 씌운 꼴이군(沐猴而冠).」

그런데 이 말을 그만 항우가 듣고 말았다. 항우가 옆에 있던 진평
에게 그 뜻을 묻자, 진평이 답하였다.

「폐하를 비방하는 말이온데, 세 가지 뜻이 있습니다. 원숭이는 관
을 써도 사람이 되지 못한다는 것과, 원숭이는 꾸준하지 못해 관을

쓰면 조바심을 낸다는 것, 그리고 원숭이는 사람이 아니므로 만지 작거리다가 의관을 찢고 만다는 뜻입니다.」

이 말을 듣고 격분한 항우는 한생을 붙잡아 끓는 가마솥에 던져 죽였다. 한생이 죽으면서 말했다.

「나는 간언하다가 죽게 되었다. 그러나 두고 보아라. 백일 이내에 한왕(漢王)이 그대를 멸하리라. 역시 초나라 사람들은 원숭이와 같아 관을 씌워도 소용이 없구나!」

결국 천도를 감행한 항우는 관중을 유방에게 빼앗기고 마침내는 해하(垓下)에서 사면초가(四面楚歌) 속에 목숨을 끊고 말았다.

— 《사기》 항우본기

■ **아기능위오두미배요향향리소아**(我豈能爲五斗米拜腰向鄕里小兒) : 오두미는 쌀 다섯 말이란 뜻으로, 얼마 안되는 봉급이란 뜻으로 풀이된다. 즉 얼마 안되는 박봉을 타기 위해 아니꼽게 상관을 섬겨야만 된다는 것을 말한다. 유명한 도연명(陶淵明, 이름은 潛)의 「귀거래사(歸去來辭)」는, 그가 이 오두미로 인해 허리를 꺾을 수가 없어 벼슬을 버리고 집으로 돌아올 때 지은 글이다.

도연명은 동진(東晉) 말년의 어지러운 세상에 태어나서 출세에는 별로 뜻이 없고 자연과 술과 글을 즐기며 평생을 보낸 위대한 시인이다. 《진서》 은일전과 《송서》에는 도연명에 대한 이런 이야기를 싣고 있다. 그는 처음 강주의 제주(祭酒 : 학무국장)가 되었으나 관리로서의 번거로운 일들이 싫어서 곧 그만두고 고향으로 돌아오고 말았다. 그 뒤 손수 농사일을 하며 생활 해가는 동안 친구들에게 「고을 원이라도 되어 궁함을 좀 면해 볼까 하는데 어떨까?」라고 말한 것이 계기가 되어 팽택(彭澤) 현 원을 맡게 되었다.

고을 원이 된 도연명은 그 수확으로 자기 봉록을 삼는 고을 공전(公田)에다가 전부 찹쌀 농사를 짓도록 명령했다. 「나는 늘 술에 취해 있으면 그것으로 충분하다」는 것이었다. 그러나 식구들이 조르는 바람에 경(頃) 50묘(苗)에는 찰벼를 심게 하고 나머지 50묘에는 벼를 심게 했다는 것이다. 그러던 어느 날 주지사가 순찰관을 팽택현으로 보냈다. 고을 아전들이, 「예복을 입고 맞이하지 않으면 안됩니다.」라고 했다. 가뜩이나 벼슬에 뜻이 없던 연명은 한숨을 쉬며 말했다.

「내 어찌 닷 말 쌀 때문에 허리를 꺾고 시골 어린아이를 대할 수 있겠는가(我豈能爲五斗米拜腰向鄕里小兒).」 하고 그날로 직인을 풀어 놓고 떠나가 버렸다는 것이다. 이 이야기는 「귀거래사」라는 문장으.로 인해 더욱 유명해지기도 했지만. 살기 위해 싫은 말단벼슬을 하는 많은 문사들의 심정을 대변하는 말이라서 더욱 생명을 갖게 되었는지도 모른다.   ―《진서(晉書)》은일전(隱逸傳)

■ **계견승천(鷄犬昇天)** : 닭과 개들마저 하늘로 올라가 신선이 되었다는 뜻으로, 벼락출세를 이르는 말.《신선전》의 기록에 따르면 한왕조 때 회남왕 유안(劉安)이 팔공이라는 신선한테서 선단 만드는 법을 배워 선단을 만들어 먹었더니 대낮에 하늘로 올라가고, 나머지

선단을 먹은 닭과 개도 죄다 하늘로 올라가 신선이 되었다는 이야기가 있다.

그리고 《수경주(水經注)》에도 어떤 사람이 단약(丹藥)을 먹고 닭이나 개, 짐승들과 함께 승천했다는 이야기가 있는데, 그 책에 「닭은 하늘에서 울고 개는 구름 속에서 짖는다(鷄鳴天上 狗吠雲中).」라는 말이 보인다. 그 밖에 《태청기(太淸記)》에도 허진군이라는 이가 단약을 먹고 「온 집안사람들과 함께 승천했다(拔宅飛升)」는 이야기가 있다.

이와 같은 이야기들은 한낱 전설로 허황하기 짝이 없는 것이지만 새겨들을 만한 뜻도 있다. 회남왕 유안의 경우만 보아도 그는 죄를 짓고 자결한 사람이었다.

그런 그가 하늘로 올라갔다는 설이 어쩌다가 나오게 되었는지는 알 수 없다. 다만 그의 울분을 후세 사람들이 이런 식으로 미화했다고 볼 수도 있을 것이다.

한편 이러한 전설로부터 여러 가지 재미있는 성구들이 나오게 되었다. 고대사회에서 벼락출세하는 것을 가리켜 백일승천(白日升天) 또는 백일비승(白一飛升)이라고 하였으며, 한 사람이 출세해서 온 집안이 덕을 보게 되는 것을 발택비승(拔宅飛升) 또는 일인득도 계견승천(一人得道 鷄犬昇天)이라고 조소하기도 하였다. 그리고 권세에 아부하여 출세하는 자들을 가리켜 회남계견(淮南鷄犬)이라는 말로 비웃기도 하였다.　　　　　　　　—《신선전(神仙傳)》

【에피소드】

■ 1875년, 인도의 전설적 번국(藩國)인 바로다의 왕위가 공석 중이었다. 영국 정부는 전왕(前王)의 아내인 잠나비에게 카브라나의 한 작은 마을에서 신왕(新王)을 뽑도록 하였다. 영국의 경찰은 아무런 교육도 받지 않은 촌뜨기 아이들을 불러 모아서 시험을 보이게 하려고 바로다로 데리고 왔다. 여왕은 소년들에게 식사하는 것으로 시험하기로 하였다. 산해진미가 가득 차려진 식탁을 앞에다 놓아두면, 아마 각자의 성품이 나타나리라 짐작했던 것이다.

아이들은 배운 바 없으므로, 그저 닥치는 대로 주워 먹었다. 그러나 그 중에서 단 한 소년, 고발라오라는 열두 살 난 소년이 여왕의 눈에 들었다. 별로 다른 아이들과 다른 점은 없었지만, 그래도 식탁 앞에서 여왕을 주시할 만한 머리가 있었다. 그는 여왕이 하는 대로 저도 따라서 음식을 먹었다. 여왕은 마침내 이 소년에게 왕위를 물려주기로 결심하였다. 이것이야말로 입신출세(立身出世)의 가장 놀랄 만한 이야기다. 고발라오는 세계에서 가장 큰 부(富)의 하나를 물려받았다. 바로다 왕의 사유재산은 적어도 약 10억 달러가 넘는 것이었으니까.

【成句】

■ 입신양명(立身揚名) : 출세하여 이름을 세상에 떨침.

■ 출장입상(出將入相) : 나아가서는 장수요, 들어와서는 재상이 된다는 뜻으로, 곧 문무(文武)가 겸전하여 장상의 벼슬을 모두 지낸다

는 뜻.

▣ 계림일지(桂林一枝) : 대수롭지 않은 출세를 이르는 말. 중국 진(晉)나라의 극선(郤詵)이 현량과에 제일(第一)로 천거되었으나 이에 만족하지 않고 겨우 계수나무 숲에서 나뭇가지 하나를 얻었을 뿐이라고 말한 데에서 유래한다. 또는 재능과 학식이 출중하면서도 청빈하고 겸손함을 이르는 말로도 쓰인다. /《진서》극선.

▣ 연함호두(燕頷虎頭) : 출세할 인상. 귀인(貴人)의 상의 비유. 골상(骨相)의 하나로 제비 비슷한 턱에 호랑이의 머리와 비슷한 두골(頭骨)로 이러한 상은 대체로 중국에서 먼 나라의 봉후(封侯)가 되는 상으로 알려져 있음. 연함호경(燕頷虎頸).

▣ 고목생화(枯木生花) : 말라 죽은 나무에서 꽃이 피듯, 곤궁한 사람이 행운을 만나서 잘된 것을 신기하게 여겨서 이르는 말. /《송남잡식》

▣ 오가소립(吾家所立) : 자기가 뒤를 보아 출세시켜 준 사람이란 뜻.

▣ 평지돌출(平地突出) : 평지에 산이 우뚝 솟았다는 말로, 한미(寒微)한 집안에서 돌봐주는 사람 없이 뛰어난 인물이 나와 출세함을 비유하는 말.

▣ 관태어환성(官怠於宦成) : 관직에서 일하는 사람은 출세함에 따라 점점 태만한 마음이 생겨 잘못을 저지른다는 말. /《설원》경신편.

▣ 추염부열(趨炎附熱) : 권세가 있는 사람에게 아부하여 입신출세를 꾀함을 비유하는 말. 염(炎)과 열(熱)은 모두 권력이 강대함의 비유. /《송사》

■ 금의야행(錦衣夜行) : 항우(項羽)가 진(秦)나라를 쳐부수고 유명한 아방궁(阿房宮)을 비롯하여 모든 궁전을 불지른 다음 고향으로 돌아가려 하자, 부하 한 사람이 말하기를 「이곳 진나라 땅은 사방이 험한 산으로 막히고 땅이 기름지니 여기에 도읍을 정하면 천하를 잡을 수가 있습니다.」라고 권하였으나 항우는 불탄 그곳이 싫었고, 또 고향에 돌아가 뽐내고 싶은 마음에서 「출세를 하고 고향에 돌아가지 않는다면 마치 비단옷을 입고 밤길을 가는 것과 같으니 누가 알아 줄 사람이 있겠는가.」라고 말한 데서 비롯되었다. / 《사기》 항우본기.

■ 만리지망(萬里之望) : 먼 곳에 다다르려 하는 희망이라는 뜻으로, 입신출세의 욕망을 이른다.

■ 일룡일저(一龍一猪) : 배우는 방식 여하에 따라 현우(賢愚)의 차가 극심해지는 것. 용(龍)은 뛰어난 사람, 출세하는 사람의 비유. 저(猪)는 돼지, 멧돼지, 곧 둔한 사람, 출세가 느린 사람의 비유.

명예 honor 名譽

【어록】

▣ 창고가 가득 차야 예절을 알게 되고, 입을 옷과 먹을 양식이 풍족해야 영광과 치욕을 알게 된다(倉廩實則知禮節 衣食足則知榮辱 : 내 배가 고프면 남의 배고픈 것을 동정할 여지가 없고, 먹고 입는 문제를 해결하지 못하면 명예 같은 것이 그다지 중요하게 느껴질 리가 없다).　　　　　　　　　　　　　　　　　 ―《관자》

▣ 불의한 부와 지위는 나에게서 모두 뜬 구름 같다(不義而富且貴 於我如浮雲).　　　　　　　　　　　　　　　　 ―《논어》술이

▣ 거친 밥을 먹고 물을 마시며 팔 굽혀 베개 삼는다(飯疏食飲水 曲肱而枕之 : 거친 음식을 먹고 물마시고 팔베개를 하고 살아도 즐거움은 그 속에 있는 것이다. 의롭지 않은 돈 많고 높은 벼슬 같은 것은 뜬구름같이 내게는 아무 상관없는 일이다).　　　　 ―《논어》술이

▣ 군자는 인(仁)을 행하는 이외의 것으로 명성을 얻으려고 생각하지 않는다(君子去仁 惡乎成名).　　　　　　　　　　 ―《논어》이인

■ 부와 귀는 사람마다 원하나 부정으로 얻은 부귀를 탐하지 아니하며, 빈천은 사람마다 싫어하나 도의적인 빈천이면 기피하지 아니할지니라. 군자가 인간애를 잃고 어찌 군자의 명예를 지키리오.
　　　　　　　　　　　　　　　　　　　　　　—《논어》이인

■ 군자는 세상을 떠난 후에 이름이 남지 않을 것을 부끄러워한다(君子疾沒世而名不稱焉 : 사람의 일생은 죽은 뒤에 비로소 정해지는 것이다).
　　　　　　　　　　　　　　　　　　　—《논어》위령공

■ 소인은 지위를 얻지 못했을 때에는 지위를 얻을 것만 생각하고, 지위를 얻은 후에는 그 지위를 잃지 않을까 하고 마음을 쓴다(未得之也 患得之 得之 患失之).
　　　　　　　　　　　　　　　　　　　—《논어》양화

■ 선비란 자기의 행동에 대해 부끄러움을 아는 자이다. 그리고 사명을 띠고 어느 곳으로 가든 군주의 명예를 욕되게 하지 않는 능력을 지녀야 한다(行己有恥 使於四方不辱君命).　　　—《논어》자로

■ 사람의 걱정은 남의 스승 되기를 좋아하는 데 있다(人之患 在好爲人師 : 다른 사람의 스승이 되기를 좋아하는 것이 사람들의 병통).
　　　　　　　　　　　　　　　　　　　　　—《논어》이루

■ 명예나 실리(實利) 앞에는 성인이라도 이기기 어려운 것이다. 이 명실(名實) 두 개는 인간이 바라는 자연적인 욕망이다(名實者 聖人之所不能勝也).　　　　　　　　　　　　　　—《장자》

■ 지극한 즐거움에는 즐거움이 없고, 지극한 명예에는 명예가 없다(至樂無樂 至譽無譽).　　　　　　　　　　　—《장자》

■ 진정 위대한 인물은 사적이나 명성 따위를 남기지 않는다.

―《장자》

■ 이름이라는 것은 손님이다(名者實之賓也 : 이름과 실(實)은 주인과 손님의 관계에 있다. 손님만 있고 주인이 없어도 안되는 것같이 이름만 있고 실(實)을 갖추지 않는 것은 아무 소용이 없다).

―《장자》

■ 성인(聖人)은 이름이 없다(聖人無名 : 성인은 아무리 공적을 쌓아도 거기에 따른 명예를 구하는 법도 없고, 이름을 남기는 법도 없다). ―《장자》

■ 백성은 이득 있는 곳에 모이고, 선비는 명분 있는 곳에 죽는다. (선비는 명예를 위해서 죽음을 아끼지 않는다) ―《한비자》

■ 상대편이 명예욕에 마음이 쏠려 있을 때, 재물의 이익을 가지고 이야기하면 속물이라고 깔보이며 경원 당한다. 상대편이 재물의 이익을 바라고 있을 때, 명예를 가지고 이야기하면 몰상식하고 세상일에 어둡다고 하여 소용없는 자로 인정받기가 첩경이다. 상대편이 내심으로는 이익을 바라면서 겉으로 명예를 바라는 때, 이런 자리에 명예를 이야기하면 겉으로는 받아들이는 체하여도 내심으로는 은밀히 성글어진다. 만약 이런 자에게 이익을 가지고 얘기하면 내심으로는 은근히 그것을 받아들이면서도 겉으로는 그것을 경원한다. 그러한 기미를 잘 파악하지 않으면 안 되는 것이다.

―《한비자》

■ 명예를 존중하는 사람은 천승(千乘)의 나라도 사양할 수 있다. 진정 명예를 존중하는 사람이 아니면 한 대그릇의 밥과 한 나무그릇

의 국에도 침을 꿀꺽 삼키면서 탐내는 빛을 얼굴에 나타낸다.

— 《맹자》

■ 이름을 훔치는 일은 재화를 훔치는 일보다 더하다(盜名不如盜貨).

— 《순자》

■ 남몰래 노력할 뜻이 없으면 밝은 명예를 얻을 수 없고, 남몰래 업적을 쌓지 않으면 혁혁한 공을 쌓을 수 없다(無冥冥之志者 無昭昭之明 無惛惛之事者 無赫赫之功).   — 《순자》

■ 이름을 훔치는 것은 돈을 훔치는 것과 같다. (명성을 탐내는 자는 도둑놈과 같다)   — 《순자》

■ 의로움을 행한다는 것은 남의 비방을 피하고 명예를 얻기 위한 것이 아니다(爲義非避毁就譽).   — 《묵자》

■ 먹고 입는 것이 풍족해야 명예도 부끄러움도 알게 된다(衣食足而知榮辱).   — 《사기》

■ 소절(小節)을 꾀하는 자는 영명(榮名)을 이룰 수 없고, 소치(小恥)를 미워하는 자는 대공(大功)을 세울 수 없다.   — 《사기》

■ 욕심이 많은 사람은 재물을 위해서 목숨을 걸고, 열사는 명예를 위해 목숨을 버린다(貪夫徇財兮 列士殉名).   — 《사기》

■ 군자는 교제가 끊어져도 나쁜 말을 입 밖에 내지 않으며, 충신은 나라를 떠나도 그 이름을 깨끗이 한다. (군자는 절교해도 욕을 하지 않으며, 충신은 쫓겨나도 자기를 변명하지 않는다)

— 《사기》

■ 이름을 기뻐하는 자, 원망이 많다.   — 《한시외전》

■ 명예는 조정에서 다투고, 이익은 시장에서 따진다(爭名者於朝 爭利者於市).　　　　　　　　　　　　　—《전국책》

■ 오랫동안 높은 지위와 명예를 받고 있는 것은 상서롭지 못하다(久受尊名不祥).　　　　　　　　　　　—《십팔사략》

■ 후세에 아름다운 이름을 남기지 못할 바에야 차라리 악명을 만 년이나 남긴다(不能流芳百世 亦當遺臭萬年).　—《십팔사략》

■ 아무리 천추만세에 이름이 남을지라도 죽고 나면 적막하다.
　　　　　　　　　　　　　　　　　　— 두보

■ 내가 죽은 후 공명만 남을 바에야 차라리 지금 한 잔의 술을 마시고 싶다(使我有身後名 不如卽時一杯酒).　—《세설신어》

■ 범은 죽어 가죽을 남기고, 사람은 죽어 이름을 남긴다(人死有名虎死留皮).　　　　　　　　　　　　　— 구양수

■ 명예를 훼손하는 말은 들어서는 안되며, 시비는 끝끝내 스스로 분명해진다(毁譽不可聽 是非終久自分明).—《경세통언(警世通言)》

■ 군자는 명예를 바라지 않으므로 그에 의해 격려되지는 않는다(名者可以 屬中人).　　　　　　　　　　—《근사록》

■ 사람은 소문날까 걱정하고, 돼지는 살이 찔까 걱정한다(人怕出名猪怕壯 : 유명해지면 남의 시샘을 사기가 쉽다).
　　　　　　　　　　　　　　　—《홍루몽(紅樓夢)》

■ 이 세상에는 비방만 받는 사람, 칭찬만 받는 사람은 없었고, 없고 또 없을 것이다. 칭찬도 비방도 속절없나니, 모두가 제 이름과 이익을 위한 것뿐.　　　　　　　　　　—《법구경》

▣ 명예와 이욕이 엿같이 달다 해도 문득 죽음을 생각하면 그 맛은
  납을 씹는 것과 같다(名利飴甘 而一想到死地 便味如嚼蠟).
                                        ─《채근담》

▣ 영화를 바라는 마음이 없으면 무엇 때문에 이록(利祿)의 향기로운
  미끼를 근심할 것인가(不希榮 何憂乎利祿之香餌 : 이름이나 지위
  등의 유혹에 몸을 그르칠 걱정이 없음을 이르는 말).
                                        ─《채근담》

▣ 명예를 좋아하는 것은 이익을 좋아하는 것과 다를 바가 없으므로
  바람직하지 못하다(好名不殊好利).   ─《채근담》

▣ 사람은 명예와 지위의 즐거움을 알면서도 이름 없고 지위가 없이
  지내는 참다운 즐거움을 알지 못한다.   ─《채근담》

▣ 명리(名利)의 생각이 아직 뿌리 빠지지 않은 사람은 비록 천승(千
  乘)을 가벼이 알고 일표(一瓢)를 달게 여길지라도 실상은 세속의
  정에 떨어진 것이요, 거짓 용기가 온전히 사라지지 않은 이는 비록
  덕택(德澤)을 사해에 베풀고 이익을 만세에 끼칠지라도 마침내 값
  없는 재주에 그치리라.   ─《채근담》

▣ 사람은 명위(名位)의 즐거움만 알고, 명위 없음의 괴로움의 가장
  참된 것을 모른다.   ─《채근담》

▣ 명예는 죽지 않는다.   ─ 호메로스

▣ 생애는 짧아도 명성은 불멸하다.   ─ 호메로스

▣ 가장 훌륭한 사람은 모든 것을 버리고 그 중에서 다만 하나를 선택
  한다. 영원한 명예를 취하고 사멸(死滅)해 버릴 것은 미리부터 버

린다. — 헤라클레이토스

■ 명예 있는 죽음은 불명예의 삶보다 낫다. — 소크라테스

■ 명성은 영웅적 행동의 향기다. — 소크라테스

■ 명성은 행동의 결과이다. — 아리스토텔레스

■ 돈과 쾌락과 명예를 사랑하는 자는 인간을 사랑할 수 없다.
— 에픽테토스

■ 명문(名門)이나 명성은 악(惡)을 나타내는 거룩한 장식이다.
— 디오게네스

■ 「명예를 가볍게 여겨라」 라고 책에 쓰는 사람도, 자기 이름을
그 책에 쓴다. — M. T. 키케로

■ 명예가 덕을 따름은 마치 그림자가 물체를 따름과 같다.
— M. T. 키케로

■ 성공은 약간의 범죄를 명예롭게 만든다. — L. A. 세네카

■ 명성은 좋은 사람들이 좋은 사람에게 베푸는 칭찬이다.
— L. A. 세네카

■ 오래 살았다는 것밖에는 남긴 것이 없는 늙은이보다 더 불명예스
러운 것은 없다. — L. A. 세네카

■ 명성에의 야망은, 현명한 사람에게 있어서도 단념하는 것이 최선
의 길이다. — 타키투스

■ 명성을 대수롭지 않게 취급하면 평판이 올라간다. — 타키투스

■ 명성을 낮춰 보는 사람은 미덕을 낮춰 보는 것이다.
— 타키투스

■ 명예로운 죽음은 불명예스러운 삶보다 낫다. ─ 타키투스

■ 명성은 널리 퍼짐에 따라서 흔들리지 않는다. ─ 베르길리우스

■ 포상은 자랑스럽다. 그러나 명성은 더욱 자랑스럽다.

─ 베르길리우스

■ 재물을 택하기보다 명성을 택하라. ─ 메난드로스

■ 유명한 사람들뿐 아니라 명성도 모두 하루살이 목숨이다.

─ 마르쿠스 아우렐리우스

■ 명성이 사후(死後)에 찾아오는 것이라면, 나는 그것을 얻기 위해 서두를 필요가 없다. ─ 마르쿠스 마르티알리스

■ 명성은 그것을 구하는 자로부터 도망가고, 그것을 무시하는 자를 쫓는다. 왜냐하면 전자는 그 동시대(同時代)의 취미에 안주(安住) 하고 후자는 그것에 반항하기 때문이다. ─ 오로시우스

■ 명예는 제2의 유산과도 같은 것이다. ─ 푸블릴리우스 시루스

■ 세상이 어지러우면 약한 놈들이 이름을 떨친다.

─《플루타르크 영웅전》

■ 이곳에 잠든 영웅들의 피 흘리셨음은 단지 삶과 죽음 그 자체가 아니고, 이들의 포부와 마지막 절규는 살든지 죽든지 간에 명예를 지키자는 것뿐이다. ─《플루타르크 영웅전》

■ 빚진 돈은 죽은 뒤에 후손에게 갚을 길도 있지만, 명예를 존중하는 사람은 은인의 생전에 은혜를 갚지 못하면 상심하는 것이다.

─《플루타르크 영웅전》

■ 자살은 명예를 빛내기 위하여 할 일이지, 해야 할 일을 회피하기

위한 수치스러운 수단이 되어서는 안 된다. 자기 혼자만을 위해 살거나 죽는 것은 수치스러운 일이다. ──《플루타르크 영웅전》

◼ 명예가 값진 기름보다 좋고, 죽는 날이 태어난 날보다 좋다.

── 전도서

◼ 미덕만이 영원한 명성이다. ── 프란체스코 페트라르카

◼ 숨겨진 재능은 이름을 팔지 않는다. ── 에라스무스

◼ 뜬세상 명성은, 금시 여기에 붙고 금시 저기에 붙어 그 곳을 따라 이름을 바꾸는 바람의 한 자락에 지나지 않는다. ── A. 단테

◼ 국왕의 명예와 안전은, 그 자신의 재보라기보다도 먼저 인민의 행복이다. ── 토머스 모어

◼ 이익을 수반하지 않는 명성은 한 푼의 가치도 없다.

── 세르반테스

◼ 여자의 명예란 남들에게 좋은 말 듣는 일이다. ── 세르반테스

◼ 명예와 이익은 같은 침대에서 자지 않는다. ── 세르반테스

◼ 여자의 명예는 숨겨진 과오보다 남들 앞에서의 경솔로 멍이 든다.

── 세르반테스

◼ 명성은 강물과 같아서 가볍고 속이 빈 것은 뜨게 하며, 무겁고 실한 것은 가라앉힌다. ── 프랜시스 베이컨

◼ 나는 명예 따위는 바라지 않는다. 명예는 장례식의 상장(喪章)에 지나지 않는다. ── 셰익스피어

◼ 명예란 허무한 군더더기예요. 공로가 없어도 때로는 수중에 들어오지만, 죄를 안 지어도 수중에서 없어질 때가 있거든요. 명예란

생각하기에 달린 거지, 그렇게 송두리째 없어지는 법은 없습니다.
— 셰익스피어

■ 사랑에는 눈물이 있고, 행운에는 기쁨이 있고, 용맹에는 명예가 있
으며, 야망에는 죽음이 있다. — 셰익스피어

■ 인간 최대의 우열(愚劣)함은 명예를 추구하는 것이지만, 그것이야
말로 또한 진정으로 인간의 우수함을 보이는 최고의 표적이다.
— 파스칼

■ 너무 일찍 명성을 떨치면 부담이 크다. — 볼테르

■ 선한 자나 악한 자나 한결같이 명성을 좋아한다.
— 알렉산더 포프

■ 우리들이 명예를 사랑하는 것은 명예 그 자체 때문이 아니고 그것
이 가져다주는 이익 때문이다. — 엘베시우스

■ 명성은 변장한 사람이다. — 퍼시 셸리

■ 명성은 청춘의 갈증이다. — 조지 바이런

■ 옷은 새것일 때부터, 명예는 젊을 때부터 소중히 하라.
— 알렉산드르 푸슈킨

■ 정복자의 명성은 잔혹한 명성이다. — 필립 체스터필드

■ 국가의 명예는 가장 숭고한 가치가 있는 국가의 재산이다.
— 제임스 먼로

■ 부에는 명예가 수반된다. 부는 인간의 영혼에 커다란 지배력을 미
친다. — 프리드리히 실러

■ 명성은 사람들의 밀어(密語)에 불과하지만, 그것은 때로 썩어빠진

숨결이다.   ― 장 자크 루소

▣ 여러분이 가난하다면 덕에 의해서 이름을 떨치는 편이 좋다. 여러
분이 부유하다면 자선에 의해서 이름을 떨치는 편이 좋다.

           ― 조제프 주베르

▣ 가장 큰 곤란의 첫째는 명성을 얻는 것이며, 둘째는 존명(存命) 중
에 그것을 유지하는 것이며, 셋째는 사후(死後)에도 보유하는 것이
다.   ― 프란츠 요제프 하이든

▣ 명성을 얻은 예술가들은 그 때문에 괴로워한다. 따라서 그들의 처
녀작이 때로는 최고다.   ― 베토벤

▣ 명성은 가치의 분명한 증거는 아니고, 그 가능성에 지나지 않는다.
명성은 인간의 우발적인 성사(成事)로서, 재산은 아니다.

           ― 토머스 칼라일

▣ 명성은 그가 어떤 사람인지를 밝히는 등대에 불과하다. 결코 그를
좋은 사람으로도, 또한 다른 사람으로도 만드는 것이 아니다.

           ― 토머스 칼라일

▣ 사람의 명성이란 그 사람을 따라다니는 그림자와 같은 것이다. 명
성이 그 사람보다 선행(先行)하면 커지는 것이고, 수행(遂行)하면
작아지는 것이다.   ― 프랜시스 베이컨

▣ 이름이 알려진다는 것은 얼마나 끔찍스런 일인가! 사람들은 개구
리처럼 진종일 존경을 아끼지 않고 있는 늪에게 얼마나 너의 이름
을 일러 주고 있는가!   ― 에밀리 디킨슨

▣ 부귀와 명예는 그것을 어떻게 얻었느냐가 문제다. 도덕에 근거를

두고 얻은 부귀와 명예라면 산골에 피는 꽃과 같다. 즉, 충분한 햇빛과 바람을 받고 필 수 있다. 행복을 사치한 생활 속에서 구하는 것은 마치 태양을 그림에 그려 놓고 빛이 비추기를 기다리는 거나 다름없다. — 나폴레옹 1세

■ 일단 명성을 얻은 사람은 더 이상 자유롭지가 못하다. 그러나 명성은 존중해야 한다. — 랠프 에머슨

■ 유리와 도자기와 명성은 쉽게 깨진다. 그리고 다시 고치지도 못한다. — 벤저민 프랭클린

■ 손상된 명성은 고쳐지는 일이 없다. — 헨리 본

■ 명예를 존중하는 사람에게만 모욕이 통한다. — 윌리엄 쿠퍼

■ 우리는 사후(死後)의 영광엔 관심이 없다. 지금 푹신한 안락의자에 앉아 명성을 즐기고 싶은 것이다. 그렇다면 이야기는 전연 달라진다. 용기를 내어 소망을 성취하라. 스스로 상인임을 인정하라. — 조지 기싱

■ 이미 얻은 명예는 지금부터 얻지 않으면 안 될 명예의 담보다. — 라로슈푸코

■ 장례식의 화려함은 살아 있는 사람의 허영을 위해서이지 죽은 사람의 명예를 위해서가 아니다. — 라로슈푸코

■ 얼마나 많은 사람들이, 그들이 만든 명성을 위한 명성으로 살고 있는가. — 올리버 홈스

■ 명성은 화려한 금관을 쓰고 있지만, 향기 없는 해바라기다. 그러나 우정은 꽃잎 하나하나마다 향기를 풍기고 있는 장미꽃이다.

─ 올리버 홈스

▣ 명성의 사다리는 올라가기는 쉬울지 몰라도 대중의 웃음거리가 되기 싶다. 세상은 입을 다물 줄 모르는 바보와 간교를 부리고 가만히 있지 못하는 건달들로 그득하기 때문이다. ─ 올리버 홈스

▣ 죽음만이 인간의 명성에 종말을 고해 주며, 그 명성이 훌륭한지 아닌지를 결정해 준다. ─ 조지프 애디슨

▣ 기사적 명예는 교만(驕慢)과 광포(狂暴)의 자식이다.

─ 쇼펜하우어

▣ 명예는 밖으로 나타난 양심이며, 양심은 안에 깃든 명예이다.

─ 쇼펜하우어

▣ 상업이 오래 번창하는 곳에 명예는 땅에 떨어진다.

─ 올리버 골드스미스

▣ 신용을 잃고 명예를 잃었을 때 그 사람은 이미 죽은 것입니다!

─ 존 휘티어

▣ 호흡이 신체의 활력인 것처럼, 명성은 마음의 활력이다.

─ 그라시안이모랄레스

▣ 오오, 자유여! 얼마나 많은 범죄가 그 이름 밑에서 저질러졌는가!

─ 로맹 롤랑

▣ 부정한 일을 하면서 명예를 얻을 수는 없습니다.

─ 토머스 제퍼슨

▣ 인격을 수목이라고 하면, 명성은 그 그림자와 같은 것이다.─그 그림자는 수목에 대해서 우리가 생각한 것이지만, 수목은 수목 그 자

체이다.   — 에이브러햄 링컨

■ 그 남자가 갈망하는 것은 명성이다. 그러나 만약 그런 감정이 예술
  가의 주요한, 그리고 유일의 원동력이 된다면, 그 예술가는 이미
  예술가가 아니다. 왜냐하면 그는 이미 소중한 예술적인 본능, 결국
  예술에 대한 사랑을 잃어버린 까닭이다. 대상은 어디까지나 예술
  그 자체이지 명성이나 그 밖에 아무것도 아니기 때문이다.
                             — 도스토예프스키

■ 명예라는 말은 의무를 뜻하는 것입니다. 최고 계층은 항상 자신의
  명예와, 명예에 대한 신앙을 가지고 있습니다.— 도스토예프스키

■ 명성을 이길 수 있는 고독자는 흔하지 않다. 그가 안도의 얼굴 표
  정을 짓고 있는 그 순간 명성은 사라지고 마는 것이다.
                             — 라이너 마리아 릴케

■ 명성이란 차라리 한 사람의 성장하는 인간을 세상 사람들이 모여
  서 두들겨 부수는 것이요, 유상무상(有象無象)의 화살이 그 파괴
  뒤에 운집하여 모처럼 쌓아올린 공사를 짓밟는 것이다.
                             — 라이너 마리아 릴케

■ 거기엔 숱한 명성이 따랐지만 돈은 없었다.   — 마크 트웨인

■ 참되고 영원한 명성은 인류의 행복을 증진시키는 노력에서만 얻을
  수 있다.   — 찰스 섬너

■ 명성은 회복하기보다 유지하는 것이 훨씬 쉽다. — 토머스 페인

■ 문학적 명성을 꿈꾸고 있는 사람에게는 그의 요구가 늘 실현되는
  작은 집단에서 벗어나야 한다는 것은 좋은 교훈(敎訓)이다.

― 너대니얼 호손

■ 우리들의 오늘의 명성이란 인간과 필생의 작품에 대해서 주어지는
 것이 아니고, 판을 거듭한 기록과 유행에 던진 성공이다.

― 헤르만 헤세

■ 명성 중에서, 아직 큰 성공을 바라지도 않고, 질투당하지도 않고,
 고립하지도 않는 명성이 가장 감미한 것이다.　 ― 헤르만 헤세

■ 명성은 실속 없는 이름일 뿐 아무것도 아니다.　 ― 윈스턴 처칠

■ 정부가 명예심이 희박하면 전 국민의 도덕심이 손상을 입는다.

― 허버트 후버

■ 너를 유혹한 것은 높은 지위와 명성, 너의 마음을 매혹한 것은 주
 권(主權)이다.　　　　　　　　　　　　　 ― 제임스 조이스

■ 명성은 죽은 사람이 먹는 음식이다. 나는 이런 맛있는 음식을 넣어
 둘 위(胃)를 갖고 있지 않다.　　　　　　　　 ― 오스틴 돕슨

■ 부유하게 죽는 사람은 불명예스럽게 죽는 사람이다.

― 앤드루 카네기

■ 명예에 대한 모든 상처는 본인이 입힌 것이다.

― 앤드루 카네기

■ 명성은 공허한 산울림에 지나지 않는다.　　　 ― 월터 롤리

■ 나무는 열매로 알려지지 잎으로 알려지지 않는다.　 ― 존 레이

■ 명예를 중히 여기는 사람이라면 하지 못하고 또 해서도 안 될 일들
 이 있는데, 그것은 여성을 해치거나 그 품위를 손상시키는 일이다.
 또 약한 자와 가난한 자를 억압하거나 속이지 않는 일이다. 남의

신의를 절대 배반하지 않는 일이다.   ― 찰스 엘리엇

▣ 자기가 얻은 명예 속에 안주하는 것은 눈 속에서 휴식을 취하는 것만큼 위험하다. 그것은 잠든 채 죽게 되기 때문이다.

     ― 비트겐슈타인

▣ 그녀가 아까운 건 아니다. 여자는 얼마든지 있다. 그러나 명예는 단 하나!   ― 피에르 코르네유

▣ 명예를 맛보지 못한 사람은 행복하다. 명예를 가진다는 것은 연옥 (煉獄)이고, 그것을 원하는 사람은 지옥이다.   ― 불워 리턴

▣ 우리들로 하여금 자기의 성실함을 사게 하는 사람들은 단지 자기의 명예를 우리들에게 팔 따름인 것이다.   ― 보브나르그

▣ 인류의 가장 큰 비극이 쾌락욕에 근원을 두고 있듯이, 인류의 가장 큰 노력은 항상 명예욕에 근원을 두고 있다.   ― 존 러스킨

▣ 국가의 명예는 국가의 안녕보다도, 그리고 국민의 생활 그 자체보다도 중요하다.   ― 우드로 윌슨

▣ 명예심이나 양심 따위는 권력이나 세력을 갖고 있는 사람들에게만 소용 있는 거야.   ― 막심 고리키

▣ 커다란 명예는 커다란 부담이다.   ― 새뮤얼 존슨

▣ 명예란 양심(良心)이며, 그 중에서도 열렬한 양심이다.

     ― A. V. 비니

▣ 이 세상의 행복이란 무엇인가?―그림자에 불과하다. 이 세상의 명성이란 무엇인가?―꿈에 불과하다.   ― 프란츠 그릴파르처

▣ 신을 대신하여 인간을 지배하는 세 가지 힘인 돈·명예·향락과의

관계를 끊었을 때 사람은 비로소 자기의 자유를 느낀다.

— 카를 힐티

▣ 그대들은 명예가 뭔지 통 모르고 살아 왔어. 그 이유는 그대들이 불명예가 뭔지 모르기 때문이야. — 하인리히 뵐

▣ 자기의 명성이 자기의 진실보다 더 빛나지 않는 자는 복이 있다.

— R. 타고르

▣ 만일 평화가 명예에 의해서 유지될 수 없다면 그것은 이미 평화가 아니다. — 버트런드 러셀

▣ 누가 벽돌을 던진다면 그걸 받아서 도로 던져 줄 수도 있습니다. 그러나 누가 훈장을 준다니 저는 할 말을 잃었습니다.

— 해리 트루먼

▣ 덕은 있으나 이름이 나지 않고, 이름은 났으나 지위가 나타나지 않는 것을 군자(君子)는 근심하지 않는다. 그러나 덕이 그 지위에 맞지 않고 이름이 어쩌다가 실지보다 지나치게 나는 것은 군자가 크게 두려워하는 것이다. — 이색

▣ 명예란 심히 나쁜 것이다. 조물(造物)이 다 해하려 한다.

— 이언적

▣ 확실히 그 가치의 판단에 명철한 두뇌도 그 명성 앞에서는 눈을 감는 것이 상례다. — 계용묵

▣ 명성이란 속성(屬性)이 아니고 그것만으로 독립된 존재이며 그것 대로의 성격을 갖는 모양이다. 명성은 그것을 얻은 사람에게 영광을 주기보다는 그 이름으로 하여 그 사람을 구속해 버린다.

— 한무숙

▣ 명예욕은 허영과 자만을 유발하기가 쉽다.   — 홍승면

▣ 명예는 자기 스스로가 얻을 수 있는 것이 아니라 남이 씌워 주는 월계관인 것이다.   — 한흑구

▣ 명예는 많은 재산보다 소중하고, 존경은 금은(金銀)보다 낫다.
— 미상

【속담 · 격언】

▣ 새들은 잠깐의 목소리를 남길 뿐이지만, 사람의 명성은 사후에도 오래 살아남는다.   — 중국

▣ 명예심에 마음이 들뜬 사람은 평온에 대해서는 마음의 문을 닫는다.   — 중국

▣ 명예는 소중한 유산.   — 서양격언

▣ 명예로는 고기를 살 수 없다.   — 서양속담

▣ 명성은 보통 넓이를 가지고 잰다.   — 서양속담

▣ 아내의 인내만큼 아내의 명예가 되는 것은 없고, 인내만큼 아내의 명예로 되지 않는 것도 없다.   — 영국

▣ 명예를 손해 보면서 얻은 이득은 손실이라고 말할 수 있다.
— 영국

▣ 명성은 황금의 띠보다 낫다.   — 영국

▣ 사람은 생명을 빼앗기는 일은 있지만 명성을 빼앗기는 일은 없다. (명성을 생명보다 중하게 여긴다)   — 영국

■ 잘 사는 자는 길게 산다. (사후에 이름을 남기는 자가 오래 사는
  것이다)   ― 영국
■ 큰 명예는 큰 부담이다.   ― 영국
■ 명예가 부(富)보다 낫다.   ― 영국
■ 명예라는 보물은 황금을 능가한다.   ― 프랑스
■ 명예욕과 금전욕은 모든 악의 원천이다.   ― 독일
■ 자화자찬하는 사람의 명예는 보잘것없다.   ― 독일
■ 명예는 이를 피하는 사람에게 찾아오고, 이를 추구하는 사람을 피
  한다.   ― 독일
■ 명예와 거울은 입김만으로도 흐려진다.   ― 스페인

【시 · 문장】

명성을 위해 우리는 노력한다.
우리는 빵껍질을 먹고 산다.
우리는 명성을 얻는다.
그리고 우리는 흉상이 된다.

                                            ― L. H. 로빈스

아, 생각에 잠겨 있는 학자님, 명성이란 무엇입니까?
치솟는 화염의 날름거리는 혀,
어지러운 회오리의 변덕스런 돌풍.
그것은 썩은 인간의 흙을 휘말아 올린다.

몇 해의 빠른 세월, 그러고 나면 누가
어느 흙이 빌(Bill)이고 어느 흙이 조(Joe)인지 분간이나 하겠는가?

— 올리버 홈스 / 빌과 조

명성은 벌과 같아,
노래도 하고—
침으로 쏘기도 해—
아, 참, 날개도 있지.

— 에밀리 디킨슨 / 명성

명성은 쉬 상하는 음식
손님이 자리 잡고
두 번 다시 차리지 않는 식탁에서
돌림접시 위에 놓인 음식
그 부스러기를 까마귀가 살펴보고
까악— 까악— 비웃으며
슬쩍 지나쳐서
농부의 곳간으로 날아가는데
사람은 그것을 먹고서 죽는다.

— 에밀리 디킨슨 / 명성은 쉬 상하는 음식

【중국의 고사】

■ **표사유피인사유명**(豹死留皮人死留名) : 표범은 죽어서 가죽을 남

기고 사람은 죽어서 이름을 남긴다는 뜻으로, 사람은 그 삶이 헛되지 않으면 방명(芳名)은 길이 남는다는 말. 구양수(歐陽修)는 그가 쓴 《신오대사》 열전 사절전(死節傳)에서 세 사람의 충절을 기록하고 있는데, 이 중에서 특히 왕언장(王彦章)을 높이 평가하고 있다.

왕언장은 한갓 병졸에 불과한 몸으로부터 출발하여 후량(後梁) 태조 주전충(朱全忠)의 장군이 되었던 사람이다. 그는 뛰어난 용기와 힘을 지닌 사람으로 쇠창을 옆에 끼고 말을 몰아 적진을 달리면 마치 용마가 하늘을 날 듯 이를 막을 장사가 없었다 한다. 그래서 군사들은 그를 왕철창(王鐵槍)이라 불렀다. 후량이 멸망했을 때, 그는 겨우 오백의 기병을 거느리고 수도를 지키며 싸우다가 무거운 상처를 입고 적의 포로가 되었다.

후당(後唐)의 장종(莊宗) 이존욱(李存勗)은 그의 무용을 가상히 여겨 그를 자기 부하에 두려 했다. 그러나 그는,「신은 폐하와 더불어 피나는 싸움을 10여 년이나 계속한 나머지 이제 힘이 다해 패하고 말았습니다. 죽음 외에 또 무엇을 바라겠습니까. 또 신은 양(梁)나라의 은혜를 입은 몸으로 죽음이 아니면 무엇으로 그 은혜를 갚겠습니까. 또 아침에 양나라를 섬기던 몸이 저녁에 진(晉 : 후당)나라를 섬길 수 있겠습니까. 이제 살아서 무슨 면목으로 세상 사람들을 대하겠습니까.」하고 죽음의 길을 택했다.

그는 글을 배우지 못해 책을 읽지 못했다. 글을 아는 사람이 책에 있는 문자를 쓰는 것을 그는 민간에 전해 오는 속담으로 대신 바꿔

쓰곤 했다. 그런데 그가 입버릇처럼 잘 쓰는 말은, 「표범이 죽으면 가죽을 남기고 사람이 죽으면 이름을 남긴다(豹死留皮 人死留名)」는 속담이었다. 「표사유피」란 말은 「인사유명」이란 말을 하기 위한 전제다. 그래서 보통 「표사유피」란 말 하나로 「인사유명」이란 뜻까지 겸하게 된다.

누구나 한번 죽는 몸이니 구차하게 살다가 추한 이름을 남기기보다는 깨끗하게 죽어 좋은 이름을 남기라는 뜻이다. 특히 표범의 가죽을 든 것은 표범의 가죽이 가장 귀중히 여겨진 때문이다. 그런데 우리나라에서는 「호사유피(虎死留皮)」란 말을 쓰기도 한다. 뜻에 차이가 있는 것은 아니다.　　　　　　　　　—《신오대사(新五代史)》

■ **부귀여부운(富貴如浮雲)** : 부(富)니 귀(貴)니 명예니 하는 것은 떠가는 구름이나 다를 바가 없다는 말이다. 이 말은 원래 공자가 한 말에서 비롯된다.《논어》술이편에 보면 이런 얘기가 나온다. 「나물밥(疏食소사) 먹고 맹물 마시며 팔 베고 자도 즐거움이 또한 그 속에 있다. 옳지 못한 부나 귀는 내게 있어서 뜬구름과 같다.」 소사(疏食)는 거친 밥이란 뜻으로 풀이된다. 거친 밥 중에는 아마 나물에 쌀알 몇 개씩 넣은 것이 가장 거친 밥일 수 있을 것이다. 그러나 소(疏)는 채소라는 소(蔬)로도 통할 수 있다. 그래서 그런지 우리나라 노랫가락 속에도 이런 것이 있다.

「나물 먹고 물마시고 팔 베고 누웠으니 / 대장부 살림살이 이만하면 족하구나.」

아무튼 진리와 학문을 즐기며 가난을 잊고 자연을 사랑하는 초연한 심정이 약간 낭만적으로 표현된 멋있는 구절이라 아니할 수 없다. 다만 주의할 일은 불의(不義)라는 두 글자가 붙어 있는 점이다. 세상을 건지고 도를 전하려면 역시 비용이 필요하고 권세가 필요하다. 그러나 그것은 어디까지나 정당한 방법으로 얻어진 것이 아니면 안된다. 단순히 부만을 위한 부나, 귀만을 위한 귀는 올바르게 살려는 사람에게는 아무런 의미도 없다. 그야말로 떠가는 구름과 같은 것이다.

불의라는 두 글자 속에는 공자의 세상을 차마 버리지 못하는 구세(救世)의 안타까움이 깃들어 있다. 이 불의라는 두 글자마저 없다면 공자는 세상을 등지고 자연만을 찾아 외롭게 사는 도가(道家)가 되고 말았을 것이다. 사실 「부귀여부운」이란 단순한 말 가운데는 세상과는 전연 관련이 없는 은자(隱者)의 심정 같은 것이 풍기고 있다.　　　　　　　　　　　　　　　 —《논어》 술이

【에피소드】

■ 바이마르 공화국은 공산주의의 위험에서 아슬아슬하게 벗어난 지 얼마 안 되어 1920년 3월 볼프강 카프가 지휘하는 합법적 단체의 폭동으로 또 위기에 직면하였다. 이 폭동의 주요한 지지자는 해군소령 에르하르트였다. 그런데 독일 은행이 카프의 명의로는 돈을 지불하지 않겠다고 거절을 하자, 군자금의 고갈로 폭도들의 행동은 며칠 안 가서 난관에 부닥쳤다. 그러자 해군소령 에르하르트에

게 은행을 점령하고 지하실을 파괴해서 금고를 열라는 명령이 내려졌다. 이 때 소령 에르하르트는 장교로서의 명예와 자존심에 심한 상처를 느끼고 「나는 금고 문을 부수기 위해서 베를린에 진입한 것이 아니다!」라고 했다.

【成句】

■ 명불허전(名不虛傳) : 이름이 헛되이 전하여지지 않는다는 말로, 명예로운 이름은 마땅히 들을 만한 실적이 있어야 퍼진다는 말.

■ 행선불이위명이명종지(行善不以爲名而名從之) : 사람이 좋은 일을 하면, 비록 명예를 탐내지 않더라도 자연히 명예를 얻게 됨을 이름. / 양주.

■ 명리양전(名利兩全) : 명예와 재물을 한꺼번에 얻는다는 말.

■ 양공불시인이박(良工不示人以朴) : 교묘한 기술이 있는 자는 명예를 중시 여기기 때문에 물건을 완전히 만들어내지 않으면 사람들에게 보여주지 않는다는 말.

■ 성명지하기실난부(盛名之下其實難副) : 성한 명예에는 실제가 따르기 어려움. 곧 명예란 대개의 경우 실제보다 지나치다는 뜻. / 《후한서》

■ 명학재음기자화지(鳴鶴在陰其子和之) : 어미 학이 울면 새끼 학도 운다는 뜻으로, 덕 있는 자는 자기가 나타내려 하지 않더라도 저절로 세상에 알려짐을 비유한 말. / 《역경》

■ 망중(望重) : 명망이 높음.

▣ 대명지하난구거(大名之下難久居) : 큰 이름을 떨치게 되면 시기 질투하는 무리가 많아 그 지위에 오래 머무르기 어려움을 뜻함. / 《사기》월세가(越世家).

▣ 명하무허사(名下無虛士) : 명성이 높은 사람에겐 평판만 그런 것이 아니라 다 그 명성에 견줄 실력이 있다는 뜻. / 《진서(陳書)》

▣ 불수고중고난위인상인(不受苦中苦難爲人上人) : 간난(艱難)과 신고(辛苦)를 겪지 않고는 세상 사람들의 윗자리에 서지 못함. / 《원곡선(元曲選)》

▣ 뇌성대명(雷聲大名) : 세상에 높이 드러나 알려진 이름, 또는 타인의 성명을 높여 이르는 말.

▣ 생전부귀사후문장(生前富貴死後文章) : 살아서는 부귀를 누리며 살고, 죽은 뒤에는 좋은 문장으로 후세에 이름을 남기는 것이 가장 좋다는 말. / 소식.

김동구(金東求, 호 운계雲溪)

경복고등학교 졸업
경희대학교 사학과 졸업
성균관대학교 경영대학원 경영학과 제1회 수료
경희대학교 경영대학원 경영학과 제1회 졸업
〈편저서〉
《논어집주(論語集註)》, 《맹자집주》,
《대학장구집주(大學章句集註)》,
《중용장구집주》, 《명심보감》

명언 성공편(4)

초판 인쇄일 / 2021년 7월 25일
초판 발행일 / 2021년 7월 30일
☆
엮은이 / 김동구
펴낸이 / 김동구
펴낸데 / 🅜明文堂
창립 1923. 10. 1
서울특별시 종로구 안국동 17-8
☎ (영업) 733-3039, 734-4798
(편집) 733-4748   FAX. 734-9209
H.P. : www.myungmundang.net
e-mail : mmdbook1@kornet.net
등록 1977. 11. 19. 제 1-148호
☆
ISBN   979-11-91757-13-2   04800
ISBN   979-11-951643-0-1(세트)
☆
값 13,500원